पालवा

(कहानी संग्रह)

पालवा

भालचन्द्र जोशी

भारतीय ज्ञानपीठ

वाणी प्रकाशन : भारतीय ज्ञानपीठ की पुस्तकों
के प्रकाशक व अधिग्रहणकर्ता

पहला संस्करण : 2011
दूसरा संस्करण : 2016
तीसरा संस्करण : 2023

प्रकाशक
वाणी प्रकाशन ग्रुप
4695, 21-ए, दरियागंज, नयी दिल्ली-110 002
फ़ोन : 011-23273167, 23275710
ईमेल : sales@vaniprakashan.in

ISBN : 978-93-5775-114-8

पालवा
(कहानी-संग्रह)
भालचन्द्र जोशी

PAALWA
(Short Stories)
by Bhalchandra Joshi

मुद्रक : आर. टेक ऑफ़सेट प्रिंटर्स, दिल्ली-110 032

Price : INR. 375

माँ के लिए

जिसने लिखना-पढ़ना सिखाया

और सिखाया दुःख सहने का सलीका

अनुक्रम

पालवा	9
लौटा तो भय	33
किला समय	67
बाहरी बाधा	85
जतरा	105
जंगल	122
निरात	142

पालवा

बिन्नू ने आँखें खोलकर देखा, घर में सभी लोग सो रहे हैं। दोपहर के सन्नाटे में गली भी बेआवाज सोयी पड़ी है। बिन्नू को दोपहर में सोना जरा भी अच्छा नहीं लगता है, लेकिन माँ और दादी घर के काम निबटाकर सोती हैं, तो उसे भी जबरन सुलाया जाता है। सभी कहते हैं, सात बरस का इतना छोटा बच्चा धूप में अकेले बाहर नहीं जा सकता है। आगे का कमरा, जो बैठक कहलाता है, उसमें दादाजी सो रहे हैं। वहाँ जाने का तो कोई मतलब नहीं है। रसोईघर का दरवाजा बन्द है। महरी काम करके जा चुकी है।

बिन्नू धीरे से उठा और देखने लगा कि माँ और दादी को उसके उठने का पता तो नहीं चला है! गोबर-लिपे कमरे में माँ और दादी एक पुरानी-सी दरी बिछाकर सो रही हैं। नींद में दादी का मुँह किसी अजाने अचरज में हल्के-से खुला है और माँ दूसरी ओर करवट लेकर सिमटी हुई सोयी है। बिन्नू सोचने लगा, माँ और दादी का मुँह किसी अजाने अचरज से खुला रहता है या 'हे भगवान!' कहकर डर से बन्द हो जाता है। इन घर की औरतों को सोने के बाद भी अचरज और डर से छुटकारा नहीं है। उधर, भगवानजी को तो इसकी खबर भी नहीं है। बिन्नू सोचने लगा, माँ सोते हुए भी इतना डरती क्यों है! पैर फैलाकर सोने में क्या डर? उसने एकबार माँ से पूछा भी था तो माँ ने हँसकर कहा था, ''बहू को ऐसे ही रहना चाहिए। नींद में भी भूलना नहीं चाहिए कि वह बहू है।'' फिर वह हँस दी थी। बिन्नू ने सोचा था, यह तो हँसने की बात ही नहीं है। उसने पूछा भी था कि, ''फिर रेखा बुआ इस तरह क्यों नहीं सोती है? वह तो पैर फैलाकर और पलंग पर सोती है, तुम नीचे जमीन पर क्यों?''

जवाब में फिर वही हँसी और वही जवाब, ''रेखा बुआ घर की बेटी है और मैं बहू। बहू को ऐसे ही रहना चाहिए।''

बिन्नू को अब माँ के इस जवाब और इस हँसी पर खीझ आती है। लेकिन माँ हमेशा ही ऐसी निस्वाद हँसी नहीं हँसती है। कई बार जब घर में अकेली होती है,

तो उसकी हर बात पर खुलकर हँसती हैं। तीज-त्योहारों पर, खासकर 'हरतालिका' के दिन रतजगे में जब ढोलक पर गाती है या बातें करते हुए हँसती है, तो उसकी हँसी एकदम चाँदी जैसी हो जाती है। दादी ही नहीं, दादाजी भी गर्व से कहते हैं कि गाँव में है किसी के पास ऐसी सुन्दर बहू? बिन्नू को यह सुनकर अच्छा लगता है। पहले घर में जब नया ट्रैक्टर आया था, तब भी सभी ने ऐसा ही कहा था।

बिन्नू बैठक का दरवाजा खोलकर बाहर आँगन में आ गया। कोने में काली कुतिया पैरों को पेट से लगाये सिकुड़ी हुई सो रही है। बिल्कुल माँ की तरह। अब यह काली कुतिया किस घर की बहू है भला! बिन्नू ने सोचा।

बिन्नू निःशब्द आँगन में आया था, लेकिन कुतिया को उसके आने की आहट मिल गयी। उसने सिर को थोड़ा-सा उठाकर देखा और फिर सो गयी। सभी को सोने की पड़ी है! कमाल है! बिन्नू ने अचरज से सोचा। यह कुतिया उनकी पाली हुई नहीं है। अक्सर गाँव में घूमती रहती है, लेकिन दोपहर और रात को उनके घर आ जाती है। दरवाजा खुला हुआ मिल गया तो आँगन में, नहीं तो दरवाजे के बाहर सो जाती है।

अधखुले दरवाजे से उसने बाहर देखा। जो दृश्य उसे दिखाई दिया, वह दृश्य गाँव और बिन्नू के लिए कोई नया नहीं था। लगभग रोज का एक आम दृश्य था। लेकिन इसे देखने में उसे रोज की तरह आज भी मजा आने लगा।

मंगी काकी के दोनों छोरे, दूर रूखड़े पर टट्टी बैठ रहे हैं। दोनों बातें करते जा रहे हैं। दोनों के सामने पानी से भरे टीन के छोटे-छोटे डिब्बे रखे हैं, जिन्हें पकड़ने के लिए पतली रस्सी का हैंडल बनाया गया है। दोनों पत्थर फेंककर एक-दूसरे के डिब्बे को गिराने की कोशिश कर रहे हैं। दोनों गालियाँ दे रहे हैं। दोनों हँस रहे हैं। थोड़ी-थोड़ी देर में दोनों अपने डिब्बे सहित उठकर दूसरी जगह बैठ जाते हैं। उनके द्वारा छोड़ी गयी जगह और सामग्री पर एक सूअर झपट रहा है। कुछ देर बाद दोनों को विसर्जन में देर लगने लगी और सूअर की उतावली बढ़ने लगी। यह तालमेल बिगड़ा, तो उतावला सूअर उनके करीब पहुँचकर चाटने की कोशिश करने लगा। पहले दोनों चिल्लाये, फिर जोर से रोते हुए नंगे ही घर की ओर भागे। सूअर डरकर दूसरी ओर भागा। इस भागदौड़ में दोनों के डिब्बे लुढ़क गये और सारा पानी बह गया। बिन्नू का मन खिन्न हो गया। दृश्य का आनन्द उसके लिए खत्म हो गया था।

दरवाजे से बिन्नू लौट आया। इस भरी दोपहर में वह किसके घर जाय, तय नहीं कर पाया। चन्दू के साथ खेलना उसे अच्छा लगता है, लेकिन इस समय चन्दू घर पर नहीं होगा। चन्दू ने खुद बताया था। दिनभर वह बकरियाँ चराने जंगल में जाता है। दीनू और लालू भी घर पर नहीं होंगे। वे दोनों अपनी माँ के साथ रोड पर गिट्टी तोड़ने जाते हैं। हरि बाप के साथ चप्पलें टाँकता है और गोविन्द मछलियाँ

पकड़ने जाता है। स्कूल से गर्मियों की छुट्टियाँ लगते ही सबने अपनी-अपनी दिनचर्या बता दी थी। ब्राह्मण टोले में शंकर, कमल, प्रकाश सभी की स्थिति उसके जैसी ही है। दोपहर को कोई भी घर से बाहर नहीं निकल सकता है।

मायूस होकर वह वापस पलट गया। भीतर आया तो देखा, माँ ने इस तरफ करवट ली थी। माँ के पेट से साड़ी का पल्लू नीचे खिसक गया था। खूब उभरा हुआ एकदम गोरा पेट देखकर बिन्नू ने सोचा माँ को इसका भार महसूस नहीं होता क्या! पहले जब माँ का पेट ज्यादा फूला हुआ नहीं था, तो बिन्नू ने समझा था, ज्यादा खा लेने के कारण फूल गया है, जैसे दादाजी का पेट फूल जाता है। फिर बिन्नू ने देखा कि दिनों-दिन माँ का पेट फूलता जा रहा है। एक दिन उसने दादी को कहते सुना कि, ''पेट में बच्चा है, देह को जरा काम दे। पनघट से सिर पर घड़ा रखकर लाया कर। बिना तकलीफ से बच्चा होगा।'' बिन्नू को तब पता चला कि माँ के पेट में बच्चा है। बस इस बात का पता नहीं चल पाया कि यह बच्चा बाहर कैसे आएगा? माँ से उसने पूछने की कोशिश की थी। उसने झिड़क दिया था, ''अच्छे बच्चे ऐसी बातें नहीं करते हैं।''

अब इसमें अच्छे या बुरे बच्चे की भला कौन-सी बात हुई! माँ के झिड़क देने के बाद उसकी उत्सुकता बढ़ गयी। मास्टर साहब से पूछना सम्भव नहीं है। स्कूल की छुट्टियाँ चल रही हैं।

वह धीरे से जाकर माँ के पास लेट गया और माँ के पेट पर हाथ धर दिया। माँ ने हल्के-से आँखें खोलीं और पूछा, ''बाहर आँगन में क्या कर रहा था?''

उसे अचरज हुआ, माँ को कैसे पता चला कि वह उठकर आँगन में गया था? वह बच्चेवाली बात भूल गया। माँ मुस्करा दी। उसे माँ का मुस्कराना अच्छा लगता है। माँ के नरम पेट पर उसका हाथ साँसों के उतार-चढ़ाव के साथ ऊपर-नीचे हो रहा है। उसे अच्छा लगा। उसने माँ की बड़ी-बड़ी आँखों में देखा, वहाँ बहुत सारी हँसी और थोड़ी-सी नींद भरी हुई है।

उसे नींद तो नहीं आयी लेकिन देर तक माँ के पास लेटा रहा और उसके पेट से, साड़ी के पल्लू से और बालों की ढीली-ढीली चोटी से खेलता रहा। फिर बैठक से दादाजी के खाँसने की आवाज आयी तो माँ चौंककर उठ बैठी। बोली, ''अरे! चार बज गये, चल, दादाजी के लिए चाय बनानी है।''

इतने दिनों में बिन्नू समझ गया है कि दादाजी को चार बजे खाँसी नहीं आती है। वे चार बजे सोकर उठते हैं और अपने उठने की सूचना भीतर से, खाँसकर देते हैं।

दादी भी उठ गयी। वह भी माँ के साथ रसोईघर में चली गयी। बिन्नू बाहर बैठक में दादाजी के पास आ गया। पिताजी अभी भी शहर से नहीं लौटे हैं। रात

आठ बजे की आखिरी बस से आएँगे।

बिन्नू ने लट्टू उठाया और उस पर सूत लपेटने लगा। तभी दादाजी ने आवाज लगायी। वह करीब गया तो दादाजी ने कहा, ''ये भौरी रख दे। बाद में खेलना। जा पहले पानी लेकर आ।'' वह कुढ़कर पानी लाने भीतर चल दिया। हर कोई उसे काम बताता रहता है। 'बिन्नू पानी देकर आ', 'बिन्नू चाय लेकर जा', 'बिन्नू ये कर', 'बिन्नू वह कर'। उसने निश्चय किया कि वह भी बड़ा होकर सभी पर 'हुकम' चलाएगा। लेकिन किस पर? दादा तो अभी से बूढ़े हो गये हैं। उसके बड़े होने तक ज्यादा बूढ़े हो जाएँगे या गोकुल काका की तरह मर जाएँगे। वह दुःखी हो गया। उस पर हुकम चलाने के लिए सब जिन्दा हैं और उसका टाइम आएगा, तो मरने का बहाना करेंगे। बहाना क्या करेंगे, सचमुच ही मर जाएँगे, ये तो गलत बात है। ऐसे में तो उसका बड़ा होना ही व्यर्थ चला जाएगा!

वह दादाजी के पास जाकर बैठ गया, वह कमीज ऊपर उठाकर पेट पर हाथ घुमा रहे हैं। बिन्नू ने देखा, दादाजी का पेट भी खूब बड़ा और उभरा हुआ है।

''दादाजी, आपके पेट में भी बच्चा है क्या?'' बिन्नू ने दादाजी के पेट पर हाथ धरकर पूछा। दादाजी ने पेट पर हाथ फिराना छोड़ दिया। उसे अचरज से देखने लगे।

''तुझे ऐसा किसने कहा?'' दादाजी ने पूछा।

''किसी ने नहीं, पर आपका पेट भी तो माँ के पेट की तरह फूला हुआ है। माँ के पेट में तो बच्चा है न?'' बिन्नू ने अब दादाजी के पेट से हाथ हटाकर उनकी हथेली पर हाथ धर दिया।

दादाजी ने गरदन घुमाकर अचरज और गुस्से से माँ की ओर देखा, जो इसी बीच चाय लेकर बैठक में आ गयी थी। बिन्नू ने देखा, माँ के चेहरे पर गुस्सा, लाचारी और शर्म एक साथ आ गये।

''मेरा पेट तो हाजमा बिगड़ जाने के कारण फूल गया है।'' दादाजी ने उसे समझाया, लेकिन बिन्नू की समझ में नहीं आया।

''तो फिर यह कैसे पता चला कि माँ का हाजमा खराब नहीं है, बल्कि उसके पेट में बच्चा है।'' बिन्नू ने फिर पूछा।

अब दादाजी को माँ जैसी सुविधा नहीं थी। माँ ने सिर पर पल्लू नीचे खिसकाकर घूँघट कर लिया, लेकिन दादाजी क्या करते! शायद इसीलिए झुँझला गये। बोले, ''कौन सिखाता है इसको ऐसी उल्टी-सीधी बातें?''

माँ कुछ बोलती, उसके पहले ही बिन्नू ने कहा, ''उस दिन दादी बता रही थी माँ को। मैंने भी सुना।''

अब तक माँ ने चाय का प्याला नीचे रख दिया था और उसका हाथ पकड़कर

लगभग घसीटते हुए भीतर चल दी। बिन्नू की समझ में नहीं आया कि एक साधारण-सा सवाल पूछा है दादाजी से, इसमें इतना गुस्सा करने वाली क्या बात है भला! जब माँ ने उल्टी-सीधी बातें नहीं सिखायी तो मना कर देती। दादाजी के सामने ऐसे दुःखी हो रही थी जैसे वह कोई अपराध कर बैठी हो! वह उल्टे-सीधे सवाल पूछता है, तो इसमें माँ का क्या दोष!

इसी तरह पढ़ाई के समय वह खेलने चला जाता है तो बाबू भी माँ को ही डाँटते हैं। दादाजी ने कभी बाबू को नहीं डाँटा। बिन्नू के बदले जो भी डाँट पड़ती है वह या तो माँ को सुननी पड़ती है या दादी के हिस्से में आती है। बिन्नू ने सोचा यह बुरी बात है, लेकिन ऐसा वह बाबू या दादाजी से कह नहीं सकता। अलबत्ता माँ जरूर उसकी हर बात में कहती है, 'यह बुरी बात है।'

उसने माँ की ओर देखा। रसोईघर तक आते-आते उसका गुस्सा भाप हो गया। भीतर रसोईघर में लाकर माँ ने उसे लकड़ी के पाट पर बैठा दिया।

"उल्टे-सीधे सवाल करता है। अच्छी बातों में मन लगा।" माँ ने उसे डाँटा।

"तो क्या पेट में बच्चा होना अच्छी बात नहीं है?" उसने पूछा तो माँ झुँझला गयी। बोली, "चुप कर अब।" फिर वह कुछ और पूछता इसके पहले पीतल के छोटे डिब्बे से मठरी निकालकर उसे दे दी। वह खुश हो गया। तभी उर्मि भीतर आयी। माँ ने कहा, "जा, अब उर्मि के साथ बाहर के कमरे में खेल।"

उर्मि उसी के साथ पढ़ती है। उम्र में उसी के बराबर है। उर्मि के साथ खेलना उसे अच्छा तो नहीं लगता, हमेशा श्याणपत बताती है, लेकिन ऐसे समय में उसकी मजबूरी है। उर्मि की स्कूल में ही नहीं, यहाँ बिन्नू के घर में भी सभी तारीफ करते हैं। बिन्नू की दादी तो हमेशा उर्मि की तारीफ करती है, "होशियार लड़की है। सत्रह का पहाड़ा बोल लेती है। रामायण की चौपाइयाँ कैसे फर-फर बोलती है! गीता के श्लोक तो उसे कंठस्थ हैं। रोटी बना लेती है। सब्जी बघार लेती है।"

वह कुढ़कर रह जाता है। उर्मि पेड़ पर चढ़कर कच्चे आम तोड़कर तो बताये? दौड़ती बैलगाड़ी से गन्ना खींचकर तो बताये? 'बिच्छू बैड़ी' से बिच्छू पकड़कर, उसके डंक तोड़कर, माचिस में बन्द करके तो बताये? यह सब कहो तो दादाजी हँसते हैं। कहते हैं, यह सब तो बदमाशियाँ हैं, होशियारी नहीं। यानी जो कठिन काम है वह सब बदमाशियाँ हैं और रट्टू तोता होना होशियारी है। उसने एक बात और महसूस की; जिन सवालों और बातों को वह बहुत गम्भीरता से पूछना या बताना चाहता है, घर में या तो सभी लोग उसकी बात सुनकर हँस देते हैं या डाँट देते हैं। अरे भई, तुम्हें नहीं आता है तो कह दो, नहीं आता है। हम भी स्कूल में सवाल न आने पर कह देते हैं कि नहीं आता है। यों तुम्हारी तरह हम माट्साब के सवाल पर हँस दें तो खाल खिंच जाए! माट्साब कहते हैं, माँ-बाप भी गुरु की तरह

होते हैं। बिल्कुल होते होंगे, हमने कब मना किया! फिर माँ-बाप को भी तो गुरु की तरह होना चाहिए। पर ये सब बड़े हैं, कौन समझाए इन्हें?

उर्मि के साथ वह बीच वाले कमरे में आ गया। उर्मि ने पूछा, ''काकी क्यों डाँट रही थी तुझे?''

बिन्नू को भूली हुई बात फिर याद आ गयी। बोला, ''तुझे मालूम है माँ का पेट क्यों फूला हुआ है?''

''हाँ! काकी के पेट में बच्चा है। मेरी माँ कह रही थी, पिताजी से।'' उर्मि ने सहजता से बताया। उसे इस बात में ऐसा कुछ नहीं लगा जिससे बिन्नू को डाँट पड़े।

''माँ के पेट में यह बच्चा घुसा कैसे?'' बिन्नू ने पूछा। कई दिनों से यह सवाल उसे परेशान कर रहा था।

उर्मि सोच में पड़ गयी। वह खुश हो गया। अब निकल गयी उसकी सारी होशियारी!

बहुत झिझक के साथ उर्मि ने कहा, ''मुँह के रास्ते?'' हालाँकि खुद उर्मि की आवाज इतनी कमजोर और अविश्वास से भरी थी कि उसकी एक हँसी ने उर्मि को मायूस कर दिया।

''सोच, भला एक बड़ा कौर मुँह में रख लेते हैं, तो निगलना मुश्किल हो जाता है। फिर इतना बड़ा बच्चा माँ ने कैसे निगला होगा?'' उसने तनिक अचरज से कहा तो उर्मि की गरदन भी स्वीकृति में हिलने लगी।

''टट्टी के रास्ते?'' उर्मि ने थोड़े संकोच और थोड़े साहस के साथ कहा।

''बिल्कुल नहीं।'' उसने इनकार में मुंडी हिलायी, ''अरे, कई बार तो वहाँ से टट्टी मुश्किल से निकलती है। कड़क हो जाती है, तो कितनी तकलीफ होती है तो भला वहाँ से बच्चा कैसे भीतर जाएगा?'' उसने कहा और खुद ही मायूस हो गया। आखिर यह रहस्य उसे भी बेचैन कर रहा है।

''सू-सू के रास्ते?'' उर्मि ने धीरे से कहा और तत्काल खुद ही इनकार में सिर हिला दिया। उसके बोलने से पहले ही वह बोल पड़ी, ''वहाँ से सू-सू की एक पतली धार निकलती है। वहाँ से भला बच्चा कैसे भीतर जाएगा?''

''फिर?''

''अक्कल फूटी!'' उर्मि ने कहा और बिन्नू की ओर देखा तो लगा, वहाँ तो अक्कल पहले ही फूटी पड़ी है। उर्मि के चेहरे पर आये इस व्यंग्य को वह समझ गया। लेकिन आज वह परास्त नहीं होना चाहता है। उसे उर्मि की परेशानी में मजा आने लगा। उसने उर्मि के आगे नयी परेशानी खड़ी की।

''भीतर कैसे गया, छोड़ इस बात को। चल यह बता कि बाहर कैसे

आएगा?''

उर्मि चारों खाने चित्त!

कुछ क्षण वह उसे हारे हुए चेहरे के साथ देखती रही फिर बोली, ''चल तू बता!''

वह भी मायूस हो गया। धीरे से बोला, ''मुझे भी नहीं मालूम।''

उर्मि के चेहरे पर आत्मविश्वास लौट आया, बोली, ''फिर क्यों फालतू में अकड़ दिखा रहा है?'' कहकर उर्मि ने उसे हल्का-सा धक्का दिया और यह जा वह जा!

जवाब न दे पाने के बावजूद उसे इस बात का सन्तोष था कि उसने उर्मि को हरा दिया है। अब उसे भरोसा होने लगा कि ये सवाल इतने कठिन हैं कि गणित के शुक्ला माट्साब भी हल नहीं कर सकते हैं। शुक्ला माट्साब तो क्या उनके बापजी भी हल नहीं कर सकते हैं। उसने तनिक सीना फुलाते हुए सोचा। वह मुस्कराते हुए रसोईघर की ओर आया तो देखा, माँ रोटी बनाने की तैयारी कर रही है। माँ इस समय रसोईघर में अकेली है। उसे यह विजय बतायी जा सकती है।

''माँ, आज मैंने उस उर्मि की बच्ची को हरा दिया!'' वह ख़ुश होकर बोला।

''ये उर्मि की बच्ची क्या होता है? ऐसे नहीं बोलते... और बात क्या हुई?'' माँ आटे में पानी डालते हुए बोली।

''मैंने उससे पूछा कि बता माँ के पेट में बच्चा कहाँ से आया तो नानी मर गयी उसकी!'' कहकर वह ख़ुश होकर माँ की ओर देखने लगा कि वह भी ख़ुश हो जाएगी।

''हे भगवान! ये उल्टी-सीधी बातें तेरे मगज में आती कहाँ से हैं! कहाँ से सीख आता है ये गन्दी बातें?'' माँ खीझने लगी तो वह घबरा गया। यहाँ तो बाजी उल्टी पड़ गयी।

थोड़ी देर तक माँ उसे गुस्से से देखती रही, फिर उसका चेहरा नरम होने लगा। शान्त स्वर में बोली, ''यहाँ आ!''

वह चुपचाप माँ के पास जाकर खड़ा हो गया। माँ ने उसके माथे पर हाथ फिराया और प्यार से बोली, ''बच्चों को ऐसी बातें नहीं सोचनी चाहिए। बुरी बात है।''

''अब इस बार सोच लिया है तो बता दो।'' उसने कहा तो माँ मुस्करा दी। उसकी आँखें भी मुस्करा दीं। बोली, ''बच्चा भगवानजी ने दिया है। भगवानजी ने पेट में धर दिया है। जो लोग रोज भगवानजी की सच्चे मन से पूजा करते हैं, भगवानजी उसकी सुनते हैं। अब तुम बाहर जाकर खेलो।'' उसने चुपचाप सिर हिला दिया। प्रश्न तो वहीं रह गया कि कैसे? कैसे धर दिया?

भगवान से पूछा जा सकता है लेकिन मन्दिर में वह दादी के साथ जाता है या माँ के साथ। वहाँ सिर्फ हाथ जोड़कर खड़े रहो। दादी या माँ कुछ बोलने नहीं देती हैं। चिकनी फर्शियों पर फिसलकर पट्टी भी खेलने नहीं देती हैं। बेचारे भगवान को भी दिन-रात भाग-दौड़ लगी रहती है। पिछले साल पानी नहीं गिरा था। गाँववालों ने भगवान की मूर्ति को तीन दिनों तक पानी में डुबाकर रखा था। तब कहीं जाकर पानी गिरा था। पानी में डूबे हुए भगवान का जी कितना घबराया होगा! वह भगवान होता तो पानी बाद में गिराता पहले तो गाँववालों की चमड़ी उधेड़ देता। मदद माँगने का यह कौन-सा तरीका है? पर भगवान ने तो पास के गाँव में भी पानी गिराया था, जबकि उस गाँव में किसी ने भगवान को पानी में डुबाया भी नहीं था। शायद इसी डर के मारे भगवान ने पानी गिराया हो कि पास के गाँव की नकल में ये लोग भी पानी में डुबाएँगे तो जान पर बन आएगी। भगवान हैं तो क्या हुआ, जान का डर तो भई हर किसी को लगता है! बिन्नू को यह देखकर बड़ा डर लगता है। रोज जिसकी पूजा करते हैं, जिसके आगे नाक रगड़ते हैं, उसके साथ भी ऐसा दुर्व्यवहार करते हैं। जबकि भगवान तो हर किसी की मदद करते हैं। कृष्णापुरा वाली मौसी की लड़की की शादी नहीं हो रही थी। सोलह सोमवार के व्रत किये, भगवान ने झट-से शादी करा दी। खरगोन वाली बुआ ने तो अपने दोनों बेटों को पास कराने के लिए इसी मन्दिर में नाक रगड़ी थी। दोनों को भगवान ने पास करा दिया। गणपत काका को सट्टे का नम्बर बताया। धनगाँव वाले काकाजी बीमार पड़े तो जल्दी से अच्छा कर दिया था। खंडवा वाली बूढ़ी बुआ-दादी बीमार पड़ीं तो घर में कोई उनको रोटी तक नहीं देता था। इलाज नहीं कराता था। वह रोज कहती थीं, "भगवान उठा ले!" भगवान ने रोटी तो नहीं दी, न इलाज कराया और न उठाने आये, लेकिन हाँ एक दिन वह मर गयी। उठाया तो घर के लोगों ने और मसान में जलाकर आ गये। सुमेर दादा रोज दारू पीकर अपनी घरवाली को पीटते थे। वह रोज मन्दिर में आकर भगवान के आगे रोती थी कि या तो इनकी दारू छुड़ा दे या मुझे मौत दे दे। भगवान ने तुरन्त सुन ली। एक दिन वह जलकर मर गयी। उसके जलने का प्रबन्ध भगवान ने कैसे किया, बिन्नू को मालूम नहीं, लेकिन वह दादी की इस बात से सहमत नहीं है कि सारा किया-धरा सुमेर दादा का है। भगवान के होते हुए सुमेर दादा क्यों कुछ करने लगे? हाँ, इतना जरूर हुआ कि इतने सारे कामों में लगे भगवान उसकी बीमार नानी को अच्छा करना भूल गये तो बेचारी मर गयी। फिर भगवानजी उसको वापस जिन्दा नहीं कर पाये, जबकि उसने खुद भी भगवान के आगे नाक रगड़ी थी।

उसने सोचा, भगवानजी को भी कितने काम करने पड़ते हैं! दुनियाभर की औरतों के पेट में बच्चा धरते-धरते हाथ दुखने लग जाते होंगे। भगवान हैं भी छोटे-से। उसने गाँव के मन्दिर में देखा है, पालने में घुटने के बल बैठे हुए कृष्ण भगवान

को। इतनी भागदौड़ में तो किसी-किसी औरत के पेट में बच्चा रखना भूल भी जाते होंगे। इतने साल से वह देख रहा है। दादी रोज पूजा-पाठ करती हैं लेकिन भगवान ने दादी के पेट में एक बच्चा नहीं रखा है। उसने सोचा, वह दादी से पूछेगा। फिर उसे माँ की बात याद आयी। एक बार माँ ने कहा था, 'भगवान के काम में मीन-मेख नहीं निकालना चाहिए।' नहीं तो क्या होगा? उसने सोचा। लेकिन इसका जवाब उसके पास तैयार था। भगवान उसको फेल कर देंगे और जब एक बार भगवान फेल कर देंगे तो वह पक्के से जानता है कि शुक्ला माट्साब भी उसको पारा नहीं कर पाएँगे। सबकी दुखती नस भगवान के पास है। किसको कैसे डराया जा सकता है, भगवान को सब मालूम है। वह डर गया। जब डरा तो बाहर बैठक में भागा।

वह बाहर आया तो देखा, रतन काका आये हैं। बहुत बूढ़े हैं। दादाजी से भी ज्यादा बूढ़े हैं। वह समझ गया। अब रात तक बैठेंगे। दो-चार दिन छोड़कर रतन काका दादाजी से मिलने आ जाते हैं। रतन काका जब भी आते हैं, दादाजी के पास लकड़ी के पलंगनुमा तख्त पर नहीं बैठते हैं, बल्कि नीचे बिछी दरी पर बैठते हैं। भीतर अब चाय बन रही होगी, बिन्नू ने सोचा। तभी भीतर से माँ एक लोटे में चाय लेकर आयी और छप्पर में लटके हुए कप को निकालकर उसमें चाय डालकर रतन काका के सामने कप रख दिया। फिर भीतर रसोईघर में गयी और दुबारा लौटी तो एक तश्तरी पर चाय का प्याला लेकर आयी और दादाजी को दे दिया। यह आज कोई नयी बात नहीं है। हमेशा ऐसा होता है। रतन काका के लिए रसोईघर से चाय का प्याला क्यों नहीं आता है और रतन काका के चले जाने के बाद प्याला रसोईघर में क्यों नहीं ले जाते? उसे यहीं छप्पर में क्यों टाँग देते हैं? दादाजी जिस प्याले से चाय पीते हैं, वह प्याला भीतर रसोईघर में ले जाते हैं।

वही क्यों, बामण टोले के पंडित दादा, शर्मा माट्साब, शुक्ला माट्साब या सोलंकी दादा, चौहान काका— इनमें से कोई भी आता है तो चाय का प्याला भीतर से आता है और चाय पीने के बाद प्याला रसोईघर में वापस ले जाते हैं। सिर्फ रतन काका की चाय का प्याला यहीं छप्पर में टँगा रह जाता है।

क्यों?

एक बार उसने दादाजी से पूछा भी तो दादाजी ने अजीब-सा जवाब दिया था। रतन काका छोटी जात के हैं। उसने लाख सोचा, सिर खपाया लेकिन वह समझ नहीं पाया कि इस जाति का छप्पर में प्याला टाँगने से क्या सम्बन्ध है? उसने सोचा, उसके पास बहुत सारे कठिन सवाल इकट्ठे हो रहे हैं। वह भीतर रसोईघर में आया। माँ भी चाय पी रही है।

"माँ, रतन काका की चाय का कप छप्पर में क्यों टाँगते हैं?"

उसने देखा, माँ और दादी दोनों ने चाय पीना छोड़कर उसे घूरना शुरू कर दिया है।

''मैंने तुझे अभी समझाया था कि बच्चों को ऐसी उल्टी-सीधी बातें नहीं करना चाहिए।'' फिर माँ लाड़ से बोली, ''देख, तू अच्छा लड़का है न? अच्छे बच्चे ऐसी बुरी बातें नहीं करते हैं!'' कहकर वह थोड़ी देर उसे देखती रही, फिर उठी और खुद के और दादी के जूठे चाय के प्याले पिछवाड़े माँजने के लिए रख आयी।

वह उदास हो गया। यह भी एक बड़ी परेशानी है। यही समझ में नहीं आता है कि कौन से सवाल करना अच्छी बात है और कौन से सवाल करना बुरी बात है। यदि उसे मालूम हो, तो क्या वह बुरी बात करेगा? बिल्कुल नहीं। उसने खुद ही जवाब दिया। अजीब हैं ये घर के लोग भी! यदि ये बुरी बातें हैं, तो फिर करते क्यों हैं? जबकि उधर स्कूल में शुक्ला माट्साब तो कहते हैं... पूछो, जो भी समझ में नहीं आए, पूछो! देखते-देखते तो कोई भी अच्छी-भली बात अचानक बुरी हो जाती है। जब दादाजी अच्छे, रतन काका अच्छे। अरे, अच्छे न होते तो घर में क्यों आते? घर में सभी लोग अच्छे, यहाँ तक कि माँ की बनायी चाय भी अच्छी। फिर रतन काका के लिए चाय का प्याला छप्पर में टाँगना बुरी बात क्यों? फिर वही बात बुरी बात है, तो करते क्यों हैं? अरे! इनका ऐसा करना बुरा है या मेरा पूछना? जब इनकी की हुई बात बुरी होगी तभी तो मेरा पूछना बुरा होगा?

चाय पीकर वह वापस बैठक में लौट आया। वह जाकर दादाजी के पास बैठ गया। उसे देखकर रतन काका के चेहरे पर लाड़ आ गया। जैसे भीतर रसोईघर में माँ के चेहरे पर आ गया था।

रतन काका ने जब वापस दादा की ओर गरदन घुमायी तो लाड़ चेहरे से रपट गया और कुछ देर पहले के दुःख ने फिर जगह बना ली।

''इस साल खेत से पालवा खोदना जरूरी हो गया है। छोरा कहता है, मजदूर लगा लो। अब बताओ भाईजी, मजदूर लगाएँगे तो घर में बीज का पैसा भी नहीं बचेगा। मुझसे तो काम अब होता नहीं।'' रतन काका ऐसे बोले जैसे एकाएक अभी बीमार पड़ गये हों। आवाज थकी-थकी हो गयी।

''पालवा खोदना तो पड़ेगा रतन! शायद ही कोई किसान बचा हो इससे।'' दादाजी ने धीरज दी।

''खोदना तो पड़ेगा भाईजी। नहीं खोदा, तो खेत में फसल से ज्यादा पालवा दिखेगा। बहुत नुकसान होगा फसल का।'' काका जमीन को घूरने लगे और किसी सोच में उनकी मुंडी हिलने लगी। मेले में जैसे स्प्रिंग लगा मिट्टी का बूढ़ा साधू बाबा मिलता था, जिसके सिर को जरा-सा धक्का दो तो सिर आगे-पीछे हिलने

लगता था।

"बाद में ज्यादा परेशानी होगी।" दादाजी ने समझाया। "अभी इन झाड़ियों की जड़ें गहरी नहीं हैं। बाद में ये व्यर्थ की झाड़ियाँ बड़ी हो जाएँगी तो खोदना मुश्किल होगा।"

"मुश्किल तो अभी दूर है भाईजी। डेढ़ एकड़ का टुकड़ा हिस्से में आया है। तैयार हो जाएगा तो साल भर की रोटी का इन्तजाम हो जाएगा।" रतन काका कुछ देर सोचते रहे फिर बोले, "मजदूर ही लगाएँगे। उनके पास औजार रहेंगे तो झाड़ियाँ जल्दी खोद देंगे। बीज के लिए फिर शहर में किसी गादी पर नाक रगड़ूँगा।" कहकर वे हँसे तो बिन्नू को लगा जैसे वे रो पड़े हों, लेकिन उनके चेहरे को देखकर कुछ भी पता नहीं लगा। रतन काका के चेहरे पर न तो हँसी थी और न रुलाई।

"बिन्नू के बाबू करेंगे कल बीज का इन्तजाम। तुम्हें दिक्कत आये तो बताना!" दादाजी ने मुलायम स्वर में कहा।

"आपसे नहीं कहूँगा तो किससे कहूँगा भाईजी?" रतन काका ने कहा और जमीन पर उँगली से लकीरें खींचने लगे। उनका चेहरा उदास हो गया।

"और फिर खेत तैयार करके क्या होगा रतन?" दादाजी तख्त पर गावतकिये के सहारे बैठते हुए बोले, "अबके पानी अच्छा गिरे तो बात बने। वर्ना कुओं में पानी ही कितना है! पानी हो भी तो बिजली का ठिकाना नहीं है। चुन्नी भैया तो अब पाँच साल बाद ही मुँह दिखाएँगे। चार-चार दिन गाँव में बिजली नहीं आती है।" कहकर दादाजी ने एक आह भरी। फिर रतन काका ने एक ऐसी बात कही जो बिन्नू की न समझ में आयी और न वह सहमत हुआ। रतन काका ने कहा, "किसान होना अब जुरम हो गया भाईजी!"

किसान होना जुर्म कैसा है? हिन्दी के माट्साब तो कहते हैं किसान देशवासियों का भाग्यविधाता है। वह सबका पेट भरता है। किसान न हो तो अनाज कौन उगाएगा? बात बरोबर है। कोई शक की बात नहीं इसमें। पन्द्रह अगस्त पर स्कूल में सबने खुशी-खुशी नारे लगाये थे। जय जवान-जय किसान। तब उसे याद आया, रतन काका स्कूल नहीं जाते हैं। तभी तो! जाते तो आज ऐसी गलत-सलत बात नहीं करते।

तभी दादाजी नें कहा, "वो देख, तेरे बाबू आ गये!" उसने देखा, बाबू भीतर आए तो रतन काका ने उन्हें भी नमस्कार किया। नमस्कार का जवाब देकर बाबू भीतर चले गये। वह अपने पिताजी को हमेशा बाबू ही कहता है। घर में सभी ने कई बार टोका कि बाबूजी कहे, लेकिन वह 'बाबू' के आगे 'जी' नहीं लगा पाया। फिर एकबार शब्द जबान पर चढ़ा तो खुद भी कोशिश करने पर कह नहीं पाया। अब सभी ने टोकना भी छोड़ दिया।

कुछ देर बाद रतन काका भी चले गये। खाना तैयार हो गया तो दादाजी भी उठकर भीतर के कमरे में आ गये। खाना खाकर दादाजी वापस बैठक में चले गये और बाबू खाना खाकर गाँव में घूमने निकल गये। घर का सारा काम निबटाकर माँ और दादी बैठक में आयीं। दादी ने दादाजी को बताया, "चन्दो काकी की बहू को लड़का हुआ है। उसके मैके से मेहमान आये हैं। रात को गीत गाने औरतें इकट्ठा होंगी। मैं भी बहू को लेकर जा रही हूँ।"

बिन्नू को लगा दादी सूचना दे रही है, लेकिन दादी देर तक खड़ी रही तब दादाजी ने किताब से सिर उठाया और कहा, "हाँ-हाँ, चली जाओ!" तब बिन्नू की समझ में आया कि दादी इस तरह आज्ञा ले रही थी।

"मैं भी जाऊँगा!" उसने जिद की तो दादाजी ने उसे अपने पास बैठा लिया।

"तू वहाँ औरतों के बीच क्या करेगा?" दादाजी ने उससे पूछा तो वह तुनक गया, "माँ क्या करेगी?"

"तो गीत गाएगी!"

"तो मैं भी गीत गाऊँगा!" वह मचल गया। बोला, "उर्मि भी आएगी।"

"उर्मि लड़की है, तू लड़का है। मर्द का औरतों के बीच क्या काम?" दादा ने फिर समझाया।

दादी और माँ चली गयीं। वह मान गया। मर्द बनना उसे अच्छा लगा, लेकिन थोड़ा दुःख भी हुआ कि मर्द क्या हुआ औरतों के पास बैठना भी अपराध हो गया! फिर भी उसने सोचा कि कम-से-कम आज तो वह मर्द बना रहेगा। दादाजी पढ़ते रहे तो जाने कब उसे नींद लग गयी।

सुबह नींद खुली तो उसे अचरज हुआ कि वह भीतर के कोनेवाले अपने कमरे में था, जहाँ माँ और बाबू सोते हैं। रात को किसी समय माँ उसे उठाकर भीतर ले गयी होगी या फिर बाबू ले गये होंगे! यह सोचकर उसने अचरज को कुछ कम किया। वह उठकर बाहर के कमरे में आया और वहीं से झाँककर देखा कि माँ रसोईघर में है। उसे मालूम है कि माँ अब बहुत देर तक काम में लगी रहेगी। दोपहर के खाने के बाद ही उसे फुरसत होगी। वह रसोईघर में गया तो माँ ने उससे कहा, "जाओ, मुँह-हाथ धोकर आओ। मंजन कर लो। फिर चाय पी लेना।" वह फिर वापस पलट गया। पीछे के खुले हिस्से में जहाँ नीबू के पेड़ लगे हैं, वह पत्थर पर बैठकर मंजन करने लगा।

मंजन करने के बाद, मुँह-हाथ धोकर वह पलटा तो देखा, बरतन माँजनेवाली लड़की सरला बरतन माँजने के बाद हाथ धोकर साड़ी के पल्लू से हाथ पोंछ रही है। उसे देखकर हँस दी। बिन्नू को यदि माँ के बाद किसी की हँसी अच्छी लगती है तो इसी लड़की की। जैसे मुँह में अनार के दाने भर रखे हों। सारे दाँत खिल उठते

हैं। लेकिन आज उसने हँसी का जवाब नहीं दिया। सरला ने कहा, "भैयाजी, क्या बात है, आज बड़े चुप-चुप हो?" वह फिर भी कुछ नहीं बोला, चुपचाप आगे बढ़ा तो सरला ने हाथ आगे कर उसका रास्ता रोका और बोली, "मुँह में दही जमा है क्या?"

उसने सरला का हाथ हटाया और कहा, "तुम अपना काम करो, हम मर्द हैं, और औरतों से बातें नहीं करते हैं।"

"हाय राम!" सरला ने आँखें नचाकर कहा, "छोटे बाबू मर्द हो गये और हमें पता भी नहीं चला।" कहकर वह मुस्कराने लगी।

"हमें भी कब पता था?" बिन्नू ने तिक्त स्वर में कहा, "कल रात ही तो हम मर्द हुए हैं। वह भी दादाजी ने बताया तो पता चला।"

"अरे वाह!" कहकर सरला ने उसका हाथ पकड़ लिया, "जरा हम भी तो देखें रातभर में कितने मर्द हो गये हो?" कहकर खिलखिलाते हुए सरला ने उसकी चड्ढी में नीचे से हाथ डाल दिया। बिन्नू घबरा गया।

"ये क्या कर रही हो? हमारी बम्बई को हाथ मत लगाओ!" कहकर उसने सरला का हाथ झटक दिया। सरला हँसी के मारे दोहरी हुई जा रही थी। हँसते हुए बोली, "तो यह तुम्हारी बम्बई है, ऐसा किसने कहा?"

"दादाजी ने कहा है।" बिन्नू गुस्से से बोला। उसे इसमें इतनी हँसीवाली बात तो दिखाई नहीं दे रही थी। सरला हँसते हुए बैठ गयी और बोली, "ओ बम्बई के राजा, जरा जल्दी-जल्दी बड़ा हो और हमें भी बम्बई की सैर करा!" कहकर वह फिर हँसने लगी। वह भीतर भागा। भीतर माँ ने चाय के साथ बिस्किट भी दिये तो वह खुश हो गया और सरला पर आया गुस्सा भूल गया।

दोपहर का समय, सारे लोग खाना खा चुके हैं। दादाजी तख्त पर बैठे अख़बार पढ रहे हैं। बैठक के कोने में दूसरे कमरे में जाने वाले दरवाजे के पास माँ, दादी और सरला के साथ बिन्नू भी बैठा दादी को पान लगाते देख रहा है। दादाजी के लिए घर में ही पान तैयार किया जाता है। सरला जाने किस बात पर हँस रही है! माँ मुस्करा रही है। तभी दादी ने सरला को डाँटा, "इतनी बड़ी घोड़ी हो गयी है। कैसे दाँत निकाल रही है! साड़ी का ध्यान है तुझे कहाँ खिसकी जा रही है? पेट और छाती उघड़ी पड़ी है।" बिन्नू ने देखा, सरला की साड़ी सीने से खिसककर कमर पर आ गयी है। उसके गोरे पेट में हँसी के मारे भँवर पड़ रहे हैं। तभी दादी पान की टोकरी लेकर भीतर गयी तो सरला माँ के करीब खिसक आयी और फुसफुसाते हुए बोली, "जानकी बुआ की छोरी उषा पेट से थी। अभी परसों ही पेट गिरा आयी है।"

"कब, कहाँ, किसका था?" माँ ने अचरज से एक साथ कई प्रश्न किये।

''पता नहीं पेट में किसका बीज था! अभी परसों ही शहर में कहीं गिरा आयी है। माँ और बड़ा भाई साथ गये थे। अब सभी रो रहे हैं। कहीं छोरा देखकर झटपट शादी करने की बात कर रहे हैं।'' सरला उसी तरह फुसफुसाते हुए बोली।

बिन्नू ने सुना सब लेकिन समझ में कुछ नहीं आया। उषा दीदी के पेट में बीज कैसे आ गया? निश्चित रूप से निगल गयी होगी। लेकिन खाने की इतनी चीजें छोड़कर बीज क्यों निगला? और फिर पेट कैसे गिराया होगा? पेट को शरीर से अलग तो किया नहीं जा सकता है। पेट कोई हाथ में पकड़ी पोटली है कि गिरा दिया! तभी पड़ोस की शान्ता मामी आ गयी। शान्ता मामी है तो दादी की उम्र की लेकिन उसका अनाथ भाँजा उसके घर रहता है। भाँजे ने मामी कहना शुरू किया तो आस-पड़ोस के लोगों ने और फिर गाँव भर ने मामी कहना शुरू कर दिया। माँ ने उठकर शान्ता मामी के पैर छुए।

शान्ता मामी की आवाज सुनकर दादी भी भीतर से आ गयी। तभी बाबू बाहर से आये और कपड़े की एक थैली दादी को देकर बोले, ''मूँगफली के दाने हैं। बीज के लिए अलग से रखना।'' फिर शान्ता मामी को देखकर पैर छुए। शान्ता मामी गद्गद हो गयी।

''खूब सुखी रहो बेटा। तुमको एक और बेटा हो।''

बाबू मुस्कराकर पलटे तो बिन्नू ने ऐतराज जताया, ''बच्चा तो माँ को होनेवाला है! बाबू को नहीं।''

''तो क्या हुआ? तेरी माँ को दिया तो तेरे बाबू ने है। तो यह बच्चा तेरे बाबू का भी हुआ।'' शान्ता मामी ने उसे समझाना चाहा। लेकिन बिन्नू तो पहले से समझा बैठा था।

''नहीं, ये बच्चा बाबू का नहीं है। मुझे मालूम है ये बच्चा किसका है।'' बिन्नू ने अपना ऐतराज फिर जताया तो कमरे में सन्नाटा छा गया। बिन्नू समझ गया कि कोई गलती हो गयी है। क्योंकि दादाजी भी अब अखबार पढ़ने का सिर्फ बहाना कर रहे हैं, तिरछी नजर से इधर ही देख रहे हैं। माँ का चेहरा उतर गया है। शान्ता मामी और दादी का मुँह खुला-का-खुला है। बाबू जाते-जाते दरवाजे पर ठिठक गये हैं। और गुस्से से माँ को देख रहे हैं। तब दादी की आवाज अटकती हुई निकली, ''किसका है?''

''भगवानजी का!'' बिन्नू ने घोषणा की, ''मुझे माँ ने बताया कि पेट में बच्चा भगवानजी ने रखा है।''

तभी कमरे का माहौल सामान्य हुआ। बिन्नू को बाबू की छोड़ी हुई साँस इस कोने तक सुनाई दी। सरला की खिलखिलाहट में माँ का उतरा हुआ चेहरा जैसे तैरने लगा। बाबू कमरे से बाहर हो गये। दादाजी फिर अखबार पढ़ने लगे और दादी ने

उलाहने के स्वर में कहा, "मुए ने जान निकाल दी थी।" फिर वह सरला की ओर पलटकर बोली, "सरला, ये बीज भीतर पीतल के डिब्बे में रख दे और बिन्नू को भीतर ले जा। यहाँ औरतों के बीच बैठकर एक-की-दो लगाता है।" सरला के उठाने से पहले थैली बिन्नू ने उठा ली। सरला उसे भीतर ले आयी। बिन्नू के हाथ से थैली लेकर मूँगफली के बीज निकालकर पीतल के डिब्बे में रखते हुए उसने दो-चार दाने मुंह में डाल लिये। बिन्नू उसे घूरता रहा। सरला बोली, "तू ये तिल का ताड़ कैसे बना देता है?" बिन्नू को सरला की बेवकूफी पर तरस आ गया। उसे मालूम था कि तिल बोने पर तिल का पौधा उगेगा, ताड़ नहीं। उसने जब सरला को समझाया तो सरला ने सिर थाम लिया, "अरे, मैं तो एक मिसाल दे रही थी।" कहकर उसने फिर दो दाने मुँह में डाल लिये। बिन्नू से अब रहा नहीं गया, "तू ये मेरे बीज खा रही है, याद रखना।"

"क्यों, हिसाब में काटेगा?" सरला ने आँखें तरेरीं।

"नहीं, लेकिन कल को जब तू कहीं पेट गिराकर आएगी तो ये मत कहना कि पता नहीं पेट में किसका बीज था! जैसे उषा दीदी भूल गयी थी।" बिन्नू ने उसे समझाना चाहा।

सरला थमकर रह गयी। "हाय राम! क्या आँय-बाँय बक रहा है?" वह थोड़ी घबरा भी गयी, बोली, "मैं क्यों ऐसा काम करने लगी?"

"क्यों, उषा दीदी ने नहीं किया क्या? अभी तूने तो बताया था।" बिन्नू ने याद दिलाया।

"वो तो ठहरी चालू चीज। हर कोई उस पर सवारी गाँठ लेता है।" अब सरला की घबराहट कम हो गयी। फिर मुँह बिचकाकर बोली."मैं उस बामणी जैसी पूजा-पाठ नहीं करती, जो हर किसी को कूँक-हल्दी चढ़ाती रहती है। और हर कोई चढ़ जाता है उस पर।" कहकर उसने गरदन अकड़ा ली और फिर मुँह बिचका दिया।

"तू पूजा-पाठ नहीं करती?" बिन्नू ने पूछा।

"बिल्कुल नहीं।" सरला ने दाँये से बाँये फिर बाँये से दाँये सिर हिलाया।

"तभी तो!" बिन्नू ने गम्भीरता से सिर हिलाया।

"क्या तभी तो?" सरला उसे घूरने लगी।

"तू रोज पूजा-पाठ करती तो भगवानजी तेरे पेट में भी बच्चा रख देते!" बिन्नू ने उसे समझाना चाहा। सरला अब तक सामान्य हो गयी थी।

"पूजा-पाठ से पेट में बच्चे आते तो पुजारी दादा के यहाँ विमला मौसी बाँझ न मरती भैया। वह मन्दिर में पैदा हुई और मन्दिर में ही मरी।" सरला ने एक लम्बी साँस छोड़ी और उसका हाथ पकड़कर वापस कमरे में आ गयी। बिन्नू ने देखा,

शान्ता मामी चली गयी है। वह माँ के पास जाकर बैठ गया। सरला भी दादी से इजाजत लेकर अपने घर चली गयी। बिन्नू समझ गया कि दोपहर के सोने का वक्त हो गया है।

शाम को उसका दोस्त कमल घर आया तो उसे घर से बाहर जाने की अनुमति मिल गयी। कमल के साथ वह शंकर, प्रकाश सभी के घर गया। काफी देर बाद जब घर लौटा तो प्रसन्न था।

अब यह रोज का काम हो गया। अब वह शंकर, प्रकाश और कमल के साथ चन्दू, लालू, दीनू, गोविन्द और हरि के घर भी जाने लगा। कमल जो इनमें एकाध बरस बड़ा है, उसने बिन्नू, शंकर और प्रकाश को समझाया कि घर आकर यह मत बताना कि चन्दू, लालू, दीनू, गोविन्द और हरि के घर गये थे। घर में यदि पता चला कि बामण के छोरे कहार मोहल्ले या चमारबाड़ी में गये थे तो घर से निकलना बन्द कर देंगे और डाँट पड़ेगी अलग। सभी को दोस्ती की कसम खिलायी गयी। नदी किनारे उगे बारीक पत्ते के पौधे 'विद्या' की पत्तियाँ हाथ में रखकर 'विद्या' की कसम खायी गयी। बिन्नू ने वह पत्तियों वाली नन्ही शाख लाकर किताब के पन्नों के बीच रख दी। अब वह एक अजीब-से रोमांच से भर गया था। चन्दू के साथ सभी दोस्त मछलियाँ पकड़ने नाले पर जाते थे। नाले के बहते पानी के एक हिस्से को किनारे की तरफ से मिट्टी की पाल डालकर रोक दिया जाता। फिर उसी जगह जाल डाला जाता। जाल आकार में बड़े झोले की तरह रहता है और उसमें लकड़ी का अर्द्धचन्द्राकार डंडा लगा रहता है। बाद में जब जाल निकाला जाता तो उसमें ढेर सारी मछलियाँ फुदकती रहती हैं। सबसे मजेदार काम तो है हरि के घर उसके बाप को चप्पलें या जूते बनाते देखना। हाथ में राँपी लेकर जब वह चप्पल या जूते के नाप का चमड़ा काटते तो बिन्नू का मुँह खुला का खुला रह जाता। वे बातें भी करते जाते और बगैर चमड़े को देखे गोलाई में चमड़ा भी काटते जाते। यह अभ्यास बिन्नू को मजा देने लगा। सबसे अच्छी बात तो यह थी कि हरि ने कहा था कि वह बिन्नू को भी यह सिखा देगा। बिन्नू गदगद हो गया। उसने कहा, "हरि मेरा सबसे पक्का दोस्त।" हिन्दी व्याकरण की किताब में रखा मोरपंख उसने हरि को उपहार में दिया। हरि भी खुश हो गया।

अब बिन्नू को लगा कि कहीं गर्मियों की छुट्टियाँ जल्दी खत्म न हो जाएँ। उसे चार बजने का बेसब्री से इन्तजार रहता।

आज भी दोपहर को वह माँ और दादी के पास करवटें बदलने लगा। उसे नींद नहीं आ रही है। वह रसोईघर में कुछ खाने की तलाश में उठा। रसोईघर के दरवाजे पर जाकर ठिठक गया। दरवाजा हल्के से बन्द है। यानी साँकल नहीं लगी है। सिर्फ पल्ले चौखट तक आकर रुक गये हैं। भीतर उसे बाबू और सरला की

आवाज सुनाई दी। उसने दरवाजे की झिरी से आँख लगाकर देखा, बाबू ने सरला का हाथ पकड़ा हुआ है। सरला जोर लगाकर छुड़ाने की कोशिश कर रही है।

''उस दिन पगार लेने से मना क्यों कर दिया था?'' बाबू ने उसका हाथ खींचते हुए कहा।

''मना नहीं किया।'' सरला घूरते हुए बोली, ''सालभर की पगार एक साथ लेंगे और कुछ रुपया और मिलाकार हाथ में कंगन डालेंगे।'' कहकर उसने हाथ छुड़ाने के लिए जोर लगाना छोड़ दिया और धीरे से हँस दी।

बिन्नू ने देखा, सरला की हँसी में अजीब-सा भय और उतावली थी। वह न तो उसकी खुशी समझ पा रहा था और न भय को।

''मुझे तो बोल के देख। दो जोड़ी कंगन हाथ में डाल दूँगा। बस, एक बार पीछे वाले कमरे में चल।'' कहकर बाबू भी हँस दिये।

''ना बाबा...! पीछे वाले कमरे में जब तुम हाथ में कंगन डालोगे तो देह पर कंगन के सिवा और क्या बचेगा?'' कहकर वह हँसी। और एक झटके से हाथ छुड़ाकर साथ लगे कमरे में भागी और वहाँ से बैठक में। बिन्नू को अचरज हुआ कि बाबू पीछे के कमरे में सरला को क्यों ले जाना चाहते हैं? कंगन तो यहाँ भी दे सकते हैं। पीछे के कमरे में तो अँधेरा ही अँधेरा है। इस बार अमराई में आम नहीं आये वर्ना इस कमरे में कच्चे आम बिछाकर उस पर घास डालकर 'आड़ी' लगाते हैं और आम पकाते हैं या कपास के सीजन में कपास भरकर रखते हैं।

बाबू वापस पलटने लगे तो बिन्नू भी दौड़कर माँ के पास आ गया। बाबू पलटकर इधर आये, सरला के पीछे नहीं गये। इस कमरे में आकर कुछ देर रुके और बाहर निकल गये। बिन्नू ने सोचा, माँ जागेगी तो वह माँ को बताएगा, लेकिन चार बजे माँ जागकर रसोईघर में चली गयी और वह मुँह-हाथ धोकर दोस्तों के साथ चला गया। शाम को काफी देर बाद जब वापस लौटा, तब तक वह बात को भूल चुका था। रात खाना खाकर वह सोया, तब तक बाबू लौटे नहीं थे। सुबह उसकी नींद जल्दी खुल गयी। देखा, माँ उठकर रसोईघर में नहीं गयी थी। पलंग के किनारे बैठी रो रही है। बाबू समझा रहे हैं, ''अच्छा बाबा गलती हो गयी। अब नहीं पिएँगे और वैसे भी दो घूँट पीना कोई शराब पीना नहीं होता है। ''

''तो बाल्टी भरकर पी लेते!'' माँ ने गुस्से से सिर उठाया।

''कह तो रहे हैं, गलती हो गयी। देखो, कान पकड़ते हैं।'' बाबू ने एक उँगली से कान को छुआ और माँ को देखने लगे। वह सिर झुकाये रो रही है। कुछ देर बाबू खड़े रहे फिर कन्धे उचकाकर बाहर चले गये। अब बिन्नू उठकर बैठा और माँ के पास आ गया। माँ ने उसे देखा तो झट-से आँसू पोंछ लिये।

''रात को बाबू दारू पीकर आये थे?'' उसने पूछा तो माँ घबरा गयी।

''किसी से कहना नहीं बेटा, बुरी बात है।'' माँ ने उसके सिर पर हाथ फिराया।

''क्या?'' बिन्नू ने पूछा, ''क्या बुरी बात है? दारू पीना या मेरा किसी से कहना?''

''किसी से मत कहना बेटा।'' कहकर वह आँचल सँभालती रसोईघर में चली गयी।

उसे थोड़ा दुःख हुआ। माँ का इस तरह घबरा जाना उसे अच्छा नहीं लगा। कितनी अजीब बात है, थोड़ी-सी खुशी में माँ खिलखिला उठती है। जरा-सी बात में घबरा भी जाती है। माँ का खुश होना तो बिन्नू कई बार समझ भी जाता है, लेकिन माँ की घबराहट के कारण बिन्नू की समझ में नहीं आते हैं। उसने तय किया, वह किसी से नहीं कहेगा।

दोपहर के खाने तक भी यह तनाव घर में बना रहा। माँ और बाबू में बोलचाल बन्द रही। खाना खाने के बाद सभी लोग बैठक में आये। दादी पान की टोकरी लेकर बैठ गयीं और दादाजी के लिए पान बनाने लगीं। तब बाबू ने माँ को लक्ष्य करके दादाजी से कहा, ''पिताजी, इस बार कपास की फसल भी अच्छी हुई है। गेहूँ भी अच्छा निकला है। मैं सोचता हूँ, बिन्नू की माँ को एक 'दोरा' बनवा दूँ।''

माँ ने तत्काल प्रतिवाद किया, ''मुझे नहीं चाहिए।''

बिन्नू को 'दोरा' का मतलब मालूम है। सोने की चेन। दादी अक्सर कहा करती है, 'उनके दहेज में सोने के चार-चार दोरे दिये गये थे।' बिन्नू को अचरज हुआ कि पहले तो माँ खुद ही बाबू को 'दोरे' के लिए कहा करती थी और आज बाबू खुद कह रहे हैं तो मना कर रही है। उसने माँ को समझाना चाहा, ''माँ लेती क्यों नहीं, बाबू के पास तो और भी गहने हैं। दो जोड़ी कंगन भी हैं।''

इतना कहना था कि सभी अचरज से उसे देखने लगे। बिन्नू को लगा, इन्हें भरोसा नहीं हो रहा है। उसने कहा, ''मैं सच्ची कह रहा हूँ। बाबू अभी कल सरला से रसोईघर में कह रहे थे कि एक नहीं, दो जोड़ी कंगन दे दूँगा। बस, पीछेवाले कमरे में चल।'' बिन्नू ने माँ के हाथ पर अपना हाथ धरा और कहा, ''तुम चली जाओ बाबू के साथ पीछेवाले कमरे में।''

एक क्षण में कमरे में सन्नाटा छा गया। जैसे रात को तेज रोशनी के बीच बिजली चली जाए! बिन्नू यह तो समझ गया कि यह बदलाव उसके बोलने के कारण हुआ है, लेकिन वह ऐसा क्या बोला है जिससे एकाएक चुप्पी छा जाए! उसने देखा कि दादाजी अखबार कुछ ज्यादा ध्यान से पढ़ने लगे। दादी के चेहरे पर गुस्सा और आश्चर्य है। माँ के चेहरे पर गुस्सा इतना अधिक था कि वह गुस्से में काँपने लगी। गुस्सा धीरे-धीरे बढ़ने लगा। फिर माँ की आँखों से आँसू बहे और जोर

से रुलाई फूटी। बाबू, जो अचकचाये-से खड़े थे, गुस्से में आगे बढ़े और तड़ से एक चाँटा बिन्नू के गाल पर जमाया। वह छिटककर दूर जा गिरा। दादी ने गुस्से से बाबू को घूरा तो बाबू पैर पटकते हुए बाहर चले गये। बिन्नू को माँ ने उठाकर सीने से लगा लिया। बिन्नू भी माँ के साथ रोने लगा। माँ की हिचकियों के कारण उसके सीने में दुबका बिन्नू का सिर भी हिचकोले लेने लगा। एक अजीब-सी सुरक्षा और सुख महसूस हो रहा था उसे। बिन्नू को माँ का रोना अच्छा लगा। सुरक्षित और दुबके बिन्नू ने सोचा, माँ अभी और थोड़ी देर रोती रहे तो ठीक! लेकिन उसका सुरक्षा-कवच दादी ने तोड़ दिया। उसे माँ से अलग किया और माँ को समझाने लगी, ''ज्यादा नहीं रोते, पेट में बच्चे पर असर पड़ता है!''

रोता हुआ बिन्नू क्षण भर में चुप हो गया। क्या माँ के पेट में बैठे बच्चे ने माँ का रोना देख लिया होगा? लेकिन कैसे? तो क्या बच्चा उसका रोना भी देख रहा होगा? वह फिर रोने लगा।

पूरी दोपहर ऐसे ही तनाव में बीत गयी। वह दोस्तों के साथ गया तो देर से लौटा। बाबू घर पर नहीं हैं। रतन काका आये हुए हैं। दादाजी के साथ बातें कर रहे हैं। बिन्नू ने देखा, छप्पर से प्याला निकालकर रतन काका को चाय दी जा चुकी है। वह भीतर गया तो उसने देखा कि माँ रो नहीं रही, लेकिन उदासी अभी भी बाकी है। उसने बहुत डरते हुए भूख लगने की बात कही तो तुरन्त उसे थाली परोसकर दी। खाना खाकर वह बैठक में आ गया। रतन काका जा चुके हैं। माँ ने उनका प्याला धोकर वापस छप्पर पर टाँग दिया है। सभी खाना खा चुके तो माँ सारे बर्तन पिछवाड़े रखकर अपने कमरे में चली गयी। बिन्नू ने ध्यान रखा, माँ ने खाना नहीं खाया है। दादी ने दादाजी को पान बनाकर दिया और बोली, ''जो हुआ, अच्छा नहीं हुआ!''

''हाँ!'' कहकर दादाजी चुप हो गये।

''क्या हाँ?'' दादी गुस्से में आ गयीं, ''तुम्हें कुछ करना चाहिए।''

''क्या करूँ?'' दादाजी भी सहसा गुस्से में आ गये, ''इतनी-सी बात पर घर से निकाल दूँ? बहू को नौंवा महीना चल रहा है। इतने दिनों से अलग सो रहा है। मर्द है। पकड़ लिया होगा हाथ!'' दादाजी ने टालते हुए कहा।

दादी कुछ नहीं बोली। वापस पलटने लगी तो दादाजी ने फिर रोका, ''बात को तूल मत दो। बहू को कहो, खुश रहे। पूरे दिनों में रोने-धोने से बच्चे पर बुरा असर पड़ता है।''

दादी ठिठक गयी। फिर दादाजी की आँखों में देखते हुए बोली, ''खुश होना या रोना बहू के हाथ में है क्या? आदमी और मशीन में फरक होता है।''

दादाजी कुछ बोलते तब तक दादी चली गयी। दादाजी के चेहरे पर झल्लाहट

आ गयी। बिन्नू थोड़ी दूर बैठा था। उसका सिर दादी की बात की सहमति में हिलने लगा। बिल्कुल सच्ची बात है। उसने कभी खुशी को माँ के हाथ में नहीं देखा। खुशी जब भी रहती है माँ के चेहरे पर रहती है और यह बात तो उसे एकदम ठीक से पता है कि आदमी और मशीन में फरक होता है। जब दादी ने बात इतनी सही बोली तो फिर दादाजी गुस्सा क्यों कर रहे हैं? एकदम आसान बात क्यों नहीं समझ रहे हैं? इसमें तो शुक्ला माट्साब की मदद की जरूरत भी नहीं है। खुद बिन्नू आसानी से समझ गया। लेकिन वह बोला कुछ नहीं। दादाजी सोने लगे तो वह भी अपने कमरे में आ गया।

दो दिन ऐसी ही खामोशी और तनाव में बीते। बिन्नू जिसे बता तो नहीं सकता है, लेकिन उसे इस खामोशी से डर लगता है। तभी तीसरे दिन घर में खामोशी टूटी। मेहमान आने लगे। उसे पता चला, माँ की गोद भरी जाएगी। गाँव की औरतें आने लगीं। दोपहर तक तो पूरा घर भर गया। गीत गाये जाने लगे। बिन्नू इस भीड़ में माँ के पास नहीं जा रहा है। तभी उसे जानकी बुआ और उषा दीदी नजर आयीं। बिन्नू को अचरज हुआ कि उषा दीदी का पेट तो उसकी जगह पर सही सलामत है। लेकिन सरला तो कह रही थी शहर में गिरा आयी हैं! बिन्नू ने ज्यादा दिमाग नहीं खपाया। सीधे उषा दीदी के पास पहुँचा।

''कहाँ मिला ये?''

''क्या कहाँ मिला?'' उषा ने आश्चर्य से पूछा। सारी औरतें बिन्नू को देखने लगीं।

''तुम्हारा पेट!'' बिन्नू ने उसके पेट पर उँगली रखकर पूछा, ''तुम शहर में कहीं पेट गिरा आयी थी न? फिर दुबारा कहाँ मिला?''

कमरे में सन्नाटा खिंच गया। उषा के चेहरे पर घबराहट, लज्जा और गुस्से का इतना मिला-जुला भाव था कि बिन्नू घबरा गया। उसने फिर जानकी बुआ को देखा तो वह समझ गया कुछ गड़बड़ हो गयी है। जानकी बुआ का चेहरा गुस्से से तमतमा रहा है। उसने उषा का हाथ पकड़ा और चल दी। दादी दौड़कर आयी और रोकने लगी तो उसने पलटकर नमस्कार की मुद्रा में इतनी जोर से हाथ जोड़े कि लगा वह ताली बजा रही है, फिर इतना ही कहा, ''अच्छा मान दिया घर बुलाकर, याद रखेंगे।'' कहकर दोनों माँ-बेटी घर से बाहर। बिन्नू ने भी भाग निकलने में ही भलाई समझी।

काफी देर बाद जब वह लौटा तो सबकुछ सामान्य हो गया था। रात को खाने के बाद माँ ने उसे कमरे में समझाया, ''इस तरह की बातें नहीं करते। गाँव में रिश्ते-नाते खराब हो जाएँगे।''

''मैंने क्या गलत कहा था?'' बिन्नू ने पूछा।

"तूने उषा दीदी से क्या कहा था? तू ही सोच, इस तरह कोई पेट कहीं गिरा सकता है क्या? शरीर से पेट अलग हो जाएगा तो आदमी मर नहीं जाएगा?" माँ ने उसे समझाया।

"वही तो...!" बिन्नू उछल पड़ा, बोला, "इतने दिनों से यही बात तो मैं सोच रहा था, पर उस दिन सरला कह रही थी, उषा दीदी के पेट में पता नहीं किसका बीज था, पेट गिरा आयी है।"

"झूठ बोलती है।" माँ ने फिर समझाया।

"तुम बिल्कुल ठीक कहती हो माँ।" बिन्नू ने संजीदगी से समर्थन दिया। बोला, "पर सरला के पेट में किसका बीज है मुझे मालूम है!"

बिन्नू ने देखा, माँ का चेहरा उतर गया। माँ की हालत देखकर बिन्नू घबरा गया, वह जल्दी से बोला, "किसी और का नहीं, मेरा बीज है उसके पेट में।"

माँ के चेहरे से गुस्सा कम हुआ और अचरज ने कब्जा कर लिया।

"सच्ची कह रहा हूँ। विद्या की कसम! उस दिन बाबू ने मूँगफली के बीज दिये थे न! उसी में से निकालकर खाये थे।" बिन्नू ने विश्वास दिलाया।

माँ मुस्कराने लगी। बोली, "तुझे अभी समझाया है मैंने। ऐसी बातें नहीं करते हैं। अब सो जा!" कहकर वह भी उसके पास लेट गयी।

सुबह उसकी नींद देर से खुली। वह उठकर पिछवाड़े मंजन करने गया तो देखा, एक बूढ़ी औरत बर्तन माँज रही है। वह दौड़कर वापस रसोईघर में आया और पूछा तो दादी ने बताया, सरला की जगह यह रमई काकी काम करेगी।

"क्यों?"

इसका जवाब किसी ने नहीं दिया, वह वापस पिछवाड़े आया। रमई काकी बर्तन माँजकर हाथ धो रही है। काला झुर्रीदार चेहरा। मुँह से सारे दाँत गायब। अधपके बाल। बिन्नू को रमई काकी जरा भी पसन्द नहीं आयी।

"सरला अब काम क्यों नहीं करेगी?"

"चाय पी और जल्दी से नहा ले!" दादी ने इतना भर कहा। वह कुछ नहीं बोला। चाय पीकर एकदम से नहाने नहीं गया। बैठक के पास वाले कमरे में जाकर दरी पर लेट गया।

फिर शाम तक उसका मन किसी बात में नहीं लगा। शाम को दोस्तों के साथ खेलने में वह सबकुछ भूल गया। जब घर लौटा तो उसे रोज की अपेक्षा ज्यादा थकान महसूस होने लगी।

सुबह जब सोकर उठा तो बदन बुखार से तप रहा था। पूरे बदन पर छोटे-छोटे लाल दाने उभर आये। बाबू उसे लेकर शहर के अस्पताल आये। डॉक्टर ने कहा 'चिकन पॉक्स' है। दवाइयाँ लिखकर दीं और इंजेक्शन लगाये। दोपहर तक घर

लौटकर आए। दादी ने कहा, "छोटी माता है।" अब डॉक्टर के इलाज के साथ 'बड़वादाजी' की झाड़-फूँक भी शुरू हो गयी। देह पर उभर आये दानों की तकलीफ और बुखार की पीड़ा से बिन्नू निढाल हो गया। इससे भी ज्यादा पीड़ा इस बात की थी कि उसके घर से बाहर निकलने पर पाबन्दी लगा दी गयी। दिनभर घर में बिस्तर पर पड़े-पड़े बिन्नू उदास रहने लगा। शंकर, प्रकाश और कमल एक दिन देखने आये, फिर उनके घर मना कर दिया तो फिर नहीं आये। चन्दू, हरि और गोविन्द आ नहीं सकते हैं। भीतर उसके कमरे में आना तो दूर, बैठक पार नहीं कर सकते हैं।

दो दिन बाद बिन्नू का धैर्य उसकी देह की तरह कमजोर हो गया। वह अधीर होकर गोविन्द और हरि से मिलने की जिद करने लगा। तब घर में सभी को मालूम हुआ कि वह शाम को बाहर कहार और चमार के छोरों के साथ खेलता था। न केवल खेलता था, बल्कि कहारों के साथ मछली पकड़ने जाता था। हरि के घर चमड़ा काटना सीखता था।

तो उनके घर पानी भी पिया होगा। कुछ खाया भी होगा?

घर में किसी ने पूछा नहीं, लेकिन सोचकर ही दहल गये। उसे खूब समझाया गया। उन लड़कों को घर में नहीं बुलाया जा सकता है। वे छोटी जाति के हैं। जितना समझाते, बिन्नू की जिद उतनी बढ़ती जाती। एक दिन उसे बहलाने के लिए बैठक में लाये। उसे ग्लूकोज घोलकर प्याले में पानी दिया, जो उसने पिया नहीं, चुपचाप नीचे रख दिया। दादी ने कहानी सुनाने की कोशिश की। उसने सुनने से मना कर दिया। दादाजी ने समझाना चाहा, माँ मनुहार करने लगी, लेकिन वह जिद पर अड़ गया। पैर पटकने लगा। बाबू को गुस्सा आ गया। कहने लगे, "तुम लोगों ने इसे बहुत सिर चढ़ा रखा है, रोने दो।"

बिन्नू की जिद और बढ़ गयी। उसे गुस्सा आ गया, "हरि को या गोविन्द को बुलाओ! अभी बुलाओ!"

"कोई जरूरत नहीं उन लोगों की यहाँ। आगे से तेरा उनके साथ खेलने जाना भी बन्द!" बाबू गुस्से में तमतमा गये।

"मैं दवाई नहीं पियूँगा!" बिन्नू ने पहली बार गुस्से से बाबू को देखा।

"कैसे नहीं पिएगा?" बाबू गुस्से में उसकी ओर बढ़े। उन्होंने उसका मुँह जबरन खोला और चम्मच भर दवाई उसके मुँह में डाल दी। हल्के से जरा नाक दबायी तो दवाई झट-से बिन्नू के पेट में गयी। कुढ़ गया बिन्नू।

"सो जा चुपचाप अब!" बाबू गुस्से में बोले।

"नहीं सोऊँगा। हरि और गोविन्द को नहीं बुलाया तो देखना फिर...!" वह गुस्से में पैर पटकने लगा।

"क्या देखना? क्या करेगा तू... बोल?" बाबू गुस्से में आगे बढ़े। शायद सरला कांड का दबा गुस्सा सतह पर आ गया। दादी ने आगे बढ़कर उसे रोका।

बिन्नू अपने गुस्से और जिद को लाचारी की तरफ जाने से रोकने के लिए बेचैन हो गया। सहसा वह उठा और छप्पर में टँगा रतन काका का प्याला लेकर आया और तख्त के पास रखा ग्लूकोज का पानी उसमें डालकर पीने लगा। कमरे में सभी स्तब्ध रह गये। काटो तो खून नहीं। फिर सबसे पहले बाबू सदमे से उबरे। गुस्से में आगे बढ़े तो तत्काल माँ ने आकर रोक दिया।

"मार-कुटाई मत करो। हजार मन्दिरों में माथा टेका, तब नसीब हुआ है।" कहकर माँ ने उसे गोद में खींच लिया।

"इसी लाड़-प्यार में बिगड़ रहा है। एक बार की मार हमेशा याद रहेगी।" बाबू अब गुस्से में माँ को घूरने लगे।

"वह बिगड़ नहीं रहा है। दोस्ती करना चाहता है और वह भी चोरी-छुपे नहीं। यह तो ठीक बात है।" माँ ने शान्त स्वर में जवाब दिया। बात का मर्म कहीं और था। बाबू गुस्से में थम गये।

माँ बिन्नू को देखते हुए बोली, "उन लोगों के घर जाकर उनके साथ उठता-बैठता है। खाता-पिता भी होगा। जो पीठ पीछे या चोरी-छिपे सही है तो यहाँ घर में भी सही है।"

बाबू गुस्से में पैर पटकते हुए बाहर चले गये, दादाजी चुपचाप अखबार उठाकर पढ़ने की कोशिश करने लगे। दादी आगे बढ़ी और लाड़ से उसके सिर पर हाथ फिराने लगी।

तभी दादी उसके पास से उठी और माँ के साथ उतरकर आँगन में आ गयीं। दादी तुलसी के पास रुककर धीरे-से गुनगुनाने लगी।

"देखण का बग-उळ्ळा
भीतर का मन काळ्ा
हो गुरुजी... भीतर का मन काळ्ा...!"

बिन्नू ने देखा, दादी की आँखें आसमान में कुछ टटोल रही हैं। उसे तो आसमान में एक भी बगुला नजर नहीं आया। हालाँकि उसे मालूम है कि बगुले उजले होते हैं, लेकिन उनके मन काले होते हैं, ये पता नहीं था। दादी ने बगुलों के मन कब देखे? मन होता कैसा है? देह में कहाँ होता होगा? और दादी किस गुरुजी से प्रार्थना कर रही है? दादी का तो कोई गुरु नहीं है। शुक्ला माट्साब तो दादी से छोटे हैं और माँजी-माँजी कहते हैं। सबसे बड़ी बात तो यह है कि दादी किन बगुलों की बात कर रही है? उसने सोचा, दादी से पूछ लिया जाये, लेकिन अभी कुछ देर पहले घर में बहुत गर्मा-गर्मी हुई थी। सभी के गुस्से से घर में तपन बढ़ गयी थी।

ऐसे में पूछना ठीक रहेगा? पता नहीं कौन-सी बात गलत निकल जाए!

उसने देखा, दादी अभी भी गुनगुनाते हुए आसमान में देख रही हैं। बिन्नू ने देखा, आसमान में बादलों के दो छोटे टुकड़े हैं, जिनमें से एक खरगोश बन गया है और दूसरा ठीक हिरन जैसा लग रहा है। दोनों बहुत धीरे-धीरे सरक रहे हैं। जबकि हिरन और खरगोश तो बहुत तेज दौड़ते हैं! कुछ देर उसने उनके भागने की प्रतीक्षा की, फिर दौड़कर दादी के पास आ गया। दादी ने उसे करीब खींच लिया। माँ धूप में सूख रहीं बड़ियाँ समेटकर भीतर जाते हुए रुक गयी और मुस्कराने लगी। वह खुश हो गया।

उसने देखा, शाम हो रही है। गरम दिन की तपन कम होने लगी है।

लौटा तो भय

मैं चलते-चलते कुछ देर के लिए ठिठक गया।

हरे पेड़ों की कतार सड़क किनारे दूर तक चली गयी है। इक्का-दुक्का साइकिल सवार के अलावा मुझे सड़क पर कोई नजर नहीं आया। सड़क किनारे पेड़ हैं, लेकिन निस्पृह। एक दूसरे की ओर झुके हुए। उन्हें देखकर यह लगता भी है कि वे दबी आवाज में कुछ बातें कर रहे हैं, लेकिन निश्चित रूप से वे बातें मेरे बारे में नहीं हैं; क्योंकि हवा में ताजगी है।

शाम जाने की लगभग तैयारी कर चुकी है, लेकिन रात के आने की कोई आहट नहीं है। शहर इस बात से बेखबर है। जाती हुई शाम पेड़ों पर धूप की एक धुँधली-सी लकीर भूल गयी है, जो लटकती हुई तने तक आ गयी है। छूटते हुए शहर की सड़क पर किनारे की आखिरी गुमटी भी अभी बन्द नहीं हुई है। पंक्चर ठीक करने में इस्तेमाल होने वाली तगारी अभी बाहर पड़ी है। हवा भरने के प्रेशर पम्प का रबर का पाइप मरे हुए साँप की भाँति सड़क किनारे फैला हुआ है।

सामने वाली गुमटी में बिजली का प्रबन्ध नहीं है। इसी का लाभ उठाकर अँधेरा दबे-पाँव वहाँ घुसने की कोशिश कर रहा है। लोहे के छोटे-से स्टूल पर बैठा एक बूढ़ा, पेड़ पर लटकती धूप को देख रहा है। मैं जब करीब से गुजरा तो बूढ़े ने सिर्फ हल्के-से गरदन घुमाकर मुझे देखा और वापस पेड़ों पर नजरें धर दीं। मैंने देखा, बढ़ी हुई सफेद दाढ़ी और मैले चीकट कपड़ों में बूढ़ा खुद भी घिसे हुए टायरों का एक हिस्सा लग रहा है, जो सड़क किनारे एक-के-ऊपर-एक रखे हुए हैं। बढ़ती हुई उम्र और थकान की रफ्तार ने जैसे उसके एक-एक रेशे को घिसकर रख दिया था। चलते-चलते मेरी चाल की रफ्तार सुस्त होने लगी और कदम ढीले पड़ने लगे तो मैंने सोचा, वापस चला जाए।

वापस लौटते हुए मैंने महसूस किया, मेरी थकान बढ़ रही है। कुछ दूर चलकर मैं गुलमोहर के पेड़ के नीचे ठहर गया। इससे पहले भी मैं इस रास्ते पर घूमने आया हूँ और इस सड़क पर बहुत दूर तक घूमने जाया करता था। मैंने मार्क

किया, आज अकारण थकान महसूस हो रही है।

मैंने हाथ बढ़ाकर पेड़ के तने पर रख दिया, लगा धूप की वह धुँधली-सी लकीर जो पेड़ के तने पर फिसल आयी थी, अपनी देह पर हाथ रखे जाने से जैसे चौंक पड़ी हो। मैं सिर उठाकर धुँधलके में शहर को घूरने लगा। धुँधलके में छिपा शहर दूर से खामोश लग रहा है। कहीं कोई हलचल नहीं। कुछ देर रुककर जब मैं चलने लगा, तो मैंने देखा, जहाँ मेरा हाथ रखा था, पेड़ के तने से धूप की लकीर नदारद है। शायद मेरे हाथ रखते ही मर गयी थी। मैंने सोचा और खिन्नता के साथ चल दिया। हत्या का एक अजीब-सा अहसास होने लगा। किसे बताऊँ, जबकि मैं जानता हूँ, खिन्नता का कारण दो दिन पहले आया कम्पीटिशन का रिजल्ट है, जिसका इंटरव्यू मैं देकर आया था। अपने सिलेक्शन का मुझे पूरा विश्वास था। लगातार यह तीसरा बरस है। मुझे अचरज और दु:ख इस बात का है कि लिखित परीक्षा में प्रथम श्रेणी हासिल करने वाला व्यक्ति इंटरव्यू में फेल हो जाता है। पैं हर बार की तरह इस बार भी इंटरव्यू में धराशायी हुआ। मेरे साथ इंटरव्यू देने कमल भी गया था। बाहर निकलते ही हँसकर बोला था, "इंटरव्यू में योग्यता देखने नहीं, हैसियत देखने बुलाते हैं, यार! देखना मेरी नौकरी पक्की है।" मैं उस समय हँस दिया था। योग्यता के भरोसे की ठोस हँसी। अब सोचता हूँ तो अजीब-सा लगता है। क्या बड़ी नौकरियों के लिए भी इस तरह के खेल हो जाते हैं? यानी योग्यता सिर्फ नासमझ लोगों का धैर्य है। जबकि लोक सेवा आयोग के विज्ञापन में योग्यता पर खासा जोर था। मुझे लगा, योग्यता भी बस विज्ञापन की जरूरत है। रिजल्ट देने के बाद तो इस भरोसे की कंक्रीट मजबूत होने लगी है। कल रास्ते में कमल मिल गया था। बधाई दी तो हँस पड़ा था। कहने लगा, "सात लाख रुपये लगे।"

मैं अक्सर सोचता था। मैं अपनी 'लोअर मिडिल क्लास' तो फकत प्रतिभा के दम पर 'माईग्रेट' कर लूँगा। अब लगता है, यह कोई मामूली-सी सीमा रेखा नहीं है। एक बड़ा मरुस्थल है जिसके पार जाना उतना आसान नहीं है, जितना मैं सोच रहा था। सात लाख रुपए का आता है वह ऊँट जिस पर सवार होकर इस मरुस्थल के पार जाया जा सकता है। जैसे कमलराव चला गया। लेकिन कमल कैसे चला गया? वह तो पहले ही उस तरफ था। एक बड़े अफसर का बेटा, यानी जो दूसरी तरफ हैं, वे उधर ही बने रह सकते हैं। सारा खेल, जितना दूसरी तरफ बने रहने का नहीं है, उससे अधिक इस तरफ के लोगों को रोकने का है। बात सिर्फ रुपयों की नहीं है। बात मरुस्थल के विस्तार की है।

मुझे याद आया, मैं कमल के सेकण्ड डिविजन की डिग्री और मामूली-से सर्टिफिकेट्स देखकर हँसता था। आज अपनी हँसी याद करके ग्लानि अनुभव होती है। अब तो जैसे हँसी में रेत मिल गयी है। हँसने पर मुँह से गरम रेत उड़ती है। तब

मुझे एकाएक बहुत शिद्दत के साथ अंजलि की याद आयी। मुझे लगा, इस अवसाद या दु:ख के धक्के से मुझे सिर्फ अंजलि बचा सकती है। पिछले इंटरव्यू की असफलता के सदमे से भी उसी ने बचाया था। मैं सोचता हूँ, दु:ख और असफलता से लड़ने की शक्ति उसमें मुझसे ज्यादा है, हालाँकि इस बार के रिजल्ट के बारे में मैंने उसे बताया नहीं है। तभी एक चोर विचार ने मेरे धैर्य और चैन की अन्तिम पूँजी को सरकाया। मैंने सोचा, मुझे अब एक मुनासिब निर्णय पर पहुँचना चाहिए। इस तरह अंजलि से बचने की जरूरत नहीं है, बल्कि किसी एक निर्णय पर पहुँचकर उसे बचाने की जरूरत है। जिस लड़की की आँखों में मेरे अफसर हो जाने के सपने हैं, वहाँ किसी बेरोजगार या मामूली-सी नौकरी के कद की जगह मुझे नहीं छोड़नी चाहिए। अब उसे किसी और बड़ी नौकरी के इंटरव्यू की जानकारी देना, उसे बरगलाना ही होगा। साफ-साफ धोखा। खासकर तब जब मैं स्थानीय स्तर पर होने वाले इंटरव्यू में एक हजार रुपये महीने के शिक्षाकर्मी के लिए आवेदन करने का मन बना चुका हूँ। एक बड़ा अफसर हो जाने का सपना तो जैसे आँखों में मर गया है। अब मुझे लगा कि आँखें थकन से नहीं, इन्हीं मरे हुए सपनों के बोझ से बन्द हो रही हैं। आँखों के जल में जाने कितने मृत सपने तैर रहे होंगे। मैंने अपनी दोनों हथेलियों को अपनी आँखों पर रखा तो हथेलियों पर एक चिपचिपा गीलापन आ गया। जल में डूबी सड़ाँध मारती मृत देहों की चिपचिपाहट। मैंने क्षण भर अपनी गीली हथेलियों को देखा, फिर जेब से रूमाल निकालकर हथेलियों को पोंछ लिया। क्षण भर ठिठककर मैंने अपनी हथेलियों को देखा, अब उन पर गीलापन नहीं है लेकिन गीलेपन का अहसास है। फिर मुझे लगा, यह अहसास हथेलियों पर नहीं, भीतर कहीं मन में है और वहाँ से उसे मिटाया नहीं जा सकता है।

मैं गरदन झटककर आगे चल दिया।

शहर करीब आ गया। दोपहर से गायब बिजली का अब भी कोई पता नहीं है। शहर भर अँधेरे से रोशनी के छिटपुट टुकड़े मुँह-जोरी कर रहे हैं। दुकानों में मोमबत्ती जल रही है या कहीं-कहीं कन्दील लटक रहा है। किसी-किसी दुकान से जनरेटर चलने की आवाज आ रही है और दुकान में बिजली के बल्ब शोर में डूबी हुई रोशनी फैला रहे हैं। तभी सड़क पर से एक सफेद रंग की एम्बेसडर कार निकली, जिसकी छत के अग्र भाग पर एक लाल रंग का बल्ब दिपदिपा रहा था। अँधेरे में डूबी सड़क पर लाल बत्ती की उस कार का अजीब-सा प्रभाव था। अँधेरे के खिलाफ उस लाल बल्ब की रोशनी नाकाफी रही, लेकिन लाल बल्ब के भीतर घूमता हुआ रोशनी का छोटा-सा पुँज अँधेरे को धमकाता हुआ-सा लगा। मुझे लगा, सड़क पर कार की हेड-लाइट्स से ज्यादा बड़ा धक्का उस लाल बल्ब का था, जिससे अँधेरा पटखनियाँ खाता हुआ दुकानों के आगे बनी गटर में जाकर गिरा। कार

के भीतर कौन बैठा था— पता नहीं चला। कार पर काले शीशे चढ़े थे। अँधेरे को धमकाने वाला व्यक्ति खुद अँधेरे में था। वह क्यों मुँह छिपा रहा था? सम्भवत: इसलिए कि अँधेरे को धमकाने का काम उस कार वाले ने सिर्फ क्षण भर के लिए किया। किसी नाटक के छोटे दृश्य की भाँति। उस धमकी में नाटकीयता थी और साथ ही उस कार ने उतना ही अँधेरा हटाया, कार की तीव्र गति के लिए सड़क पर कार को जितनी जरूरत थी। एकदम संक्षिप्त, निजी और नाटकीय लड़ाई। कार के जाने के बाद सड़क पर फिर से अँधेरा है, सड़क पर पैदल चलने वाले फिर से अँधेरे में हैं। कार में बैठे व्यक्ति को इसकी खबर थी लेकिन चिन्ता नहीं।

घर पहुँचा तो माँ क़न्दील जलाकर मेरे कमरे में मेज पर रख चुकी थी। मैं मेज के सामने रखी कुर्सी पर जाकर बैठ गया। माँ रसोईघर में है। पिताजी निश्चित ही पड़ोस में शर्माजी के घर बैठे उनके साथ शतरंज खेल रहे होंगे या फिर शाम के अखबार में छपी किसी खबर को लेकर बहस कर रहे होंगे। स्थानीय राजनीति से लेकर देश की राजनीति तक को लेकर ऐसी बहस जिसका कोई अन्त नहीं, जिसका कोई अर्थ नहीं। ऐसी बहस किसी निर्णय पर पहुँचने के लिए नहीं होती है। यह सिर्फ मन के सन्तोष के लिए होती है। ऐसी बहसों से निम्न मध्यमवर्गीय अहम को सन्तोष मिलता है कि वह देश, प्रदेश या शहर की गन्दी राजनीति को न केवल समझ रहा है, बल्कि उस पर राय भी प्रकट कर रहा है।

मैं मेज के थोड़ा करीब खिसक आया और मेज पर दोनों हाथ बिछाकर उस पर सिर टिका दिया। दो दिन हो गये। पिताजी से मैं ठीक से बात नहीं कर पा रहा हूँ। मैं नहीं चाहता कि बातचीत में उस प्रतियोगिता का भी जिक्र आये और फिर रिजल्ट बताना पड़े। घर में मैंने अभी रिजल्ट बताया नहीं है। आज भी दोपहर को खाना खाकर गया तो अभी लौटा हूँ। सुबह माँ ने रिजल्ट पूछा नहीं और पिताजी से सामना नहीं हुआ था। मुझे मालूम है, माँ और पिताजी की आँखों में भी मेरे अफसर होने का सपना तैर रहा है। इन दोनों को अपनी असफलता बताना यानी फिर से सपनों की हत्या का दोषी होना है। एक ही सपना अलग-अलग रंगों में जाने कितनी आँखों मे ठहरा हुआ है। जैसे ही इन्हें पता चलेगा, इन आँखों पर भी मृत सपनों की देह का बोझ बढ़ जाएगा। बार-बार इनकी हथेलियों पर चिपचिपाहट बढ़ जाएगी। माँ तो कम लेकिन पिताजी तो मुहल्ले भर में, बल्कि शहर में सारे परिचित लोगों से उसके अफसर होने की बातें करते रहते हैं। परिचितों और रिश्तेदारों के बच्चों को उसका उदाहरण देकर पढ़ाई करने की या सफलता हासिल करने के मशविरे देते हैं। रस्मी संकोच और एक निश्चिन्त ठहाके के साथ रिश्तेदारी में ऐसी वाहवाही लूटते हैं जैसे मुझे अफसरी मिल गयी हो। निश्चित रूप से मेरी काबिलियत को लेकर उन्हें इतना भरोसा है कि उनकी इच्छाओं और सफल पुत्र के पिता होने की ललक ने

उनके निम्न-मध्यवर्ग के दबे-कुचले संकोच को बाहर लाकर एक गँवई ठसक में बदल दिया है। माँ सीधे-सीधे तो कम कहती है, लेकिन यही खुशी और बहक उसकी हरकतों से प्रकट होती है। घर में कुर्सी खरीदना हो या अलमारी, हर चीज को वह स्थगित कर रही है। मेरी बड़ी नौकरी के बँगले के मिलने तक। यहाँ तक कि चप्पलें और ब्लाउज तक उसने यह कहकर नहीं खरीदे कि सब नये बँगले में जाकर लेंगे। एक अजीब-सी भावुकता और मूर्खता का घालमेल हो रहा है। मैं सब देख-सुनकर भी चुपचाप हूँ। कैसे कहूँ इन लोगों से? सबसे ज्यादा अचरज और दुःख तो इस बात का होता है कि ये लोग पिछले तीन सालों से ऐसा कर रहे हैं। जबकि पिछले दोनों इंटरव्यू में उसे असफलता मिली है। कैसी जिद और कैसा विश्वास है यह! बेटे की सफलता की इच्छा, असफलताओं को अनदेखा करती है। इन सब हरकतों और व्यवहार के पीछे सुख की कामना से ज्यादा दबे-कुचले निम्न-मध्यवर्ग के गर्व के प्रदर्शन का सुख अधिक है।

मैंने मेज पर रखे हाथों पर से सिर उठाया और पीछे कुर्सी पर टेक लगा ली। तभी मुझे लगा दरवाजे के नीम-अँधेरे में कोई छुपता हुआ दिखाई देना चाहता है। मैं आवाज लगाना चाहता था कि कौन है? तभी वह परछाईं दरवाजे और अँधेरे को लाँघकर भीतर कमरे में कमजोर रोशनी की शरण में आ गयी। माँ हैं। वह आँचल को उँगलियों से बार-बार लपेट रही है और खोल रही है। चेहरे पर दुःख से ज्यादा तनाप है। मैंने ध्यान से देखा, उसके हाथों में हल्का-सा कम्पन है। ''पानी पियेगा?'' वह सहसा बोली और पलटकर चली गयी। मुझे अजीब-सा लगा उसका व्यवहार। एक अजीब-सी अधीरता नजर आयी। कुछ देर बाद वह पानी का गिलास लेकर आ गयी। मुझे पानी नहीं पीना था, लेकिन उसके हाथ से गिलास लेकर मैं पानी पीने लगा।

''क्या बात है माँ, तुम परेशान लग रही हो?'' मैंने पानी पीना रोककर उससे पूछा।

''नहीं तो...!'' वह सहसा चौंक पड़ी, जैसे उसकी चोरी पकड़ी गयी हो। जबकि मुझे लगा वह कुछ कहना चाहती है। मैं कुछ और कहता, लेकिन मेरे बढ़े हुए हाथ से गिलास लिये बगैर वह तेजी से चली गयी। मैंने सोचा, यदि मैं माँ से पूछता नहीं तो वह अपनी परेशानी का सबब बताती जरूर। तभी एकाएक मुझे खयाल आया कि कहीं घर में सबको, मेरा रिजल्ट तो नहीं मालूम हो गया? भय और अकारण की शर्मिन्दगी का भाव भीतर जागने लगा।

मैं दरवाजे की ओर घूरने लगा। वहाँ अँधेरे के अलावा कुछ था तो सिर्फ मेरा भय। भय का अँधेरा।

थोड़ी देर बाद दरवाजे पर दो परछाइयाँ आकर ठिठक गयीं। मैं पहचान गया।

माँ और पिताजी हैं। माँ जो कुछ कह नहीं पायी थी, सम्भवत: वही कहने के लिए साहस की मदद जुटाने पिताजी को लेकर आयी है। माँ आगे खड़ी है। पिताजी पीछे हैं। अजीब बात थी कि माँ वापस लौटकर पिताजी के साथ आयी है कि वे कहने के लिए मददगार होंगे, लेकिन पिताजी तो माँ के पीछे खड़े हैं। आगे की ओर थोड़े झुके हुए। सम्भवत: साहस के बोझ से।

दोनों दरवाजे पर रुके हैं। दरवाजा खुला है, लेकिन अँधेरे का दरवाजा बन्द है। माँ और पिताजी की उपस्थिति से ही मेरे भय का अँधेरा बढ़ गया, फिर पता नहीं क्यों ये उस अँधेरे से उलझ रहे हैं। थोड़ी देर बाद अँधेरे को धक्का देते हुए दोनों भीतर आ गये। अँधेरा कुछ दूर तक पीछा करता आया, फिर किसी अदृश्य सीमा रेखा पर रुक गया। पिताजी की आँखों में उस फुफकारते अँधेरे की छाया है। माँ की आँखों में एक हड़बड़ाती-सी बेचैनी है। मुझे यह तो मालूम है कि माँ पहले नहीं बोलेगी, इसीलिए वह पिताजी को लेकर आयी है। मुझे अचरज नहीं हुआ कि पिताजी भी चुप हैं, जबकि उनके पास पिछले बरस के वही वाक्य सुरक्षित होंगे, जो क्रोध से शुरू होकर दु:ख से गुजरते हुए अन्त तक आते-आते मेरे लिए सान्त्वना जुटा लेते हैं। पिताजी ने गरदन घुमाकर माँ की ओर देखा जो कमरे में आने के बाद एक कदम पीछे छूट गयी थी, मेरी ओर देखकर बोले, ''तारा घर पर नहीं है!''

मैं कुछ नहीं बोला। बिल्कुल अधूरी और असम्बद्ध बात है। वे फिर बोले, ''मतलब, घर से चली गयी है!'' कहकर चुप हो गये और मेरी ओर देखने लगे।

''चली गयी से क्या मतलब?'' मुझे बात अभी भी समझ में नहीं आयी। कारण यह कि मैं, माँ और पिताजी के कमरे में इस तरह आने को अपनी असफलता से जोड़ रहा था। मैं उन दोनों को चुपचाप देखने लगा। मुझे लगा पिताजी के पास इस बात को कहने के लिए मुनासिब शब्द खत्म हो गये हैं। अनकही की लाचारी उनके चेहरे पर है। माँ ने भी शायद इस स्थिति को भाँप लिया। वह दो कदम चलकर पिताजी से थोड़ा आगे होकर बोली, ''तारा भाग गयी है!''

मैं स्तब्ध रह गया। मैंने देखा, पिताजी के चेहरे पर इस बात को सुनकर धक्के का ऐसा असर है गोया यह खबर वे पहली बार सुन रहे हों! वे फटी-फटी आँखों से मुझे देखने लगे। सम्भवत: पिताजी की ऐसी स्थिति देखकर ही माँ के चेहरे पर दु:ख की जगह क्रोध ने ले ली।

''नाक कटा दी। छोटी छोरी छाती पर बैठी है। बड़ी छोरी भाग गयी है। वो भी चमार के छोरे के साथ। घर से निकलना मुश्किल हो जाएगा।'' माँ का गुस्सा पता नहीं कितनी दूर से दौड़कर आया था कि माँ हाँफने लगी। फिर थककर कुर्सी पर बैठ गयी और रोने लगी।

माँ के अन्तिम वाक्य ने मुझे फिर कुछ पूछने ही नहीं दिया। मैं समझ गया।

जयन्त के साथ भागी होगी। पुरानी बात है, जब मैं इन्दौर में मौसी के यहाँ रहकर बी.एस-सी. कर रहा था। मौसी ही जिद करके मुझे साथ ले गयी थी कि शहर में रहकर ठीक से पढ़ेगा। कोई दो-तीन साल हुए होंगे, किसी काम से घर, अपने शहर आया था। कॉलेज में किसी काम से एक-दो बार गया था तो मैंने तारा दीदी को जयन्त के साथ देखा था। मुझे इस संयोग पर किंचित अचरज भी हुआ था कि मैं जब भी किसी काम से कॉलेज आया, तारा दीदी जयन्त के साथ मिलीं, किसी अन्य लड़की या सहेली के साथ नहीं। एक बार तो तारा दीदी ने जयन्त से परिचय भी कराया था। उसकी 'अद्‌भुत प्रतिभा' और 'मेरिट होल्डर' होने की चर्चा जिस उत्साह से वह कर रही थीं, उससे उनके चेहरे पर एक अस्वाभाविक पुलक थी। लड़का अर्थशास्त्र में एम.ए. कर रहा था और पी.एस.सी. की तैयारी भी। तारा दीदी की उसी असहज पुलक की वजह से मेरा सिर सन्देह से टकराया था। फिर उसी दिन कॉलेज से बाहर आते हुए कुछ लड़के मेरे पास आये थे।

''इस कॉलेज में तो पढ़ते नहीं हो।'' लड़कों ने पूछा नहीं, बल्कि सूचना जैसी दी। मैंने कहा, ''नहीं, बाहर, दूसरे शहर में हूँ।''

''तभी!'' वे एक-दूसरे की ओर देखते हुए ऐसे गरदन हिलाने लगे थे, जैसे सब समझ में आ गया था।

''यहाँ पढ़ते होते तो मालूम पड़ता।'' फिर अचानक ठिठककर बोले, ''तारा के भाई हो न? तारा उस चमरवे से अटकी है!'' उनमें से बगैर बाँह की काली टी-शर्ट पहना लड़का जिस लफंगई और बदतमीजी से बोला तो गुस्से की वजह से तारा दीदी के प्रति मेरा सन्देह खत्म हो गया। मैं कुछ कहता, उसके पहले ही वह लड़का फिर बोला, ''ब्राह्मण लड़की को ऐसे बिगड़ते देख बुरा लगता है। जूते को माथे पर रख रही है। हम भी ब्राह्मण हैं। देखकर बुरा लगता है।'' मैंने कुछ कहने के लिए मुँह खोला ही था कि वे एक-दूसरे को धकियाते हुए चले गये। लड़कों की उजड्डता की वजह से उनके प्रति इतना गुस्सा था मन में कि फिर तारा दीदी से कुछ पूछ नहीं पाया था। बात आयी-गयी हो गयी थी। दूसरा कारण यह भी रहा कि एक मध्यमवर्गीय संकोच ने बड़ी बहन से ऐसे विषय पर बात करने से रोक दिया। आज माँ से सुनकर खुद पर गुस्सा आया कि उसी समय बात की गम्भीरता को क्यों नहीं समझा!

वैसे भी तारा दीदी और मेरे बीच उम्र का कोई ज्यादा अन्तर नहीं है। बचपन में तो मैं उसे नाम से ही बुलाता था। माँ की डाँट-फटकार के कारण इतना सुधार हुआ था कि नाम के बाद में दीदी शब्द लगाने लगा। उसके प्रति मेरे मन में छोटे भाई होने का संकोच ज्यादा था, बड़ी बहन वाला आदर भाव कम। शायद इसी संकोच के कारण मैं उससे कुछ पूछ नहीं पाया था।

हालाँकि उन्हीं दिनों तारा दीदी की डायरी में मैंने एक वाक्य लिखा देखा था। ज्योतिबा फुले के उस वाक्य में मुझे असाधारण कुछ नहीं लगा था। अटपटा जरूर लगा था। मैंने सोचा था, अक्सर लोग नेहरू, गाँधी, टैगोर या विवेकानन्द आदि के वाक्य लिखकर रखते हैं। ज्योतिबा फुले की उस 'अमरवाणी' को पढ़कर मुझे अचरज हुआ था, फिर भी उस वाक्य को मैं एक वयस्क लड़की के 'बहकने' से नहीं जोड़ पाया था। और मेरा अचरज बहन को प्रेम में बहकने जैसे अपराध से जोड़कर देखने की अपेक्षा नया बौद्धिक उत्साह समझकर रह गया था। अब खुद पर गुस्सा आने लगा।

फिर माँ ने ही पूरी घटना बतायी, जो कि ज्यादा बड़ी नहीं थी। दोपहर को माँ और पिताजी सोये थे, उसी समय तारा दीदी घर से चली गयीं, एक बैग में कुछ कपड़े और किताबें ले गयी हैं। सूचना के लिए एक छोटा-सा पत्र है, जो पिताजी ने जेब से निकालकर दिखाया। पत्र में विशेष कुछ नहीं है। घर छोड़कर जयन्त के साथ जाने और शादी करने की बात है। अपना जीवन अपने ढंग से जीने और अपने फैसले खुद लेने की बात है। अन्त में औपचारिक 'क्षमा-याचना' है। बस।

मैंने देखा, इसी बीच पिताजी भी दूसरी कुर्सी पर बैठ गये थे। वे दोनों मेरे सामने कुर्सियों पर बैठे, मुझे इस तरह देखने लगे जैसे क्लासरूम में कोई 'प्राब्लम' बताकर छात्र अपने प्रोफेसर का मुँह ताक रहे हों! मेरे पास जबकि इसका कोई हल नहीं है। सिर्फ क्रोध है, जो भीतर भँवर की तरह गहरा हो रहा है।

माँ और पिताजी देर तक कुढ़ते-कलपते रहे। दु:ख, भय, हताशा, शर्मिन्दगी और गुस्से का मिला-जुला असर उनकी बातों में उबलता रहा। पुलिस को खबर करने की बात करने लगे तो आखिर में मैंने समझाया कि वे दोनों बालिग हैं। पुलिस पकड़ जरूर लेगी, लेकिन आखिरकार छोड़ना पड़ेगा। पुलिस प्रकरण में शहर भर में बवाल मचेगा। अखबारों में छपेगा और बहुत लानत-मलालत झेलनी पड़ेगी। मैंने डराया नहीं, लेकिन पिताजी डर गये। खासकर अखबारों में छपने की बात ने उन्हें बदनामी के भय से भर दिया। अन्त में मैंने एक ऐसी बात कही जिसका कोई अर्थ या औचित्य मैं खुद भी नहीं समझता था। मैंने कहा, "आप निश्चिन्त रहें। मैं कुछ करता हूँ। सब ठीक हो जाएगा।" माँ और पिताजी के चेहरे पर इत्मीनान की हल्की-सी रेखा आयी और वे दोनों उठकर कमरे से चले गये।

मैं खुद नहीं जानता हूँ कि मैं क्या करूँगा! और कैसे सब कुछ ठीक हो जाएगा? यह एक कोरा आश्वासन था। लेकिन यह जवान बेटे ने थोड़े गुस्से और बहुत सारी गम्भीरता के साथ कहा था, इसलिए माँ-बाप का आश्वस्त होना स्वाभाविक था! फिलहाल मैं यही चाहता हूँ। माँ और पिताजी के चले जाने के बाद मैं कमरे में अकेला रह गया। अँधेरे में समय घुलने लगा। क्यों लिया होगा तारा दीदी

ने इतना बड़ा निर्णय? इसका अर्थ है कि उसे पूरा विश्वास था कि घर से किसी भी तरह का कोई भी जवाब अस्वीकृति में ही होगा। मैं सोचने लगा, क्या तारा दीदी ने अपने चले जाने के बाद माँ और पिताजी के दु:ख की कल्पना की होगी? माँ और पिताजी दु:ख के ऐसे सूखे, अँधेरे और गहरे कुएँ में गिर पड़े हैं, जहाँ से उनकी चीखें बाहर नहीं सुनाई देंगी। तारा दीदी और जयन्त कहाँ गये होंगे? निश्चित रूप से शहर छोड़कर कहीं दूसरे शहर। वहाँ जाकर शादी करेंगे ये लोग? चमारों के घर की शादी और उनके रीति-रिवाजों के बारे में मुझे कुछ पता नहीं है, लेकिन कल्पना करने पर भी अजीब-सा लगने लगा। मैंने दोनों हाथों से अपना सिर थाम लिया।

मुझे याद आया, एकाध बार किसी चर्चा या बातचीत के दौरान तारा दीदी ने 'अन्तरजातीय विवाह' के पक्ष में जोर दिया था। बल्कि उसनें किसी 'दलित' से शादी करने में 'बुराई क्या' जैसा प्रश्न भी किया था। उसने तो यहाँ तक कहा था कि, "किसी लड़की के विवाह के बाद, सुखी जीवन का सबसे अच्छा विकल्प यही बचा है। वर्ना सैकड़ों बेरोजगार ब्राह्मण लड़कों के पास सिर्फ जाति और धर्म का बेनूर तमगा ही बचा है। लेकिन यह तमगा सुख-सुविधा का जीवन नहीं दे सकता है।"

ऐसा कुछ याद करने लगा तो बाकी आवाजें मुझे बहुत हल्की और अस्पष्ट सुनाई देने लगीं, लेकिन तारा दीदी की आवाज अब मुझे बहुत स्पष्ट सुनाई दे रही है।

"पुनर्जन्म की बातें व्यर्थ हैं। जीवन एक ही है, जो सामने है, हमारे सामने है, बस यही जीवन जीना है, और इसे बहुत सुख-सुविधा में जीने का हक हर एक लड़की को है। किसी निठल्ले, बेरोजगार ब्राह्मण लड़के के साथ भूखों मरने या सामान्य जीवन जीने की अपेक्षा यदि कोई लड़की किसी नीची जाति के बड़ी नौकरी वाले लड़के को चुनती है तो इसमें बुराई क्या है?" ऐसा कहकर सहसा वह हँसने लगी थी। उसकी हँसी ने बात की गम्भीरता को हल्का कर दिया था। इस तरह निजी विचार से फिसलकर बात मजाक में गिरकर हल्की हो गयी थी।

अब मुझे लगा कि वह कोरी बौद्धिक बहस से निकले विचार नहीं थे। यह उसका निर्णय था। वह मजाक नहीं कर रही थी। अपना फैसला सुना रही थी। ऐसा फैसला जिसमें सुख की लालसा छुपी थी, विचार का लबादा ओढ़कर।

जाने कब तक सोचता रहा। तन्द्रा टूटी तो देखा आठ बज रहे हैं। जाने कितना समय अँधेरे में घुल चुका था। उठकर कमरे के दरवाजे पर आया तो देखा, माँ और पिताजी आखिरी कमरे में हैं। पूजा घर के पास कन्दील से थोड़ी दूर अँधेरे में वे दोनों प्रेत की तरह बैठे हैं। आहट पाकर वे दोनों चौंक पड़े। फिर माँ उठकर कमरे से बाहर आयी और बोली, "रोटी खाएगा? मुझे तो याद नहीं रहा।" मैंने पहले तो मना

करना चाहा, लेकिन भूख जोर से लगी है। मैंने कहा, ''भूख तो लगी है। यदि कुछ बन जाए तो ठीक।''

माँ ने सिर उठाकर क्षण भर उसे देखा, फिर बोली, ''बनाती हूँ।'' कहकर वह रसोईघर की ओर चल दी। फिर रसोईघर के दरवाजे पर खड़ी होकर बोली, ''खिचड़ी बना दूँ, खा लेगा?'' मैंने धीरे से 'हाँ' कहा और वापस कमरे में आ गया। मुझे लगा, मैंने खाना खाने की स्वीकृति देकर ठीक नहीं किया। शायद माँ को अच्छा नहीं लगा है। पर ऐसा तो तभी होता है, जब घर में या रिश्तेदारी में मौत हो जाती है। मुझे याद है, दादाजी की मृत्यु पर घर में खाना नहीं बना था। किसी ने इच्छा भी प्रकट नहीं की थी। तो क्या माँ या पिताजी अब बेटी के घर से चले जाने को उसकी मृत्यु मानकर चल रहे हैं? और मृत्यु-शोक में मेरा रोटी माँग लेना, शोक में शामिल होने से इनकार करना है? शायद माँ ने भी ऐसा ही कुछ सोचा हो! मैं खुद भी माँ और पिताजी को दु:खी नहीं करना चाहता हूँ, लेकिन भूख के आगे लाचार हो गया। और फिर मुझे आभास भी नहीं था कि ये लोग इस हादसे में दु:ख के इस चरम पर पहुँच गये हैं। मैं वापस लौटकर उसी कुर्सी पर बैठ गया। तब एकाएक मुझे पहली बार खयाल आया कि छोटी बहन हर्षा दिखाई नहीं दी है। मैंने माँ को आवाज लगायी तो मेरी आवाज की बेचैनी आखिरी कमरे से पिताजी को भी उठाकर ले आयी।

''क्या बात है, क्या हुआ है?'' सबसे पहले वे ही कमरे में आये। फिर माँ आयी। माँ ने पूछा नहीं, लेकिन यही प्रश्न उसकी बेचैन आँखों में है।

''हर्षा कहाँ है?'' मैंने पूछा तो पिताजी के चेहरे पर ऐसी निराशा आयी जैसे वे कुछ और सुनना चाहते थे। माँ ने बताया कि दोपहर में राजू मामा आये थे। वे हर्षा को गाँव ले गये हैं। गाँव में भी अभी किसी को कुछ पता नहीं है। मामा के जाने के बाद तारा घर से गयी थी।

पिताजी वापस लौट गये। माँ कुछ देर रुकी, फिर बोली, ''कल ही जाकर हर्षा को ले आ। छोरी अब निगाह के सामने रहे तो ठीक। जमाना खराब आ गया है।'' कहकर वह जवाब की प्रतीक्षा किये बगैर वापस रसोई में चली गयी।

माँ के जाने के बाद मैं अपने कमरे से लगा अगला कमरा खोलकर वहाँ दाखिल हुआ। यह एक छोटा-सा स्टोरनुमा कमरा है, जो तारा दीदी के हिस्से में था। कमरे में अभी भी पिछले दिनों की तरह कोने में टेबल और कुर्सी रखी है। पास ही एक अलमारी है, जिसमें वह किताबें रखती थीं। टेबल पर भी किताबें रखी हैं, एक टेपरिकार्डर रखा है।

मैं धीमे-धीमे चलता हुआ टेबल के करीब आ गया। एक डायरी औंधी रखी है। पलटाने पर देखा, लगभग कोरी है। बीच में एक पेज पर एक वाक्य लिखा है,

ज्योतिबा फुले का यह वाक्य मैंने पहले भी इस डायरी में पढ़ा है। तब इसमें असाधारण कुछ नहीं लगा था। मैंने डायरी वापस टेबल पर रख दी। देखा, टेपरिकार्डर में कैसेट अभी भी लगी है। एक अकारण की सामान्य हरकत में उँगलियों ने टेप रिकार्डर को चला दिया। रेडियो-अनाउंसर की आवाज आने लगी। किसी रेडियो-वार्ता की रिकार्डिंग है। सामान्य से सवाल हैं धर्म और जाति को लेकर। मैं टेप बन्द ही करने वाला था कि सहसा रुक गया। तारा दीदी की आवाज की खनक बदल गयी थी। उनकी आवाज में एक संयमित तैश था।

''जातिवाद को आप इतना आसान मत समझिए कि एक झटके में टूट जाएगा। अँग्रेज जब अपने मिशनरीज के साथ आये तो उन्हें मुस्लिम को समझना आसान लगा, क्योंकि एक पवित्र पुस्तक और एक ईश्वर, यही था मुस्लिम के पास—जैसा कि खुद उनके पास एक बाइबल और ईसा थे—लेकिन, हिन्दुओं में जाति को छोड़िए, गोत्र बदलने को कोई तैयार नहीं है। उन्हें कैसे आधुनिक बनाया जाए?''

''जाति के संस्कार को क्या आप खून में शामिल मानती हैं?'' प्रश्नकर्ता की उत्सुक आवाज सुनाई दी।

''खून में शामिल होने का मामला होता तो मेडिकल साइंस इसे सुलझा ले जाती, लेकिन यह तो ब्रेन वाशिंग है—शताब्दियों की कंडीशनिंग है। और इसके खिलाफ सिर्फ स्त्री ही खड़ी होकर यह काम कर सकती है, क्योंकि शी इज द लिंचपिन ऑव फेमिली ऐंड सोसायटी बोथ।''

जैसे ही तारा दीदी ने पॉज़ दिया। प्रश्नकर्ता उस पल को झपट ले गया। बोला, ''यदि आप अन्यथा न लें तो मैं पूछना चाहूँगा कि क्या आप खुद किसी नीची जाति के व्यक्ति से शादी करने को तैयार हो जाएँगी?''

''मैं इसमें बुरा और असम्भव कुछ भी नहीं देखती, बल्कि इसमें एक रिडीम्पशन देखती हूँ। एक अमानवीय संजाल से मुक्ति।'' क्षणभर तारा दीदी फिर रुकीं और तत्काल अगले पल को पकड़कर बोलीं, ''क्या हौवा ने आदम से उसकी जाति पूछी थी?'' इस बार तारा दीदी रुकीं तो शायद इसीलिए कि वह प्रश्नकर्ता के लिए गुंजाइश छोड़ना चाहती थी। प्रश्नकर्ता की व्यंग्य में दबी आवाज आयी, ''बहस और सचाई के बीच वक्त का पर्दा होता है—वही बताएगा कि हकीकत क्या होगी?''

''मैं बहस नहीं कर रही हूँ।'' तारा दीदी की शान्त, लेकिन अजीब-सी भारी और ठोस आवाज कमरे में गूँजी, ''मैं अपना कन्विक्शन बता रही हूँ। और वह भाषा से नहीं, आत्मा से पैदा होता है। दिज इज इको ऑव माय सोल। लेट द डेस्टनी बी देअर।''

तारी दीदी चुप हुईं तो उनकी आवाज की गूँज खत्म होने से पहले ही फिलर बजने लगा। फिर सहसा नवरात्रि की कोई देवी-स्तुति शुरू हो गयी। सम्भवतः कैसेट में पहले से थी या खाली जगह का उपयोग किया गया था। आवाज आ रही है—नमस्तस्यै, नमस्तस्यै, नमस्तस्यै नमो नमः...। मैं धक्क-से रह गया। यानी यह श्रोताओं को प्रभावित करने वाली कोई बौद्धिक बहस के नाटकीय विचार भर नहीं थे।

इतने साल साथ रहकर भी मैं अपनी बहन को कितना कम समझ पाया हूँ!

शी हैज़ बीन हाईली इन्फ्लेमेबल—वह लड़की नहीं, एक धधक है।

एक अजीब-सी आँच के साथ मैं अपने कमरे में लौटा। लौटकर मैं खटिया पर लेटा तो लगा, जैसे बहुत लम्बा रास्ता पैदल तय करके आया हूँ।

काफी देर बाद, जब नींद से नहीं, तनाव और थकान की वजह से मेरी आँखें मुँद गयी थीं, माँ खिचड़ी खाने के लिए बुलाने आयी। मैं मुँह-हाथ धोकर रसोईघर में जाकर बैठ गया। खिचड़ी खाते हुए पूरे समय हम दोनों खामोश रहे। फिर मैं उठकर वापस कमरे में आ गया। थोड़ी देर बाद माँ कमरे में आयी और पूछने लगी, ''बिजली तो अब आएगी नहीं। तू सो रहा है क्या? मैं कन्दील बुझा दूँ?''

नींद तो मुझे आ रही थी। मेरे 'हाँ' कहते ही माँ ने कन्दील बुझा दिया।

सुबह नींद देर से खुली। बिस्तर से उठा और बाहर आँगन में आया तो देखा पिताजी नहाकर पूजा कर रहे हैं। माँ रात के बर्तन माँज रही है। थकी-थकी-सी। तब मुझे कल के हादसे की फिर याद हो आयी। नींद की खुमारी में मैं उसे भूल चुका था। पहले तो मैंने सोचा, चाय के लिए माँ से न कहकर, खुद ही चाय बना लूँ, फिर याद आया कि बगैर नहाये माँ किसी को भी रसोईघर में घुसने नहीं देती है। और माँ अभी तक बर्तन माँज रही है, यानी माँ भी अभी तक नहायी नहीं है। मुझे देखकर माँ ने नारियल की रस्सी, जिससे वह बर्तन माँज रही थी, नीचे रख दी और बोली, ''थोड़ी देर रुक जा। दो बर्तन बचे हैं। फिर जल्दी से नहाकर तुझे चाय बना देती हूँ।''

मैं लोटे में पानी निकालकर मुँह पर पानी के छींटे मारने लगा। थोड़ी देर बाद माँ नहाकर रसोईघर में चली गयी। मैं आँगन में ही बैठा रहा। माँ ने चाय लाकर मेरे हाथ में न देकर प्याला नीचे रख दिया। जब तक मैं नहा नहीं लेता, अब माँ को छूना भी कठिन है। नहाने तक मैं उसके लिए अछूत हूँ। यह कैसा विपर्यय है कि फिलहाल मैं अस्थायी अछूत हूँ— और तारा? तारा तो तब तक अछूत रहेगी अपनी काया में, जब तक कि इस 'काया' को छोड़ न दे। मैं भरे-भरे मन से सोचने लगा कि क्या तारा मृत्यु के बाद दूसरी ऐसी कंचन काया लेकर लौट पाएगी जिससे माँ की अछूत की परिभाषा को तोड़कर वह घर में दाखिल हो सके! क्या तब तक वह एक

'सूतक' में रहेगी, जीवित का सूतक? तभी एकाएक मुझे खयाल आया कि माँ और पिताजी रात को तारा दीदी के लिए इसीलिए मृत्यु-शोक में थे। वे मान चुके थे कि तारा मर गयी है और उसके पुनर्जन्म की प्रतीक्षा उन्होंने शुरू कर दी है। तो क्या घर में एक 'सूतक' शुरू हो गया है?

मैंने चुपचाप चाय का प्याला उठा लिया। माँ रसोईघर में है। मैंने सोचा, पिताजी जब तक पूजाघर में हैं, मुझे नहा-धोकर फिलहाल घर से टल जाना चाहिए। शाम को फिर देखेंगे!

मैंने तैयार होने के लिए बेहद जल्दी की, लेकिन फिर भी ग्यारह बज गये। मुझे अचरज तो इस बात का हुआ कि पिताजी अभी भी पूजा घर में हैं। मैं बाहर जाने लगा तो माँ ने रोक दिया। कहने लगी, "रोटी खा ले। कल भी दोपहर से गया तो शाम को लौटा था। रोटी बस बन ही गयी है।" मैं रुक गया। चावल की खुशबू आने लगी। मैं जानता हूँ, माँ ऐसा कभी नहीं कहेगी कि खाना बन गया है। पिताजी को यह पसन्द नहीं। म्लेच्छ लोगों की भाषा है यह। भोजन कहना चाहिए। माँ ऐसा बोलने में अटपटा महसूस करती है तो उसने बीच का रास्ता निकाल लिया। कहती है, रोटी बन गयी या रोटी खा लो। रोटी में इतनी सम्पूर्णता रहती है कि घर में हर कोई जानता है कि रोटी का अर्थ है सम्पूर्ण भोजन या पूरा खाना।

खाना खाकर मैं बाहर निकलने लगा तो मैंने देखा, पिताजी अभी भी पूजाघर में हैं। अब मुझे अचरज नहीं हुआ। तारा दीदी के 'भाग' जाने के हादसे की वजह से देवताओं के आगे गिड़गिड़ा रहे होंगे। वे देवता जिन्होंने मेरे जैसे प्रतिभाशाली को एक अच्छी नौकरी से वंचित कर दिया। न केवल वंचित किया, बल्कि निरन्तर असफलताएँ देकर मेरा यह भरोसा मजबूत किया कि वे समर्थों के देवता हैं, सम्पन्नता के पक्षधर हैं। उनका काम सम्पन्न को शक्तिशाली बनाना और कमजोर और दीन-हीन लोगों से अपने आगे नाक रगड़वाना है!

मैं घर से बाहर निकला तो गुस्से की वजह से मेरी चाल खुद-ब-खुद तेज हो गयी। चौराहे तक आते-आते मैंने सोचा, मुझे कहाँ जाना है! पहले मैंने सोचा, अंजलि के घर जाऊँ। मुझे खुद अभी दिलासे और धैर्य की जरूरत है जो अंजलि ही दे सकती है।

लेकिन अंजलि के घर का रास्ता तय किया, फिर वापस लौट पड़ा। अंजलि के पास यदि दिलासे के साथ कुछ सवाल भी हुए तो फिर मुश्किल हो जाएगी और अभी किसी भी तरह की मुश्किल से बचना चाहता हूँ। फिर सोचा, दोस्तों के घर थोड़ी देर समय काटा जा सकता है, लेकिन एकाएक खयाल आया कि तारा दीदी ने जैसे घर पर जाने के बारे में पत्र छोड़ा है, बहुत मुमकिन है कि वह अपनी किसी सहेली को भी सूचना देकर गयी हों। यह भी मुमकिन है कि जयन्त ने अपने दोस्तों

को बताया हो। यह सोचते ही मैं दहशत से भर गया। यानी सारे परिचित, दोस्त सब जान गये हैं? मुझे डर लगने लगा कि कहीं कोई परिचित न मिल जाए। बस, फिर तो डर मेरे साथ-साथ दौड़ने लगा। रास्ते में किसी ने अभिवादन के लिए हाथ उठाया तो मुझे लगा, व्यंग्य कर रहा है कि कहाँ भाग रहे हो— हमें मालूम है कि तुम्हारी बहन घर से भाग गयी है। कोई परिचित बात करने के लिए ठिठका तो मुझे लगा यह तारा दीदी के भागने की खबर की तस्दीक चाहता है या फिर कोरी सहानुभूति जताकर व्यंग्य करेगा। तभी किसी ने पीछे से आवाज लगायी। मैं घबरा गया। मैंने सोचा, यह चिल्लाकर उस खबर को न सुनाये तो बेहतर। मैंने सभी को अनदेखा और अनसुना किया। मैं जल्दी से भागकर कहीं छिप जाना चाहता हूँ। मैं बावड़ी बस-स्टैंड से चलकर, पुल को पार करता हुआ नवग्रह मन्दिर के परिसर में आ गया। दिन का यह ऐसा समय है, जब यहाँ कोई नहीं होता है। मैं मन्दिर के भीतर नहीं गया। बाहर ओटले पर ही बैठ गया। मन्दिर के गर्भगृह में नौ ग्रहों की मूर्तियाँ हैं और इस समय सूर्य अपनी ही मूर्ति से दूर जाने की कोशिश में है। धूप का एक बड़ा टुकड़ा चन्द्रमा के ठीक सिर पर है। सिर्फ मन्दिर की छत बीच में है। मैंने पीठ पीछे मन्दिर की दीवार से टिका दी। इस तरह अधलेटा हुआ तो थकान ने जाने कब मुझे नींद के हवाले कर दिया। एक बार नींद ने दबोचा तो फिर मैं जल्दी उसकी गिरफ्त से छूट नहीं पाया। नींद खुली तो धूप नदारद थी। हल्का-सा अँधेरा है। सूर्य अपनी मूर्ति को अकेला छोड़कर जा चुके हैं। मन्दिर में इक्के-दुक्के लोगों का आना शुरू हो गया है। मैंने उठकर कपड़े झाड़े और घर की ओर चल दिया।

घर के दृश्य में कोई विशेष बदलाव नहीं है। इस बार पिताजी आँगन में बैठे हैं। माँ रसोईघर की अपेक्षा उनके सामने बैठी है। हाथ इस समय शाम के खाने के लिए तुरई काट रहे हैं। तुरई काटने में ऐसा कुछ नहीं था, लेकिन पिताजी फिर भी इस काम को बहुत तल्लीनता से देख रहे हैं।

मेरे घर में दाखिल होते ही दोनों ने अपना काम छोड़ दिया। पिताजी और माँ, दोनों मुझे देखने लगे। मैं भी उनके करीब जाकर बैठ गया। नीचे जमीन पर। माँ ने कहा और कोशिश भी की उठने के लिए कि लकड़ी का पाट बिछा देती हूँ, लेकिन मैंने मना कर दिया। काफी देर चुप्पी रही तो वे दोनों समझ गये कि कल की खबर से ज्यादा मेरे पास कुछ नहीं है। घर से मेरी अनुपस्थिति किसी नयी खबर को उपस्थित नहीं कर पायी है। बोले तो नहीं, लेकिन निराशा दोनों के चेहरे पर फैल गयी। दोनों ने उसे ढँकने की या मिटाने की कोई कोशिश भी नहीं की। मैं खुद नहीं समझ पा रहा हूँ कि वे मुझसे क्या उम्मीद कर रहे हैं? तारा दीदी अब तक शादी कर चुकी होंगी, तो ये लोग उसे घर में तो दाखिल भी नहीं होने देंगे। तो फिर उनकी वापसी क्यों चाहते हैं? सिर्फ अपनी घृणा प्रकट करने के लिए? लेकिन इससे ज्यादा

सम्भवत: यह कारण भी है कि बेटी के लिए ममता जोर मार रही है और सोचते हैं कि यदि वह वापस लौट आती है, तो अभी शहर और समाज में बात फैली नहीं है तो यह मान लिया जाएगा कि वह अपनी पवित्रता के साथ वापस लौट आयी है। फिर मैंने सोचा, यदि बहन अपनी पवित्रता के साथ लौट भी आये, लेकिन यदि शहर और समाज में भाग जाने की बात फैल जाए, तब ये क्या करेंगे? यानी बेटी की पवित्रता बदनामी के भय से जुड़ी हैं। इसी भय का आकार बेटी की पवित्रता प्रमाणित करेगा। इस भय के पास प्रायश्चित के लिए कोई जगह नहीं है। कोई क्या कर सकता है? खुद इन्हीं लोगों ने या इन जैसे लोगों ने ही इस भय को पाल-पोसकर बड़ा किया और पीढ़ी-दर-पीढ़ी हस्तान्तरित भी किया है। यह भय भी अजीब है! कभी यह सुरक्षा कवच है तो कभी तलवार। मैंने सोचा, यदि बहन अपनी पवित्रता के साथ लौट भी आये तो क्या वह अपनी यौन-शुचिता के प्रमाणीकरण का कोई सार्वजनिक रूपक गढ़ पाएगी, ताकि बदनामी के भय को कुचला जा सके? दरअसल, इस कोशिश में आखिरकार कुचलेगा क्या? अहं? उच्चवर्गीय वर्ण-बोध या शताब्दियों का अपराजेय रहा आया माँ-पिता के भीतर का ब्राह्मणत्व?

मैं उठकर कमरे में आ गया। अँधेरा घना हो गया। पिताजी नहाने चले गये। शाम की पूजा-पाठ का समय हो गया है।

थोड़ी देर बाद माँ चाय लेकर कमरे में आयी। चाय का प्याला रखकर खड़ी हो गयी। मैंने प्याला नहीं उठाया। माँ को देखने लगा। मुझे लगा, वह कुछ कहना चाहती है।

''तू कल हर्षा को वापस ले आ।'' कुछ देर चुप रही, फिर बोली, ''घर के काम में दिक्कत होती है।'' इस बार माँ ने तारा के प्रसंग को लेकर हर्षा के लिए चिन्ता नहीं जतायी, बल्कि काम में दिक्कत होने का बहाना बना दिया। फिर बोली, ''फिर तुझे इन्दौर भी जाना है। सतीश की सगाई है। हम लोग तो जा नहीं पाएँगे। कुछ तबीयत भी ठीक नहीं है। तू चले जाना।'' मैं चुप रहा तो इसे स्वीकृति मानकर माँ वापस चली गयी। सतीश मेरा मौसेरा भाई है। सारे रिश्तेदार सगाई में इकट्ठे होंगे। माँ और पिताजी दोनों वहाँ जाने से बचना चाहते हैं।

मैं चाय खत्म करके काफी देर तक कमरे में बैठा रहा। अँधेरा बढ़ गया तो प्याला उठाकर कमरे से बाहर आया। प्याला आँगन में रखकर मैंने देखा, पिताजी किसी पोथी का पाठ कर रहे हैं। माँ दु:खी मन और भक्ति-भाव के साथ करीब बैठी है। मुझे देखकर हाथ के संकेत से पास बुलाया। मैं करीब गया तो बैठने का संकेत किया। मैं उसका मन रखने के लिए बैठ गया। माँ ने कन्दील की बत्ती तेज कर दी। पिताजी 'पाठ' कर रहे हैं। उनके सामने कन्दील रखा है। फिर मैं और माँ

बैठे हैं। कन्दील पिताजी और हमारे बीच में है। पूजा-घर पिताजी की बायीं ओर है। पिताजी का कहना है कि कभी भी देवताओं के सामने बैठकर पूजा या पाठ नहीं करना चाहिए। देवता हम सबसे बड़े और महान हैं। इस तरह उनके सामने बैठना धर्म के विरुद्ध है। मैं हमेशा सोचता रहता हूँ कि ईश्वर हम सबसे आँखें क्यों नहीं मिलाता है? धर्म विरुद्ध होने की बात तो मुझे कभी समझ में नहीं आयी। मुझे लगता है कि कम-से-कम ईश्वर को इतना अपराध-बोध तो है कि इन लोगों की ऐसी दीन-हीन स्थिति के लिए मैं ही जिम्मेदार हूँ। इसलिए यदि ये लोग सामने बैठें तो आँखें चुराना सम्भव नहीं होगा। या क्या वन्दनीय का यह नियम है या कि भय है, वह 'डायरेक्ट डायलॉग' से बचता है? आँखों में आँखें डालकर बात करने से रोकता है, इससे ठीक उलट स्थिति सम्भवतः सम्पन्न भक्त के लिए होगी।

मैंने पिताजी की ओर देखा, वे तल्लीनता से पाठ कर रहे हैं। बीच में एक बार रुके। आँखें बन्द हो गयीं। चेहरे पर गिड़गिड़ाहट उभर आयी। उन्होंने आँखें खोलीं और फिर पढ़ने लगे। यह एक छोटी-सी पोथी है, जिसमें ईश-वन्दना संकलित की गयी हैं, जिनमें बताया गया है कि ईश्वर और धर्म से विमुख हो जाने वाले व्यक्ति का परलोक बिगड़ जाता है और उसे स्वर्ग से वंचित कर दिया जाता है। मुझे पहली बार खयाल आया कि इन सब पुराणों और ईश-वन्दनाओं में परलोक सुधारने की विधियाँ और धार्मिक बने रहने के लिए भय और धमकियाँ हैं, लेकिन किसी भी धार्मिक किताब में इस लोक को सुधारने की कोई बात नहीं कही गयी है। जिस व्यक्ति की दशा इस लोक में बिगड़ी हुई है वह क्या करे? सारा जोर परलोक पर है, जो किसी ने देखा नहीं है। इस लोक के लिए यदि कहीं कुछ थोड़े बहुत उपाय हैं भी तो लगभग सारे, अन्तिम निष्कर्ष में ईश्वर की भक्ति पर पहुँचते हैं। ईश्वर की भक्ति करो, बस। इस लोक में दीन-हीन लोगों के लिए, कमजोर लोगों के लिए ईश्वर खुद असहाय है। धैर्य रखें। परीक्षा की घड़ी है यह, जैसी बातें मन को समझाने की बातें हैं। तीन साल से मैं पी.एस.सी. दे रहा हूँ। दोनों 'रिटन टेस्ट' में प्रथम श्रेणी के अंक आते हैं, लेकिन साक्षात्कार में न के बराबर अंक आते हैं। क्यों? ईश्वर परीक्षा ले रहा है। लेकिन क्यों? इसका जवाब ऐसी किसी पोथी में नहीं है। मैं सोचने लगा, ये पोथियाँ हारने का कारण हैं या हारे हुए लोगों की शरण-स्थली हैं? सम्भवतः अमूर्त में सम्भावना हमेशा बनी रहती है।

थोड़ी देर बाद मैंने देखा कि कन्दील में बत्ती ऊँची कर देने से भीतर लैम्प के काँच पर उस तरफ से कालिख जमा हो रही है जिधर पिताजी बैठे हैं। पिताजी की ओर रोशनी कम होने लगी। पिताजी पढ़ते हुए अटकने लगे। पोथी के अक्षर धुँधले होने लगे। शब्द धुँधले हुए, तो अपना अर्थ खोने लगे। फिर गुम हुए अर्थों वाली प्रार्थनाएँ और धर्म, जो बरसों से उनका सहारा था, धुँधला होने लगा, छूटने लगा।

पिताजी ने पोथी बन्द कर दी। कन्दील में रोशनी उस तरफ है, जिधर मैं बैठा हूँ। पिताजी मेरी ओर देखने लगे, जैसे रोशनी ही नहीं, उम्मीद भी इसी तरफ हो। मुझे लगा, रोशनी के पास भीतर कहीं कालिख होती है।

पिताजी ने पोथी पढ़ना बन्द किया तो माँ ने कहा, "रुको, मैं कन्दील साफ कर देती हूँ। अभी राख लेकर आती हूँ।" कहकर माँ उठने लगी तो पिताजी ने रुकने का संकेत करके मना कर दिया। पिताजी ने पोथी वापस रख ली और उठ खड़े हुए। माँ और मैं बैठे रहे। एकदम करीब खड़े सामान्य कद के पिताजी हमें बहुत ऊँचे लगने लगे। जैसे मन्दिरों में देवताओं की ऊँची और भव्य मूर्तियों के आगे बैठे होने पर लगता है। सम्भवतः मन्दिरों में तो बड़ी और ऊँची मूर्तियाँ इसीलिए बनायी जाती हैं कि देवता के आगे बैठे होने पर बौनेपन का अहसास निरन्तर होता रहे। मैंने गरदन उठाकर देखा, पिताजी ईश्वर की भाँति असहाय और खामोश खड़े हैं, तब पहली बार मेरे मन में ईश्वर के लिए गुस्सा कम हुआ और पिताजी को देखकर दुःख होने लगा।

माँ, पिताजी और ईश्वर को नीम-अँधेरे कमरे में खामोश छोड़कर मैं अपने कमरे में आ गया। माचिस तलाशने लगा, तो एकाएक अचरज के धमाके की भाँति बिजली आ गयी। बिजली लगभग दो दिन बाद आयी है। मुझे लगा, पिताजी फिर से सन्ध्या-पाठ के लिए बैठ जाएँगे और माँ अभी बिजली आने की खुशी में कमरे तक दौड़ी आएगी। लेकिन ऐसा कुछ नहीं हुआ। मैंने कमरे में झाँककर देखा, पिताजी कुश का बना आसन लपेट चुके थे और दरी पर खामोश बैठे हैं। उनका चेहरा गाभिन गाय के सिर की तरह लटका हुआ है। माँ कन्दील बुझा रही है। मैं कमरे की बन्द खिड़की के पास जाकर खड़ा हो गया। पहले सोचा, खिड़की खोल लूँ, फिर विचार निरस्त करके वापस लौट पड़ा। कुर्सी पर बैठ गया। फिर खाना तैयार होने तक कुर्सी से नहीं उठा। माँ ने 'रोटी जीमने' के लिए बुलाया तो चुपचाप खाना खाकर वापस आ गया। कमरे का बल्ब बुझाया तो संकेत था कि मैं सो रहा हूँ। मैं सचमुच सो गया।

सुबह नींद खुली तो खुले दरवाजे से धूप का एक रेला बहकर भीतर आ गया था, जिसमें एक चिड़िया नहा रही है। मैंने जब खटिया से नीचे कदम रखा तो चिड़िया चौंककर उड़ गयी। उसके साथ जैसे थोड़ी-सी धूप भी उड़ गयी। मैं आँगन में आया तो पता चला, गाँव से हर्षा को लेकर मामा खुद ही आ गये हैं। माँ ने मामा और मुझे चाय दी। तभी हर्षा तैयार होकर कॉलेज जाने लगी तो माँ ने रोक दिया। हर्षा वापस भीतर चली गयी। कारण न हर्षा ने पूछा और न मामा ने। यानी बहन के घर से चले जाने की बात दोनों को पता चल गयी है, अर्थात् सारे रिश्तेदारों में यह बात फैल चुकी है। सारा शहर जानता है। मैंने सिर उठाकर पिताजी की ओर

देखा, तो मैं समझ गया कि वे भी यही बात समझ रहे हैं और सोच रहे हैं। तभी पिताजी लड़खड़ाये। मैं उठा और दौड़कर उन्हें अपनी बाँहों में सँभाला। वे फटी-फटी आँखों से, पसीने में नहाये मुझे देखने लगे।

मामा दौड़कर गये और रिक्शा लाये। जल्दी से अस्पताल पहुँचकर पिताजी को दाखिल कराया। डॉक्टर ने बताया, ब्लड-प्रेशर बढ़ गया है। पूरे दिनभर घर के लोग तनाव और चिन्ता में रहे। इलाज चलता रहा। शाम को डॉक्टर ने कहा, ''मरीज अब पहले से ठीक है। लेकिन कुछ दिन अस्पताल में रहना पड़ेगा।''

मैंने पलंग पर लेटे पिताजी को देखा। सुबह की अपेक्षा इतना फर्क है कि अब उनकी आँखें बन्द हैं। वे गहरी नींद में हैं। यह तो दूसरे दिन दोपहर में पता चला कि वे नींद में नहीं थे। नीम-बेहोशी थी। कभी हल्के से हाथ हिलता या सिर काँपता था। बस माँ, मामा, हर्षा और मैं लाचार से पलंग के पास बैठे रहते। एक-दो बार पड़ोस के शर्माजी भी आये थे। अपनी पत्नी के साथ। आज सुबह कुछ और पड़ोसी आये।

रात को पिताजी के पलंग के पास मैं दरी बिछाकर लेट गया। जैसे-जैसे रात गहरी होती गयी, वार्ड में सन्नाटा बढ़ गया। आधी रात से अधिक हो गयी थी। अजीब-सी घरघराहट की आवाज सुनकर मेरी नींद खुल गयी। पलकों पर नींद का वजन था। बड़ी मुश्किल से आँखें खोलीं। एक अनाम भय भी मेरे साथ उठ बैठा। कैसी आवाज थी? तभी वही घरघराहट फिर सुनाई दी। मैंने सिर घुमाकर देखा, यह आवाज पिताजी के गले से निकल रही है। वे कुछ कहना चाहते हैं। मिचमिचाती आँखों से मुझे देख रहे हैं। मैं उठकर उनके करीब चला गया। उनका हाथ हल्के से काँपा और मेरे हाथ पर धर दिया। मैं उनकी लाचारी देखकर और अधिक उनके करीब आ गया। वे कुछ कहने के लिए शक्ति लगाने लगे। पीड़ा के कारण उनका चेहरा विकृत हो गया। मेरे हाथ पर रखा उनका हाथ पसीने से गीला हो गया। होठ काँपने लगे और एक शब्द बाहर उगला— क्षमा। वे कुछ और कहते तभी मैंने उन्हें चुप रहने का संकेत किया। अपने होठों पर उँगली रखकर। उनका हाथ अपने हाथ से हटाकर वापस पलंग पर धर दिया। उनका चेहरा बहुत दयनीय हो गया। मैंने उनके बिखरे बालों में उँगलियाँ घुमाते हुए सान्त्वना के शब्दों में कहा, ''आप चिन्ता न करें। मैं सब समझ गया हूँ। पहले आप ठीक हो जाएँ।'' मैंने कह तो दिया लेकिन इस एक शब्द 'क्षमा' का कोई ठीक-ठीक अर्थ और सन्दर्भ पकड़ नहीं पाया। लेकिन मेरे आश्वासन से पिताजी का चेहरा सामान्य होने लगा। नींद को परे धकेलने की कोशिश छोड़कर वे आँखें बन्द करके लेट गये। अब उनके चेहरे पर किंचित् इत्मीनान है।

मुझे फिर नींद नहीं आयी। मैं अस्पताल से बाहर आकर खड़ा हो गया। बाहर

परिसर में लगी ट्यूब-लाइट्स की रोशनी चारों ओर फैली हुई है। मुझे लगा, जैसे रोशनी के साथ एक शब्द भी झर रहा है। क्षमा...क्षमा...! सारे परिसर में 'क्षमा' शब्द बिखर रहा है। मैंने तय किया कि पिताजी ठीक हो जाएँगे, तो मैं इस 'क्षमा' का अर्थ पूछूँगा। वे क्षमा माँग रहे थे या क्षमा दे रहे थे। और किसे? थककर मैं वापस पलट गया।

दूसरे दिन पिताजी की हालत में सुधार शुरू हुआ। आँखें खोलकर सबको देखने लगे। उनकी आँखों की ओर देखकर लगता है, गालिबन वे इस छोटे से वक्फे में जाने कौन-सा और कितना संसार देखकर वापस लौटी हैं! उनकी आँखों के कोरों में जैसे देखे गये दु:स्वप्नों की छायाएँ डोल रही हैं, मैंने उन्हें पास रखी छोटी टेबिल से उठाकर जूस का गिलास दिया। वे गटागट पीने लगे। पीने में उतावली जरूर दिखी, लेकिन पीना खत्म होने के बाद मुझे तसल्ली दिखी, जो उनके चेहरे से कहीं ज्यादा मेरे भीतर थी।

वे एक बार तो मुस्कराये भी। कम-अज-कम मुझे तो यही लगा कि वह मुस्कराहट होठों पर असावधानीवश नहीं आ गयी है, बल्कि उस जगह से आयी है जहाँ उम्मीदें दबी पड़ी हैं। शायद कोई उम्मीद ही थी जो उन्हें मृत्यु तुल्य कष्ट को लाँघ कर यहाँ वापस ले आयी है।

मेरे भीतर निरन्तर चक्कर काटने वाला भय अपाहिज हो गया था और जिसे धक्का देकर मुक्त होने के लिए मैं भीतर से खुद को तैयार करने लगा।

माँ ने कहा, "अब तेरे पिताजी ठीक हैं, तू चाहे तो इन्दौर हो आ।" मामा ने भी माँ के प्रस्ताव की तसदीक की।

"सतीश की सगाई भी अटैंड कर लेना।" माँ मुस्करायी। उसके चेहरे पर अवसाद की मलिनता कम हो गयी है और शायद इसीलिए माँ के माथे की बिन्दिया में मुझे फिर से चमक दिखाई देने लगी है। बिन्दिया के ऊपर माँग का सिन्दूर कुछ ज्यादा ही खिला-खिला लगने लगा है। फिर माँ ने आगे जोड़ा, "बड़े डॉक्टर कह भी रहे थे कि आज शाम को छुट्टी दे देंगे।"

दरअसल मैं खुद भी तनाव के तिर्यक दबावों से छूट कर भर मुँह साँस लेना चाहता था। अस्पताल से डिस्चार्ज की खबर ने मेरे भीतर की इच्छा को निर्विघ्न भी बनाया। फिर मैं भी चाहता हूँ, अजनबियों से भरे शहर में निर्भय होकर घूमना। मैं भी इन्दौर चला आया।

पहला दिन तो सगाई की गहमागहमी के बीच बीत गया। फिर मामा की बिना किसी सन्दर्भ के छेड़ दी गयी कुछ बातों से लगा भी कि वे कुछ कहना चाहते हैं, पर दबा गये। पर मामी ने परोक्ष रूप से कहा कि बेटे अच्छे निकल जाएँ तो सब ठीक है, वर्ना आजकल की बेटियाँ तो बाप की तरकटी उठवा दें। निश्चय ही इसमें

तारा दीदी-प्रसंग की स्पष्ट ध्वनि थी, पर मैंने खुद को चुप ही बनाये रखा। कोई कुछ नहीं बोला, सिर्फ मौसी ने आँखें तरेरकर स्पष्ट रूप से कहा, ''तारा ने अच्छा नहीं किया। बाप को खाट से लगा दिया। ब्राह्मणों में लड़के मर गये हैं क्या?'' लेकिन मौसी के रोष में उलाहना नहीं, आत्मीयता के दबाव से निकली कुढ़न है। मैंने चाहा कि अब यहाँ से निकल लूँ, लेकिन फिर खयाल आया कि यदि अभी ही राजवाड़े के लिए निकल पड़ा, तो ये लोग सोचेंगे कि जैसे मैं इन्दौर तफरीह के लिए आया हूँ। और घूमने जाने के लिए उतावली दबाव भर था। दूसरे दिन सुबह नाश्ते के बाद राजवाड़ा के लिए निकलने को हुआ, तो मौसाजी ने खुद आगे रहकर कहा कि धूप में कहाँ पैदल भटकता रहेगा, इसलिए मेरा स्कूटर ले जाओ । मैंने अपनी तरफ से बहाना भी किया कि मुझे इस स्कू टर की आदत नहीं है और लाइसेंस भी नहीं लाया हूँ, तो उन्होंने कहा, ''तू फोकट में संकोच कर रहा है, मैं तो आजकल डाइबिटीज के डर से यों ही साइकिल से दफ्तर आने-जाने लगा हूँ।'' फिर थोड़े लाड़ से बोले, ''तू ले जा यार!''

उन्होंने खूँटी पर लटकी स्कूटर की चाबी उठाकर मुझे दे दी। मैंने स्कूटर स्टार्ट किया और राजवाड़े की तरफ चल दिया। राजवाड़े पर पहुँचा, तो देखा ट्रैफिक व्यवस्था में पहले की अपेक्षा काफी हेर-फेर हो गया है। शायद नये डी.आई.जी. की वजह से उसने पार्किंग की जगह बदल दी है। मैंने स्कूटर बन्द किया और राजवाड़े की दीवार से लगा दिया, जहाँ लालबत्ती की एक जिप्सी खड़ी है। स्कूटर खड़ा करके सामने के बुक-डिपो से दो किताबें खरीदीं और लौटा तो देखा स्कूटर को क्रेन से उठाया जा रहा है। मैं घबराया और दौड़कर ट्रैफिक पुलिस के जवान से कहा, ''भाई ये मेरा स्कूटर है। इसे कहाँ ले जा रहे हैं?''

''गलत पार्क किया है, थाने आकर ले जाना।'' सिपाही ने आवाज को जितनी सख्त और अपमानजनक बनाया जा सकता था, बनाकर कहा।

''भाई सुनिए तो सही।'' मैंने बहुत दयनीय और गिड़गिड़ाहट के स्वर में कहा। चेहरे पर हवाइयाँ उड़ने लगीं। मौसाजी का चेहरा आँखों के आगे घूम गया। उन्हें क्या जवाब दूँगा?

''मालूम नहीं, यहाँ केवल सरकारी गाड़ियाँ पार्क होती हैं? चलो हटो।'' सिपाही अब सरासर बेइज्जती करने पर उतर आया। तभी एक पीली बत्ती वाली गाड़ी आकर रुकी। गाड़ी को देखकर सिपाही घबरा गया। जिप्सी के आगे लगी प्लेट पर सिटी सुपरिंटेंडेंट ऑव पुलिस लिखा है। मैंने भी पढ़ा।

''अबे! कहा न हट यहाँ से।'' सिपाही ने फिर दुत्कारा।

''बिहेव प्रॉपरली! ये आपने क्या लगा रखा है?''

एक स्त्री-स्वर सारे शोर को भेदता हुआ कुछ इस तरह आया कि सबकुछ

ठिठक गया। यह, पीली बत्ती वाली जीप से शिफॉन की इमराल्ड ग्रीन की साड़ी में उतरी महिला की आवाज थी। आवाज की तल्खी ऐसी थी, जैसे कॉशन दिया जा रहा है, लेकिन उस तल्खी के पीछे मुझे लगा, कोई शिनाख्त छिटक कर मेरे पास आ रही है। मैं अवाक् रह गया। जैसे मैं शब्दों के तमाम जखीरे से हाथ धो बैठा हूँ। सिर्फ मैं किसी अप्रत्याशित दृश्य का फ्रीज्ड हिस्सा हूँ।

पीली बत्ती वाली गाड़ी से उतरी अभिजात स्त्री तारा दीदी हैं। आवाज को आदेश बनाकर भेज देने के बाद तारा दीदी ने तत्काल आवाज का पीछा करते हुए जीप से उतरने की कोशिश नहीं की थी। उसे अपनी ध्वनि में आतंक के कम्पन का भरोसा था। वह इत्मीनान से उतरी।

तारा दीदी के जीप से उतरते ही ड्राइवर एक तीखा हॉर्न बजाता हुआ जीप को हटाये जा रहे स्कूटर की जगह बैक करने लगा। उस हॉर्न की आवाज ने सबसे पहले मुझे बींधा। फिर दूर घर में माँ को, अस्पताल में पिताजी को, तमाम रिश्तेदारों को, बल्कि और पीछे, तमाम पुरखों की आत्माओं को भेदती हुई दुबारा सीधे मेरे सीने में आकर धँस गयी। एक सामान्य-सा वाहन और उसकी सामान्य-सी आवाज का इस तरह एकाएक सत्तामूलक हो जाना मेरी चेतना के लिए अप्रत्याशित और आहत कर देने वाली घटना है। मैंने देखा, ट्रैफिक पुलिस के सिपाही की मुखमुद्रा ऐसे हो आयी, जैसे उसे किसी ने मुअत्तली का आदेश थमा दिया हो।

मुझे इस बात का स्वप्न में भी खयाल नहीं था कि तारा दीदी से अचानक और इतनी नाटकीय स्थिति में मुलाकात हो जाएगी। मुझे लगा, मैं ठिठुराते और ठंडे पानी से निकाल कर खौलते पानी में डाल दिया गया हूँ। जैसे पीछे से किसी ने चाकू से प्रहार किया है और सामने से किसी ने खंजर से। प्रहार से खून के फव्वारे छूटने थे, लेकिन खून नब्जों के भीतर जम गया है।

अब तारा दीदी भी मुझे ही देख रही हैं। उसके चेहरे पर अचरज नहीं है। सम्भवतः उसने टिकने नहीं दिया था। मैं सिपाही के पास बहुत दयनीय स्थिति में खड़ा हूँ। मुझे अपने अचरज को हटाने का खयाल ही नहीं आया।

तारा दीदी ने सारा माजरा तुरन्त समझ लिया। उसने हाथ के संकेत से सिपाही को हटने का आदेश दिया। फिर उसने मेरा हाथ पकड़ा और मुझे लेकर जीप में बैठ गयीं। कब हम दोनों कॉफी-शॉप पर पहुँचे, कब उसने कॉफी बुलायी, मुझे जरा भी पता नहीं चला। मैं एक अजीब-सी स्तब्धता की कैद में था। वह बोल रही हैं, मैं सुन रहा हूँ। या शायद वह कुछ बोलीं ही नहीं। पूरे समय हम दोनों चुप रहे। मैं अब तारा दीदी के घर में हूँ और शॉक से बाहर।

यह दो बेडरूम, एक हॉल और किचन वाला एक सामान्य-सा सरकारी क्वार्टर है, जिसे मध्यमवर्गीय उत्साह में बँगला कहा जा सकता है। जयन्त घर पर

नहीं हैं। रास्ते में तारा दीदी ने बताया था कि इस वक्त वे ऑफिस में होंगे। आगे यह नहीं बताया कि वह सी.एस.पी. हैं। वह जानती हैं, मैं जीप पर लगी प्लेट पर यह पढ़ चुका हूँ। अलबत्ता सिर्फ यह कहा कि पिछले वर्ष पी.एस.सी. में चयन हुआ था। अब आई.ए.एस. की तैयारी में हैं।

मैं चुपचाप सोफे पर बैठ गया। तारा दीदी ने कहा कि मुँह-हाथ धोकर तैयार हो जाओ। जयन्त भी बस आने ही वाले हैं। मैंने तारा दीदी से जाने की जिद भी की। उसे बताया कि मौसी के घर सब लोग राह देखेंगे, लेकिन वह नहीं मानीं। कहने लगीं, ''फोन करके बता दो। आज नहीं आ रहे हो।''

मैंने कुछ कहने के लिए मुँह खोला ही था कि उन्होंने कहा, ''स्कूटर की चिन्ता मत करो। वह मौसाजी के घर पहुँच गया है। वही सिपाही छोड़ आया है।'' कहते हुए उसके चेहरे पर एक छोटी-सी मुस्कान आ गयी। मैं इस मुस्कान में 'वही सिपाही' के सन्दर्भ में व्यंग्य तलाश करता तब तक मुस्कान नदारद हो गयी। आखिरकार वही किया। वह बाथरूम में तौलिया रखकर, मुझे बाथरूम तक छोड़कर वापस किचन में चली गयीं। मैंने बाथरूम का दरवाजा भीतर से बन्द कर लिया। कपड़े उतारकर मुँह-हाथ धोने लगा, तभी कुल्ला करते हुए रुक गया। मुँह में पानी लेने की हिम्मत नहीं हुई। पिताजी को यदि पता चल जाए कि मैं एक चमार के घर का पानी मुँह में ले रहा हूँ तो शायद सुनकर ही मर जाएँ। मैं हथेली में पानी लेकर नाक के पास ले गया। डी-कोलोन की खुशबू आ रही है। मैंने तौलिये से हाथ-मुँह पोंछकर वापस कपड़े पहन लिये। वापस हॉल में आया तो उसने चाय लाकर दी। चाय का प्याला हाथ में लेकर कुछ क्षण सोचने लगा। तभी तारा दीदी बोलीं, ''क्या बात है? इस घर में चाय पीने की हिम्मत नहीं हो रही है?''

मैं शर्म के मारे घबरा गया।

''ऐसी कोई बात नहीं।'' कहकर चाय पीने लगा। वह भी अपना प्याला लेकर मेरे सामने सोफा चेयर पर बैठ गयीं। मैं सोचने लगा, मैं तो पानी का कुल्ला करने से परहेज कर रहा था और यह तो यहाँ की रोटी भी खाती हैं। उसका जूठा भी खाती होंगी और जूठा खाने की क्या बात है, उसके साथ सोती भी होंगी। मेरा मन उदास हो गया। मैंने बची हुई चाय के साथ प्याला वापस रख दिया।

''क्या बात है, चाय क्यों छोड़ दी? अब यह मत कहना कि चाय अच्छी नहीं है। बरसों से मैं ही चाय बनाकर तुम्हें देती आयी हूँ।'' कहकर वह मेरी ओर देखने लगीं। मैं इस तरह देखने से थोड़ा विचलित हो गया। बोला, ''नहीं, ऐसी कोई बात नहीं।''

''मैं जानती हूँ तुम्हारे लिए चाय का स्वाद क्यों बिगड़ गया, क्योंकि वह इस घर में बनी है।'' कहकर उन्होंने क्षण भर मुझे देखा और चाय पीने लगीं।

मैंने जवाब देना चाहा, लेकिन बोलते-बोलते रुक गया। मैंने मन-ही-मन स्वयं से कहा, हममें और इनमें बहुत फर्क है। जाति की बात यदि छोड़ भी दें तो रहन-सहन, आचार-विचार और पूरी जीवन-शैली बदली हुई है। और सच पूछा जाए तो जाति की बात भी कैसे छोड़ दें?

मैंने चुपके से उनकी ओर देखा। उनके चेहरे में एक बहुत मोहक प्रसन्नता है। मुझे बुरा लगा। उन्होंने मेरी ओर देखा तो उनकी आँखों में प्रसन्नता के साथ प्रश्न भी है।

''तारा दीदी!'' मैं बहुत आहिस्ता से बोला, ''आपके सुख कितने बड़े हैं? माँ-बाप के दु:ख से बड़े हैं?'' उन्होंने एकाएक कोई जवाब नहीं दिया। सम्भवत: जवाब उनके पास है, लेकिन बोले जाने की अनिवार्यता को लेकर वह सशंकित हैं। फिर वह थोड़ा गम्भीर होकर बोलीं, ''भाई, मुझे खबर है कि तुम्हें इस बार भी इंटरव्यू में सफलता नहीं मिली है!''

मैं उनका आशय समझ रहा था, फिर भी थोड़े साहस के साथ बोला, ''क्या कहना चाहती हैं?''

उन्होंने भी उतना ही साहस सँभाला और बोलीं, ''तुम्हें अपनी असफलता का अपराध-बोध माँ-बाप की पैरवी के लिए उकसा रहा है। उनका दु:ख तुम्हें इसीलिए बड़ा लग रहा है।''

मैं धक्क-से रह गया। एकदम चुपचाप।

वह उठकर आयीं और मेरे करीब रखे सोफा चेयर पर बैठ गयी। फिर इतनी सन्तुलित आवाज में बोलीं कि मैं समझ नहीं पाया कि वह मुझे समझा रही हैं या सफाई दे रही हैं।

''देखो भुवन, मेरा यह निर्णय प्रेम में आतुर किसी भावुक लड़की का निर्णय नहीं था। मैं और जयन्त बरसों से एक-दूसरे को जानते हैं। बहुत सोच-समझकर मैं इस निर्णय पर पहुँची हूँ।''

मुझे एकाएक वह रेडियो-टॉक याद आ गयी जिसकी रिकार्डिंग मैंने सुनी थी। अब यह सुनकर उस बात को कोई मजाक या विचार का विस्फोट मानने जैसे कोई बात ही नहीं बची है। मैंने देखा, वह बहुत धैर्य से मेरे चेहरे की बेचैनी पढ़ रही हैं। फिर वह किंचित् व्यंग्य से मुस्कराते हुए बोलीं, ''एक नाकारे, निठल्ले और बेरोजगार ब्राह्मण लड़के से शादी करके मुझे जीवन में क्या सुख मिलता?''

''ऐसी भी बात नहीं है कि ब्राह्मणों के लड़के ऊँचे पदों पर नहीं हैं। या सम्पन्न नहीं हैं। बहुत से लड़के हैं जो बड़ी नौकरियों में हैं। कई तो विदेशों में हैं।'' मैंने थोड़े रोष से प्रतिवाद किया।

''तुम जिन लड़कों की बात कर रहे हो, वे हमारे जैसे 'लोअर क्लास' से

लड़की नहीं लेते हैं। वे अपनी ही 'अपर क्लास' से पत्नी चुनते हैं। जाति का अभिमान का बोझ ये हमारे जैसे लोगों के लिए छोड़ देते हैं।''

कहते हुए उनका चेहरा तमतमा आया। मैंने क्षणभर सोचा, फिर उनकी तमतमाहट की परवाह किये बगैर बोला, ''जाति का अभिमान कोई बोझ नहीं होता है।''

तारा दीदी के चेहरे से तमतमाहट भाप की तरह उड़ने लगी और एक व्यंग्य की मुस्कान उभर आयी, फिर संयत स्वर में बोलीं, ''ऐसा ही होता है। वर्ना क्या कारण है कि तुमने पहले अपनी ही जाति की लड़की तलाश की, फिर उससे प्रेम किया।''

मैं स्तब्ध रह गया। एकदम चुप। उसके ताने का जवाब देना यानी कड़वाहट बढ़ाना है। तभी बाहर से जिप्सी के रुकने की आवाज आयी। मुझे याद आया, ड्राइवर मुझे और तारा दीदी को छोड़कर वापस चला गया था।

तभी दरवाजे पर जयन्त प्रकट हुए। मुझे देखकर क्षण भर वह चकित रह गये। फिर मुस्कराते हुए आगे बढ़े, तो मुझे लगा वह गले लगाना चाहते हैं। मैं थोड़ा संकोच में पड़ गया। शायद मेरा संकोच भाँपकर या फिर उनका ऐसा इरादा था ही नहीं, वह ठिठक गये। लेकिन मुझसे बहुत गर्मजोशी से हाथ मिलाया।

''आपको यहाँ देखकर अच्छा लग रहा है।'' वह सोफे पर बैठते हुए बोले। मैं पूछना चाहता था कि क्यों? लेकिन पूछा नहीं। पता नहीं क्यों, कुछ देर पहले तक का संकोच का दबाव अब मेरे भीतर कम हो गया। शायद इस घर के ठाठ-बाट और सम्पन्नता का असर है या यहाँ गुजारे थोड़े वक्त का। मैं थोड़ा चिन्तित हो गया। मैं तारा दीदी की सम्पन्नता से आतंकित हूँ या किसी अजाने लोभ से परास्त हो रहा हूँ? मैं ऊहापोह की अजीब-सी स्थिति में आ गया। और इसीलिए जब तारा दीदी ने रात के खाने की तैयारी करते हुए मुझसे पूछा, तो मैंने अपनी पसन्द की सब्जी का नाम भी बता दिया। जयन्त नहाने चला गये। मैं आँखें बन्द करके सोफे पर पसर गया। तारा दीदी अर्दली को कुछ काम बताने लगीं। मैंने मार्क किया, नौकर को आदेश देते हुए तारा दीदी के स्वर में बहुत ही सहज और शालीन दम्भ है, निश्चित रूप से जिसे उन्होंने बहुत ही अभ्यास के बाद साधा है।

खाना तैयार हुआ तो रात के लगभग नौ बज गये। खाना खाने के लिए टेबल पर बैठने ही लगे कि फोन की घंटी बजी। जयन्त ने फोन उठाया और बोले, ''मिश्रा स्पीकिंग!''

मैंने चौंककर बहन की ओर देखा, लेकिन उसका चेहरा निर्विकार है। सोचा, घर में दाखिल होते समय बाहर नेमप्लेट पढ़ नहीं पाया था, बात खत्म करके जयन्त खाने की टेबल पर आ गये। शाम से अब तक माहौल कुछ सामान्य हो गया है। फिर

भी मुझे पूछने में संकोच लगा कि, सरनेम बदलना जरूरी था क्या? मैं चुपचाप खाना खाता रहा। खाने के बाद जयन्त हाथ धोने के लिए वाश बेसिन तक गये तो आखिरकार मुझसे रहा नहीं गया। शायद एक कारण यह भी है कि अवचेतन में कहीं ब्राह्मणत्व आहत हो रहा था। मैंने तारा दीदी से पूछ ही लिया, ''आपको ऐसा नहीं लगता कि पेटी-स्ट्रगल्स में ऊर्जा नष्ट हो रही है?'' मैंने प्रश्न थोड़े अन्तराल के बाद किया, लेकिन उन्होंने सन्दर्भ तुरन्त पकड़ लिया। मेरी उपस्थिति में वह पूरे समय सतर्क रहती हैं। शायद यह उनकी आदत बनती जा रही है। वह कुछ क्षण चुप रहीं, फिर बोलीं, ''जब बड़ी लड़ाइयों की जीत दूर हो तो छोटी लड़ाइयों की जीत के सुख से वंचित क्यों रहा जाए?''

मैं कुछ नहीं बोला। मैं भी उठकर वाश-बेसिन की ओर चल दिया। मैंने अनुमान लगाया, चीजें और स्थितियाँ इसी तरह सुधरती हैं, या कहें कब्जे में आती हैं। शायद यह एक किस्म का छापामार युद्ध है, जहाँ नैतिकता की गुँजाइश नहीं होती है। आततायी को उनके ही हथियार से मारना है। वापस लौटकर मैं जयन्त के करीब बैठ गया।

एकाएक तारा दीदी उठ खड़ी हुईं। बोलीं, ''आप लोग बातें करें। मैं कॉफी बनाकर लाती हूँ।'' कहकर वह मुस्कराती हुए किचन में चली गयीं। तारा दीदी की उपस्थिति ऐसी नहीं थी कि जाने से अवरोध आता, लेकिन अकारण हम दोनों भी चुप हो गये।

कॉफी पीकर हम लोग घूमने निकल गये। लौटे तो काफी देर हो चुकी थी। जयन्त सोने चले गये। तारा दीदी ने दूसरे कमरे में मेरा बिस्तर लगाया और पानी का गिलास सिरहाने रखकर जाने लगीं तो सहसा मैंने बहुत धीमे से उन्हें पुकारा, ''तारा दीदी!'' वह जाते हुए ठिठक गयीं।

''आपको खुश देखकर मुझे अच्छा लग रहा है, मुझे भरोसा है कि एक दिन पिताजी भी सबकुछ भूल जाएँगे। आखिर मैंने भी तो आपको क्षमा कर दिया।''

वह बहुत धैर्य के साथ चलकर मेरे करीब आयीं। ऐसे कि उनके बोले जाने वाले वाक्य को लौटने की हड़बड़ी में न समेट लिया जाए, फिर बहुत कोमल स्वर में बोलीं, ''मैंने तुमसे क्षमा कब माँगी? क्षमा माँगने का अर्थ है, यह मान लेना कि मैंने कोई अपराध किया है या मुझे अपने किये का कोई पश्चात्ताप है। जबकि ऐसी कोई बात नहीं है।'' मेरे मुँह से जवाब में कुछ नहीं निकला। एकदम चुप हो गया। फिर वह उसी धैर्य के साथ कमरे से चली गयीं। मेरे आहत मन ने महसूस किया कि तारा दीदी की आवाज में ब्राह्मणों वाली कोमलता खत्म हो गयी है और उसकी जगह एक पैनी और खराश भरी आवाज ने ले ली है। फिर मुझे खुद पर गुस्सा आने लगा। मैं व्यर्थ ही तारा दीदी के दबाव में उनके घर ठहर गया। मैंने सोचा, मुझे ऐसी

नासमझी की बात नहीं करनी चाहिए थी। क्या सचमुच मैंने तारा दीदी को क्षमा कर दिया है या फिर बहन के अप्रकट पश्चात्ताप को कम करने के लिए एक छोटे भाई का यह अबोध दिलासा था? वर्ना एक निरपराध पिता को रोग-शय्या के हवाले कर आयी एक महत्त्वाकांक्षी और लोभी लड़की को क्या मैं क्षमा कर सकता हूँ?

बीती शाम के तारा दीदी के पूरे व्यवहार को याद करके मुझे अजीब-सा लगा। पूरे समय वह एक सहज पत्नी और गृहिणी की अपेक्षा अपने पति और खासकर उसकी जाति के सम्मान में सतर्क और आशंकित रहने वाली स्त्री लगीं। जयन्त भी एक आम सहज पति की अपेक्षा किसी दुर्लभ के प्राप्य से अभिभूत विजेता ही लगे। फिर मुझे लगा, घृणा और हताशा के अतिरेक में मैं कुछ ज्यादा ही निर्मम विश्लेषण कर रहा हूँ। विचारों के दबाव से सिर दुखने लगा तो मैंने सिर झटककर सबसे छुटकारा चाहा। काफी देर बाद मुझे नींद आयी। फिर भी इत्मीनान से सो नहीं पाया। रात में कई बार नींद खुली।

सुबह जब सोकर उठा तो थकान महसूस की। जल्दी तैयार होकर मैं मौसी के घर आ गया। अपना बैग तैयार करके खरगोन वापस लौटने की तैयारी करने लगा कि टेलीफोन की घंटी बजी। मैं अकारण ठिठक गया। फोन सुनकर मौसी लौटीं तो उसकी आँखें डबडबायी हुईं थीं। मौसी ने बताया कि तेरे पिताजी नहीं रहे। इतने अप्रत्याशित ढंग से मौसी ने कहा कि मैं हक्का-बक्का रह गया। मैं यहाँ रोना नहीं चाहता था, लेकिन मौसी ने जबरन खींचकर गले से लगाया और रोने लगीं। मेरे आँसुओं की धार बहने लगी। फिर भी मैंने खुद को जल्दी सँभाल लिया।

मौसी के घर के भी सभी लोग चलने के लिए तैयार होने लगे। तभी मुझे एकाएक याद आया। मैंने बहन को फोन किया। खबर सुनकर थोड़ी देर के लिए फोन पर चुप्पी छा गयी। फिर उन्होंने इतना कहा कि तुम यहाँ आ जाओ। मैंने मौसी को कहा कि आप लोग अभी पहली बस पकड़कर चले जाएँ, मैं अगली बस में जाऊँगा। तारा दीदी और मेरे बीच घृणा और प्रेम का अजीब-सा रिश्ता पनप रहा है। न चाहकर भी मैं उसके घर जाने के लिए खुद को रोक नहीं पाया। मौसी के घर से सब लोग भी चल दिये तो मैं अपना बैठ उठाकर तारा दीदी के यहाँ पहुँचा। तारा दीदी ने शायद जयन्त को भी फोन करके बुला लिया था। दोनों दरवाजे पर खड़े थे। मुझे देखकर तारा दीदी जोर से रोने लगीं। जयन्त कुछ देर खड़े रहे, फिर आगे बढ़े, ''तारा को आप ले जाइये। चलना तो मैं भी चाहता हूँ, लेकिन दु:ख की इस घड़ी में वहाँ सारे रिश्तेदारों का गुस्सा बढ़ाना ठीक नहीं होगा।''

मैंने जयन्त का समर्थन किया और आगे बढ़कर रोती हुई तारा दीदी के कन्धे पर हाथ रखकर सिर्फ इतना कहा, ''जी, यही ठीक रहेगा।'' मेरे समर्थन की उतावली तारा दीदी से छिपी नहीं रह सकी। लेकिन मुझे लगा, वहाँ घर तमाम

रिश्तेदार आएँगे और दु:ख के अतिरेक की बहक में किसी ने तारा दीदी और जयन्त को कुछ कह दिया तो दु:ख और गुस्से का एक दूसरा ही दृश्य खड़ा हो जाएगा। साथ ही मुझे लगा कि पिता की मौत के लिए तारा दीदी के साथ-साथ जयन्त भी उतना ही जिम्मेदार है। इस गुस्से ने अवचेतन में दबी घृणा को खींचकर सतह पर ला दिया। मैं चलने के लिए पलटने लगा। तभी तारा दीदी ठिठक गयी। बोली, "इस स्थिति का सामना तो एक दिन करना ही है। फिर आज क्यों नहीं? नहीं, जयन्त भी साथ चलेंगे।"

तारा दीदी के स्वर में निर्णय की दृढ़ता आ गयी। मैं उसकी जिद से परिचित हूँ। जो लड़की पिता को मृत्यु के दरवाजे पर धकेलकर सुख से रह सकती है वह छोटे भाई की बात क्या मानेगी? तारा दीदी ने लगभग जबरदस्ती जयन्त को चलने के लिए तैयार किया। मैं कुछ नहीं बोला। मेरे दु:ख में गुस्से और घृणा ने इजाफा कर दिया। दु:खी मन से मैंने सोचा, क्या तारा दीदी अपनी सुख-सुविधाओं की सुरक्षा के लिए सब कर रही है या फिर सचमुच किसी वैचारिक आग्रह के दबाव में वर्ग विशेष के सम्मान की रक्षा के लिए ऐसा कर रही है? तारा दीदी का व्यक्तित्व मेरे लिए हमेशा से रहस्यमय रहा है।

जयन्त जब जीप में बैठा तो मैं भी चुपचाप बैठ गया।

हम लोग दोपहर को लगभग एक बजे घर पहुँच गये। जयन्त की जिप्सी से ही तीनों आये। गली में आकर जीप खड़ी हुई तो घर के आगे भीड़ चौंककर देखने लगी। पहले मैं उतरा, फिर तारा दीदी और आखिर में जयन्त। लोगों की नजरें मूक उलाहने और मूक प्रतिक्रिया के लिए एक×दूसरे के चेहरे पर दौड़ने लगीं। किसी के चेहरे से भी कोई प्रतिक्रिया का भाव प्रकट नहीं हुआ। मैं समझ गया। जयन्त पीली बत्ती की गाड़ी से उतरे हैं। पीली बत्ती यानी सत्ता का प्रतीक। निश्चित रूप से अब इन जनेऊधारियों की हिम्मत नहीं कि कोई कुछ उलाहना दे या कुछ प्रतिकूल टिप्पणी करे। तारा दीदी सच कहती हैं, ब्राह्मणों का इतिहास, चाटुकारिता का इतिहास ज्यादा है। निश्चय ही यहाँ खड़े अधिकांश ब्राह्मण सोच रहे होंगे कि इस पीली बत्ती वाले से निकटता कैसे हासिल हो। सत्ता की निकटता में बने रहना इनकी कमजोरी और आदिम लालसा है।

मुँह की कड़वाहट दबाकर मैं, तारा दीदी और जयन्त के साथ भीतर चला गया। भीतर माँ की चीखें फैल रही हैं। तारा दीदी जोर से चीख मारकर भीतर भागीं। पिताजी का शव आगे के कमरे में रखा है। खिचड़ी दाढ़ी और बिखरे हुए बाल में पिताजी डरावने लग रहे हैं। कुछ रिश्तेदार मेरे करीब आये और बताया कि तुम्हारी ही राह देख रहे थे। सारी तैयारी कर ली है। मिट्टी को ज्यादा देर घर में रखना ठीक नहीं है। मैं कुछ नहीं बोला। इसमें मेरी स्वीकृति या अस्वीकृति जैसी

कोई बात ही नहीं है। यह तो मेरे लिए एक सूचना मात्र है। सारे रिश्तेदार आ गये हैं। मौसी के घर से भी सभी आ गये हैं। बमुश्किल आधे घंटे बाद घर से शवयात्रा चल दी।

शाम होने से पहले ही हम लोग श्मशान से लौट आये। जो लोग शहर में ही रहते हैं या आसपास के गाँव से आये हैं, वे चले गये। शेष लोगों के ठहरने का प्रबन्ध करना पड़ा। कुछ लोग गली में ओटले पर सो गये। कुछ लोग आँगन में दरी बिछाकर सो गये। कुछ छत पर चले गये। जयन्त को मैंने बहुत जिद करके डाक-बँगले में ठहरने के लिए भेज दिया।

रात काफी हो गयी, लेकिन मुझे नींद नहीं आयी। मैं चुपचाप आँगन से उठकर भीतर कमरे में गया। माँ कमरे के अँधेरे कोने में चुपचाप बैठी है। मैं उसके पास जाकर बैठ गया। उसने सिर उठाकर ऊपर देखा तक नहीं। वह समझ गयी कि मैं हूँ।

''कैसे हो गया यह सब?'' बहुत मुश्किल से पूछ पाया मैं।

''अच्छे भले थे। तेरे जाने के दूसरे दिन अस्पताल से घर आ गये थे। शाम को थोड़ा दूध और थूली भी खायी थी। रात को फिर पता नहीं क्या हुआ कि कहने लगे...!'' कहते हुए माँ रुक गयीं। शायद आँसुओं को रोकने की कोशिश कर रही है। मैं साँस रोके सुन रहा था।

''कहने लगे गीता सुनवा दो।'' कहते ही माँ की आँखों से निःशब्द आँसू गिर पड़े। मेरी हथेली थी वहाँ। गरम आँसू हथेली पर गिरकर फैल गये। फिर अटकते हुए बोली, ''मैंने बहुत डाँटा भी। ऐसी बात क्यों करते हो! जल्दी अच्छे हो जाओगे। सुनकर हँसने लगे थे। जब माने नहीं तो शर्माजी को भेजकर पंडित लक्ष्मीनारायण को बुलाया। रात को पंडितजी ने गीता पढ़कर सुनायी। फिर जाने कब नींद लग गयी। पंडितजी उठकर चले गये। शर्माजी भी चले गये। सुबह मैं उठाने के लिए गयी तो बस...तब पता चला!'' कहकर माँ फिर रोने लगी। इस बार आँसुओं के साथ उसकी सुबकियों को भी वह रोक नहीं पायी।

मेरी पीठ पर किसी ने हाथ रखा, तो मैं चौंककर पलट गया। देखा, तारा दीदी हैं। जाने कब पीछे आकर बैठ गयी थीं। तारा दीदी को देखकर माँ ने आँचल को हथेलियों में दबाकर हाथ जोड़ लिये और कुछ कहना चाहा, लेकिन दुःख के अतिरेक में मुँह से शब्द नहीं निकले, सिर्फ सिर हिलता रहा। जैसे अस्पताल में 'क्षमा' कहते हुए पिताजी का सिर हिल रहा था, क्या माँ भी तारा से यही कहना चाहती है?

मैं उठकर बाहर आ गया।

सुबह किसी को अस्थियाँ समेटने के लिए श्मशान भेजना है। सतीश को

श्मशान भेज दिया गया। मौसी ने बताया कि तूने आग दी है, इसलिए पगड़ी की रस्म तक तू घर से बाहर नहीं जा सकता है। इसलिए यदि अभी अस्थियाँ विसर्जित करनी हैं तो घर-परिवार या कुल का कोई दूसरा व्यक्ति चला जाए। मैं अस्थियों की पोटली लेने भीतर गया। वापस लौटते हुए ठिठक गया। फिर देखा कमरे में कोई नहीं है। मैंने चुपके से पूजा-घर में से पिताजी की सारी पोथियाँ उठायीं और पोटली में रख दीं। अब इनका भी विसर्जित होने का समय आ गया है। मुझे लगा, अब इन सब का कोई अर्थ नहीं रह गया है। पिताजी ने ब्राह्मणत्व की ऐसी प्रतिष्ठा के लिए अपनी जान दे दी, जिसका अब कोई मूल्य नहीं रह गया है। और उन्हें इस बात की कोई खबर भी नहीं थी। भीतर से वापस लौटा तो देखा, तारा दीदी और जयन्त जाने के लिए बैग लेकर आँगन में खड़े हैं। किसी ने रोकने की कोशिश नहीं की। कोई कुछ बोला भी नहीं। संकोच, घृणा और दुःख का अजीब-सा दबाव बन गया।

तारा दीदी और जयन्त चले गये। एक-एक करके अधिकांश रिश्तेदार चले गये। पगड़ी की रस्म के लिए बहुत करीबी रिश्तेदार रुक गये। माँ भीतर के अँधेरे कमरे में बन्द है। मैं बाहर खुले में हूँ, लेकिन अभी दस-बारह दिन कहीं आने-जाने पर पाबन्दी है। रोज शाम को इक्के-दुक्के दोस्त आकर बैठ जाते हैं। समय कटने लगा। दिन बीतने लगे। पगड़ी की रस्म को दो दिन रह गये हैं। सुबह हर्षा ने बताया कि शाम को अंजलि आएगी। मैं कुछ नहीं बोला। पहली बार ऐसा हुआ कि अंजलि के आने की खबर से मन में पुलक नहीं जागी। मन में कहीं लग रहा है कि अंजलि से सामना भी न हो पाये और मुलाकात भी हो जाए। हालाँकि अंजलि इस बीच आयी थी। पिताजी के दाह-संस्कार वाले दिन वह अपनी माँ और पिताजी के साथ आयी थी। उसकी माँ तो एकाध बार शायद बाद में भी आयी थी, लेकिन अंजलि दिखाई नहीं दी थी। बहुत मुमकिन है कि वह घर में आयी हो और मैं छत पर सोया रह गया।

शाम ढलते-ढलते अंजलि के आने की बात मन में टीस की तरह फैल गयी। अँधेरा बढ़ने लगा और बिजली के आने की सम्भावना टूटने लगी तो हर्षा ने कन्दील जलाकर कमरे में मेरी मेज पर रख दिया। मैं कुर्सी पर बैठ गया और बातचीत के उन टुकड़ों को मन में जमाने लगा, जिनके जरिये मुझे अपना फैसला अंजलि तक पहुँचाना है। उसे अपनी असफलताओं के दुःख से मुक्त कर देना चाहिए। मुझे अपने मृत सपनों का बोझ उसकी आँखों पर नहीं रखना चाहिए। अलग होने के निर्णय पर पहुँचकर उसे बचाने की जरूरत है।

मैंने देखा, कन्दील से रोशनी निकलकर मेज पर फैल रही है। कुर्सी से मेज थोड़ी दूर है, इसलिए फैली हुई रोशनी कुर्सी तक आने से पहले मेज से नीचे गिर पड़ी थी। मैंने नीचे सिर झुकाकर पलकें झपकायीं, गोया आँखों में धरे मृत सपने भी

गिर पड़े। लेकिन ऐसा होता नहीं है।

सहसा दरवाजे पर आहट हुई। मैं चौंक पड़ा। उठना चाहा, फिर रुक गया। अँधेरे में एक परछाईं दरवाजे पर आकर ठिठक गयी। मैं कुछ नहीं बोला। अंजलि है। मैं पहचान गया। मुझे लगा, पीछे आकर हमेशा की भाँति वह मेरे कन्धों पर हाथ रखेगी।

कुछ देर वह दरवाजे पर खड़ी रही। फिर धीरे से चलकर कन्दील की कमजोर रोशनी की जद में आ गयी। अब मैं उठकर खड़ा हो गया। उसने निकट रखी दूसरी कुर्सी पीछे खिसकायी और बैठ गयी। अब रोशनी की गिरफ्त उस पर से थोड़ी ढीली हो गयी। रोशनी की इस ढीली पकड़ में भी उसके गोरे चेहरे का तनाव साफ नजर आ रहा है। मैं कुछ देर खड़ा रहा, फिर बैठ गया।

"इतने दिनों से कहाँ गायब थे, मिल नहीं रहे थे? मेरा मतलब है चाचाजी की मृत्यु से पहले कहाँ गायब थे?" वह बोली तो मैंने देखा, उसके चेहरे से अब तनाव नदारद है और गोरेपन की स्वाभाविक आभा फैली है। थोड़ा विस्मय यह हुआ कि शाम के इस समय भी उसने बालों में ताजा सफेद गुलाब खोंस रखा है।

"कहाँ गायब हो सकता हूँ! यहीं तो था। एक-दो दिन के लिए इन्दौर गया था।" मैंने हँसकर कहा, जैसे उसने भी परिहास की मामूली-सी कोई बात कही हो, और जिसका जवाब किसी वाक्य से ज्यादा हँसी हो सकती है।

वह भी हल्के से मुस्करायी और बातें करने लगी। उन बातों में पिताजी की मृत्यु को लेकर मेरे लिए दिलासा है। माँ के दुःख को लेकर चिन्ता है। फिर भी मुझे ऐसा लगा, जैसी उसकी आवाज में सहजता नहीं है। उसकी आवाज में आत्मीयता की वह पुरानी तरलता नहीं है। जैसे वह कहना कुछ और चाहती है, कह कुछ और रही है।

"समय बहुत खराब आ गया है।" वह एकाएक बोली तो मैं चौंक पड़ा। मैं समझ नहीं पाया, ऐसा उसने किस सन्दर्भ में कहा। मैं चुपचाप उसे देखने लगा। मैं प्रतीक्षा करने लगा, आगे वह कुछ बोलेगी, मेरी प्रतीक्षा व्यर्थ नहीं गयी।

"कैसा समय आ गया है! पैसा अब सुविधा नहीं, ताकत हो गया है। किसी को भी, कहीं से भी धक्का देकर गिराया जा सकता है।" मैंने सिर उठाया। उसका चेहरा आवेश में नहीं है, लेकिन संजीदा है, यानी इसको मेरे रिजल्ट के बारे में मालूम हो गया है। शायद माँ या छोटी बहन ने बताया होगा। सफाई देने के जो टुकड़े मेरे भीतर जमा थे, धीरे-धीरे गुम होने लगे। एकाएक मुझे लगा, मेरे हिस्से की बहुत सारी बातचीत खत्म हो गयी है। अंजलि के चेहरे पर एक अजीब-सी गम्भीरता है। बहुत-सी बातों को कहने के लिए जैसे वह भीतर उनको व्यवस्थित कर रही हो।

"भुवन, तुम चाची का खयाल बिल्कुल नहीं रखते हो, चाची अब थकने लगी हैं।" मैं विस्मय से उसे देखने लगा। उसके उलाहने के कारण नहीं, बल्कि इसलिए कि उसने माँ के लिए 'चाची' के सम्बोधन का इस्तेमाल किया। परिचय के शुरुआती दिनों को छोड़ दिया जाए, तो उसने मेरी माँ को हमेशा 'माँ' कहकर ही पुकारा है। माँ को लेकर वह कुछ ज्यादा संवेदनशील है। उसके अपने घर में भी मुझे लेकर वह कई बातें अपनी माँ से ही शेयर करती है। ऐसी ही किसी बातों के बीच उसकी माँ ने तो कहा था कि नौकरी बाद में लगती रहेगी, पहले शादी कर लो।

"मैं तो माँ का बहुत खयाल रखता हूँ।" मैंने कुछ न समझते हुए भी बात का जवाब दिया। लेकिन मुझे महसूस हो गया कि मेरा जवाब कम-से-कम उसके प्रश्न का जवाब तो नहीं है। यह वाक्य तो उसके बोलने के बाद पैदा होने वाले खालीपन को भरने के लिए है।

वह चुप हुई तो मैं 'चाची' के आकस्मिक सम्बोधन के रहस्य में उलझ कर रहा गया। उसकी आवाज में उलाहने का रोष या आत्मीयता की तरलता नहीं थी। बहुत अजीब-सी खुरदरी आवाज थी। ऐसी खुरदरी आवाज मैंने कहाँ सुनी है? मैं याद करने लगा, लेकिन याद नहीं आया। मैंने उसकी ओर देखा तो मुझे लगा अभी कुछ वाक्य और भीतर अटके रह गये हैं।

"देखो भुवन! तुम पर अब चाची की ही जिम्मेदारी नहीं है। पूरे परिवार की जिम्मेदारी है।" बोलते हुए वह रुकी और मुझे देखने लगी, मैंने देखा, उसके चेहरे की कमनीयता पर एक किस्म की भारी बुजुर्गियत काबिज हो रही है, जिसे उसका कमनीय चेहरा सँभाल नहीं पा रहा है।

"तुमने कैसे सोच लिया कि मैं यह नहीं जानता हूँ?" मैंने बगैर किसी शिकायत के प्रश्न किया। अब मुझे उत्सुकता होने लगी। आत्मीयता को खारिज करती हुई उसकी रूखी आवाज मुझे जिज्ञासा से भरने लगी।

"यह तो और भी अच्छी बात है।" कहकर वह फिर मेरी ओर देखने लगी। उसने आँखों में मासूमियत भर ली है। वह व्यवहारिक दिखना चाहती है, लेकिन भोलेपन के मोह को बेदखल किये बगैर।

उसके चेहरे को देखकर मुझे अजीब-सा खयाल आया। लगा, उसके चेहरे पर कुछ ऐसी निश्चिन्तता है, जैसे हवालात में बैठा कोई पुलिस का अफसर मुजरिम से अपने सवालों के मनचाहे जवाब हासिल कर चुका हो। मैंने अकारण कन्दील को उसकी जगह से थोड़ा-सा सरकाया, तभी मैंने सोचा यह परिवार की जिम्मेदारी और हर्षा का जिक्र करके तारा दीदी के बारे में कुछ कहेगी। मैंने उसकी ओर देखा, उसने भी शायद मेरी आँखों में डर पकड़ लिया है।

"भुवन..." उसने इतने गीले स्वर में मुझे पुकारा कि मैं डर-सा गया। फिर

वह धीरे से बोली, ''गलत मत समझना। मैं तारा दीदी के मामले में कुछ नहीं कहना चाहती हूँ। हर व्यक्ति को अपने जीवन के फैसले लेने का अधिकार है। आखिरकार उन्होंने सारी बातें सोच-समझकर ही फैसला लिया होगा।'' मैंने मार्क किया, उसके स्वर में चिन्ता से ज्यादा संकोच है। मैं चुप रहा। मुझे तो उसकी बात को कोई सिरा ही पकड़ में नहीं आ रहा है। मैंने उसकी हथेली पर अपना हाथ रखना चाहा, लेकिन वह मेरी इच्छा और सहूलियत से दूर है! मैंने कुर्सी खींचकर उसके पास जाना ठीक नहीं समझा। मैंने उसकी ओर देखा। मेरी आँखों में प्रश्न है, जिसे वह समझ गयी।

''भुवन...डोंट टेक इट अदरवाइज ऐंड प्लीज, ट्राय टू अंडरस्टैंड मी...'' वह थोड़ा आगे झुक आयी। उसके स्वर का गीलापन खत्म हो गया है। उसके स्वर में सिर्फ चिपचिपाहट रह गयी है।

तब मुझे याद आया, ऐसी पैनी और खराश भरी आवाज मैंने तारा दीदी की सुनी थी। मैं डर गया।

मैंने थोड़े विस्मय से उसे देखा। कुछ देर तक कमरे में खामोशी रही, फिर वह बोली तो लगा उसकी आवाज कमरे से बाहर कहीं दूर किसी गाढ़े अँधेरे में डूबकर लड़खड़ाती हुई आयी है। ''दरअसल... मैं अपना फोटो और कविता की अपनी डायरी लेने आयी हूँ।'' मैंने महसूस किया, उसके स्वर में कोमलता तो है, लेकिन स्वर का कौमार्य मर गया है।

वह मेरी ओर देखने से बचने के लिए कमरे के कोने में देखने लगी। कन्दील की रोशनी वहाँ तक नहीं पहुँच रही है। वहाँ सिर्फ अँधेरा है। एकाएक मुझे लगा, जैसे हम-दोनों के भीतर भी इसी तरह का कोई कोना है, जिसका अँधेरापन बढ़ गया है। अब किसी भी आवाज की रोशनी वहाँ तक नहीं पहुँच सकती है।

वह कुछ कहना ही चाहती थी कि सहसा कमरे में मौसी आ गयी। वह चाय के दो प्याले मेज पर रखकर बहुत लाड़ से अंजलि को निहारने लगी। प्रत्युत्तर में अंजलि के होठों पर एक शालीन मुस्कान आ गयी।

''दो दिन से रोज आ रही है!'' मौसी मुझे थोड़े रोष से बोली, फिर अंजलि की ओर देखकर कहा, ''आज यह पकड़ में आ गया।'' फिर सहसा मौसी मेरे करीब आ गयी, मेरे सिर पर हाथ रखा और बोली, ''दुःख बाँटने से कम हो जाता है बेटा।'' मैंने मौसी की उँगलियों को छुआ। वह कुछ देर खड़ी रही, फिर वापस रसोईघर में चली गयी। मैंने अंजलि की ओर देखा, आँखों में नमी तो नहीं, लेकिन दिलासा है।

इस बीच उसने चाय का प्याला उठा लिया था। मैं भी चुपचाप चाय पीने लगा। चाय का खाली प्याला मैंने मेज पर रखते हुए कहा, ''ठीक है। फोटो और

चिट्ठियाँ वगैरह सभी दे देता हूँ। ले जाओ।''

''चिट्ठियाँ?'' वह एकाएक सिर उठाकर बोली। मैंने देखा, उसके चेहरे पर विस्मय से ज्यादा चिन्ता और भय है। ''चिट्ठियाँ तो मैंने कभी तुम्हें लिखी नहीं?'' चाय का प्याला उसके हाथ में जम गया जैसे। मैं हँस दिया। मैंने कहा, ''चिट्ठियाँ नहीं भई, डायरी है। वह तो यों ही मुँह से निकल गया।''

''ओह!'' वह एकाएक इतने गहीन और हल्के स्वर में बोली जैसे सिर से कोई बोझ उतर गया हो। अब उसके चेहरे पर इत्मीनान का पसरापन है, जिसे तत्काल उसने समेट लिया।

चाय का प्याला उसने मेज पर रखा तो मैंने देखा उसने प्याले में चाय छोड़ दी है। मेरी सवालिया नजरें उठीं तो वह धीरे से बोली, ''तबीयत थोड़ी ठीक नहीं है।''

''क्यों, क्या हुआ? किसी डॉक्टर को दिखाया?'' मेरे स्वर में किंचित् चिन्ता उतर आयी। मैंने बहुत नेह से उसकी ओर देखा। मुझे लगा, जैसे एकाएक वह सँभल-सी गयी, बोली, ''कोई खास बात नहीं। थकान है। सब ठीक हो जाएगा।'' वह सम्भवत: सशंकित हो गयी कि कहीं इस चिन्ता और सहानुभूति से उसे कमजोर न कर दूँ, बात कहीं किसी भावुक प्रसंग की ओर न मुड़ जाए। उसकी मुख-मुद्रा में एक किस्म की सतर्कता आ गयी। मन दु:खी हो गया मेरा। उसने कितनी जल्दबाजी की। कुछ देर धीरज रखती, तो मैं भी इसी किस्म का फैसला उसे बताता, लेकिन अब मौका हाथ से निकल चुका है। दोनों चूक गये। मैंने एक गहरी साँस छोड़ी और उठकर अलमारी में से वह भूरा लिफाफा लाकर उसे थमा दिया, जिसमें फोटो और उसकी लिखी कविताओं की डायरी है, जिस पर नीली स्याही से लिखा है 'तुम्हारे लिए'। उसका हाथ हल्के-से काँप रहा है। शायद इस घड़ी का उसने अधिक अभ्यास नहीं किया था।

उसके चेहरे पर मायूसी और इत्मीनान का एक अजीब-सा मिला-जुला भाव है, जो अँधेरे में भी छुप नहीं रहा है।

मैं वापस कुर्सी पर आकर बैठ गया। कुछ देर चुप्पी कमरे की हताश रोशनी और जिद्दी अँधेरे में घुलती रही। मैंने फिर कन्दील को धीरे से सरकाया और कहा, ''अंजलि...'' इतना कहकर मैं क्षण भर रुका जैसे किसी अजनबी को भूल से पुकारकर रुक गया हूँ। वह कुछ नहीं बोली। सिर्फ मुझे देखती रही। शायद वह जानती है कि मैंने कुछ कहने के लिए उसे नहीं पुकारा है। यह लाचारी और दु:ख की चीख भर है। फिर मैं भी कुछ नहीं बोला।

अपनी जर्जर आवाज से जैसे डर गया। ऐसा लगा, जैसे एक लम्बे गहरे और भयावह उजाड़ में ले जाकर किसी ने छोड़ दिया हो। कानों में सीटियाँ बजने लगीं।

मैंने धीरे से आँखें खोलीं, देखा, उसके चेहरे पर कमरे से बाहर जाने के लिए उतावली है।

मैंने सोचा, हार का कारण तो हमेशा एक ही है। शायद इसने भी कोई जयन्त तलाश कर लिया है। वह कुछ क्षण चुप रही। सम्भवत: प्रतीक्षा कर रही है मेरे कुछ पूछने या बोलने की। मेरी चुप्पी नहीं टूटी तो फिर वह खुद ही बोली, ''बहुत समय हो गया। मुझे चलना चाहिए।'' मैंने महसूस किया, उसकी आवाज में एक अजीब-सी खनक है। शायद मुक्ति के दर्प की या किसी विजय की खनक।

फिर उसकी आवाज का दर्प बहुत धीरे से, उसकी असावधानी में उसके चेहरे पर उतर आया। एक दबी खुशी ने उसके होठों को बेखयाली में मुस्कान की तरफ खींच लिया है जिसकी उसे खबर नहीं है। वह कहीं और खोई हुई है।

मैं मुस्करा दिया। मेरे सिर से जैसे एक बोझ उतर गया। मैंने फिर कन्दील से छेड़खानी की तो डगमगाती रोशनी ने जैसे उसे टहोक दिया। वह सम्भल गयी, ''मैं चलूँ भुवन।'' कहकर उसने मेरी तरफ देखा और उठ खड़ी हुई, फिर जैसे सहसा कुछ याद आया हो, मुझे देखते हुए बोली, ''तुम क्या समझते हो, इस तरह भूल जाना क्या मेरे लिए भी आसान होगा? तुम्हें याद है? तुम कहते हो, स्मृतियाँ कभी नहीं मरती हैं।'' उसकी आवाज में पुरानी पहचान की एक हल्की-सी आहट भी नहीं है। महज एक रस्मी और ठंडा स्वर है। मैं कुछ नहीं बोला। उसने क्षण भर रुककर मुझे देखा, फिर अपनी भारी और मँहगी साड़ी को सँभालते हुए दरवाजे से बाहर हो गयी। मैं भी उठकर दरवाजे तक गया। वापस भीतर आया तो देखा, कन्दील के लैम्प पर भीतर की ओर से कालिख जमा हो रही है। उस तरफ से, जिधर अंजलि बैठी थी।

किला समय

इधर नदी के घाट से शहर के उस शिकस्ता किले की दीवार दूसरी तरफ घूम गयी है, जहाँ थोड़ा आगे से, किले के ऊपर जाने के लिए लगभग दो सौ से ज्यादा नक्काशीदार मगर जर्जर सीढ़ियाँ हैं। पहली दो बड़ी सीढ़ियों के बाद ही शेष सीढ़ियाँ दो भागों में बँट जाती हैं, जैसे एक ही रास्ते के दो विकल्प खुल रहे हों। किले की दीवार से चिपककर सीढ़ियाँ दायीं तरफ से भी और बायीं तरफ से भी, अर्थात् दोनों तरफ से ऊपर जाने का रास्ता है। जैसे अलग-अलग दिशाओं में जाने के बावजूद अन्ततः उन्हें एक ही बिन्दु पर सहमत होना हो।

लड़का और लड़की धीरे-धीरे जुदा रास्तों से चढ़ते हुए ऊपर आखिरी सीढ़ी पर आ गये, जहाँ से दीवार से सटा हुआ एक चौड़ा रास्ता आगे बड़े हॉल तक चला गया है।

यहीं, आखिरी सीढ़ी पर नीचे की तरफ पत्थर पर दोनों ने कुछ समय पहले पत्थर से ही एक दूसरे के नाम गोदे थे। पत्थर पर पत्थर से ऐसी लिखावट दुनिया की सबसे कोमल चीज है! लड़का बेखयाली में ऐसा आज भी सोचता है और सोचकर भावुक होने लगता है।

लड़की काई लगी पत्थर की दीवार से टेक लगाये उखड़े फर्श पर बैठी है। बैठते वक्त लड़के ने बेसाख्ता कहा भी था, ''रूमाल बिछाकर बैठो, तुम्हारी बेशकीमती साड़ी खराब हो जाएगी।'' लेकिन लड़की ने उसकी यह हिदायत मानी नहीं, लड़के को लगा, वह जताना चाहती है कि उसके साहचर्य का यह बहुमूल्य पल साड़ी से कहीं ज्यादा कीमती है। लड़के का मन भीतर तक भर आया। वह उसकी चुनी हुई लापरवाही पर अपनी तरफ से कुछ टिप्पणी करना चाहता था, पर चुप ही बना रहा। उसने चुनी हुई लापरवाही को चुनी हुई चुप्पी से सन्तुलित किया। अपने इस कौशल पर उसे तसल्ली भी हुई।

लड़की के लम्बे घने बाल दो चोटी की शक्ल में दीवार के सहारे सीढ़ियों की तरफ रेंग गये थे। सीढ़ियाँ भरी-भरी हो आयीं। हो सकता है, ऐसा नहीं भी हो,

लेकिन लड़के को ऐसा ही लगा।

फिर लड़के को लगा, लड़की के सौन्दर्य की आभा में किला अपने पुराने वैभव को पाने में सफल हो गया है। फिर एकाएक जैसे सारा दृश्य ही बदल गया। दीवारों से काई मिट गयी और पुरानी मजबूती और रंगत लौट आयी। सीढ़ियाँ और फर्श चमचमाने लगे। किले के मेहराबों की नक्काशी में रंग भर गये। झरोखों और गलियारों में रेशमी पर्दे लटक गये। बड़े, विशाल और रंगीन झाड़-फानूस की सजावट नजर आने लगी। चारों तरफ वैभव की कल्पना का अद्भुत नजारा हो गया।

लड़के ने देखा, लड़की के सिर पर अनेक हीरों से जड़ा मुकुट है। गले में हीरों का हार है। हाथों की उँगलियों में हीरों की अँगूठियाँ हैं। बाजूबन्द और कमरबन्द में सोने की लड़ियों पर हीरे चमक रहे हैं। लड़की की रेशमी पोशाक हीरों से जड़ी है। लगता है कि वह रेशमी कपड़ों से नहीं, हीरों से बनी है। हीरों से जड़े और जगमगाते सिंहासन पर लड़की सजी-धजी बैठी है। लड़के को अचरज हुआ कि यदि यह किला है, तो इसमें किले की भव्यता से ज्यादा महल की सजावट है। इसमें कैदियों की मौजूदगी का आतंक नहीं है। सिंहासन पर बैठी लड़की को दासियाँ चँवर डुला रही हैं। लड़की एकाएक रानी हो गयी है।

लड़के की निगाहें एकाएक खुद पर पड़ीं। उसने देखा वह बड़े दरवाजे से दरबारियों के साथ भीतर आ रहा है। जैसी कि उसे उम्मीद थी कि वह भी यहीं-कहीं राजसी पोशाक में राजा बना मिलेगा, वैसा नहीं हुआ। लड़के को अचरज हुआ, रानी के सामने जा रहा लड़का राजा नहीं है। उसने पलटकर लड़की को देखा जो रानी बनी सिंहासन पर बैठी है। रानी अपनी दासियों के साथ सिंहासन से उठ रही है। उसके हाथ में फूल नहीं, कोड़ा है। एकाएक वह चौंक गया। वह दरबारियों के बीच नहीं है, वह सैनिकों से घिरा हुआ बन्दी है। उसने दोनों हाथ याचना में जोड़े हैं। रानी करीब आयी और दीवार के पास खड़ी हो गयी। उसने अपना एक हाथ दीवार पर रख दिया। उसने सैनिकों से कुछ नहीं कहा, सिर्फ लड़के की ओर देखा। रानी के अबोले में ही कोई आदेश था। सैनिकों की तलवारें म्यान से बाहर आ गयीं। उसने देखा, रानी की आँखों में गुस्सा नहीं, कौतूहल है। गुस्सा तो सैनिकों की तलवारों से टपक रहा है।

एक सैनिक ने उसका कॉलर पकड़कर खींचा तो उसकी टी-शर्ट फट गयी। तब उसने खुद को गौर से देखा। वह जींस की पैंट और टी-शर्ट पहने हुए है। यानी अपनी सोच में पीछे जाने की उसे इतनी उतावली थी कि वह जींस और टी-शर्ट बदल नहीं पाया था। उसने सोचा, लड़की ठीक कहती है, वह सही जगहों पर गलत कायदों के साथ जाता है। इतिहास में दाखिल होने के लिए कभी-कभी आज से हाथ छुड़ाना होता है।

तभी रानी का हाथ ऊपर उठा और कोड़ा हवा में लहराया तो वह डर के मारे पीछे हटा और लड़खड़ाया। इस लड़खड़ाहट में वह दृश्य से बाहर आया। हालाँकि वह समझ नहीं पाया कि डर के धक्के से बाहर आया या डर ने हाथ पकड़कर उसे बचाया है।

"क्या हुआ?" लड़के के चेहरे पर घबराहट देखकर लड़की ने प्रश्न किया। लड़के ने देखा, लड़की की आँखों में चिन्ता से ज्यादा बचकानी उत्सुकता है।

"कुछ नहीं। कुछ सोच रहा था या समझो देख रहा था, वह टूट गया।" उसने लड़की को समझाया तो उसे लगा, लड़की की अपेक्षा उसने खुद को समझाया है। वह लड़की की उस चिन्ता को दूर कर रहा है जो है नहीं। लेकिन लड़की की चिन्ता दूर करते हुए वह खुद को दिलासा दे रहा है।

"क्या टूटा? जो देख रहे थे वह या जो सोच रहे थे?" लड़की के चेहरे पर अब मुस्कराहट है। क्षण भर के लिए लड़के को उसमें शरारत की चमक दिखाई दी। लेकिन लड़की की आँखों में अब उत्सुकता भी नहीं है। महज एक प्रश्न है।

लड़के को दृश्य के मिट जाने का दुःख होने लगा। वह किले की भूरी और जर्जर दीवारों को घूरने लगा।

"किला धीरे-धीरे खँडहर हो रहा है।" बोले गये वाक्य से लगा, गालिबन लड़का देखे जा रहे का बखान कर रहा है। लेकिन आगे बढ़ते हुए उसने उसे हस्बमामूल दहशत से घेर दिया।

"सुनो!" लम्बी साँस खींचकर एक किस्म की दार्शनिक उदासी में वह आगे बोला, "सुनो, एक दिन शायद यहाँ कुछ भी नहीं बचेगा। यह पत्थर भी नहीं होगा, जिस पर हमारे-तुम्हारे नाम गुदे हैं।" कहा और फिर काई जमी किले की काली भूरी दीवारों को गहरे अवसाद के साथ घूरने लगा। घूरते हुए वह, वहाँ पहुँच गया था। 'रिदिंग रूईन्स' के बारे में जो सत्रहवीं शताब्दी के ग्रीक खँडहरों पर बनी रूबेन्स की चर्चित चित्रकृति थी। बाद इसके, कुछ पल लड़के ने शाइस्तगी के साथ देखा, लड़की की आँखों में भी उदास और उजड़ती दीवारों का भूरापन उतर आया है और दूर-दूर तक जंगल और खेतों पर फैली धूप उजड़ गयी है। उसने गौर किया, बिना धूप वाला सूरज, किले के आखिरी कंगूरे पर टिककर उनकी बातों को उत्सुकता से सुन रहा है और सुनकर शायद शर्म के कारण सुर्ख हो रहा है।

वह काफी देर तक चुप रही। निराश होकर सूरज नीचे उतर गया। अपनी आखिरी चमक लेकर, किले की दूसरी तरफ। किले की सीढ़ियों से नहीं।

लड़के ने मार्क किया। हल्के रंग की विदेशी लिपस्टिक से रँगे लड़की के होठ चुप रहने की व्याकुलता में बार-बार खुल रहे हैं। उससे लगता है, गालिबन उसके पास कुछ ऐसे भी लफ्ज हैं जिनकी ध्वनियाँ नहीं हैं। लड़की शायद घर को

किले की भाँति उजाड़ छोड़ आयी थी और यहाँ इस किले तक लड़की उसके लिए नहीं आयी है। खुद के लिए आयी है। अपना खोया हुआ कुछ खोज रही है।

उसकी इच्छा हुई कि वह लड़की से पूछे, लड़की के खोये हुए के बारे में, पर उसने फिर चुप्पी चुन ली है।

इसके बाद लड़के ने बहुत उदग्र भाव आवेग में आते हुए चाहा कि वह लड़की के रक्ताभ और कोमल होठों पर अपने होठ रख दे, लेकिन फिर उसे लगा कि ऐसा करना तो दूर, इस विचार का नुकीला सिरा भी उसके होठों को छू गया तो उस पर खून के कतरे छलछला आएँगे।

''एक दिन जब किला पूरी तरह ढह जाएगा तो लोग कैसे यकीन करेंगे कि यहाँ कोई किला था?'' वह बोली तो आवाज से लगा वह ढह चुके किले के बिखरे हुए मलबे के बीच से बोल रही है।

''यकीन करेंगे क्योंकि तब यह पुरातत्त्व विभाग की फाइलों में बचा रहेगा या फिर किसी अमैच्योर आर्टिस्ट या तफरीहपसन्द फोटोग्राफर के कलेक्शन में। हमारे-तुम्हारे जैसे लोग आने वाली पीढ़ी को अपनी याद्‌दाश्त के सहारे जितना बता पाएँगे, वे उतना जानेंगे।'' लड़के ने किले की दीवार की काई को आखिरी बार कुरेदते हुए कहा।

फिर वह अपनी से अधिक लड़की की याद्‌दाश्त के बारे में सोचने लगा।

''क्या हमलोग या और लोग बिलकुल ठीक इसी तरह, जैसा और जितना विशाल यह किला है, वैसा बखान कर पाएँगे?'' कहते-कहते वह किले की भव्यता में चली गयी, फिर वापस लौटकर दीवार से टिककर खड़ी हो गयी।

''नहीं...बिलकुल नहीं! हमारे-तुम्हारे, मरते-खपते ही किला अपनी समूची स्मृतियों के साथ खत्म हो जाएगा। ड्राइंगरूम में टाँगी जाने वाली तस्वीर भी नहीं रह जाएगा।'' लड़के ने आवाज को पाटदार बनाकर भविष्यवक्ता की तरह कहा।

''पीछे की तरफ... वहाँ जहाँ से किले की दीवार ढह गयी है। एक कॉलोनी दाखिल हो रही है। काफी कुछ बन गयी है।'' कहकर लड़की दूर कुछ देखने लगी। लड़के ने उसे कहना चाहा, फिर चुप रह गया कि एक शहर को अधिक आधुनिक और सुविधा सम्पन्न बनाने के लिए एक उजाड़ अतीत की बलि भी देनी पड़ती है।

''इस किले ने कितनी लड़ाइयाँ फतह की होंगी, लेकिन आज समय से, बल्कि विकास की ओट में पल रही सम्पन्नता की चाह से परास्त हो गया। किला अपनी समस्त भव्यता के बावजूद आदमी की अदना-सी इच्छा के आगे बौना हो गया।'' कहकर लड़के ने लड़की की तरफ देखा, जो उठकर किले के झरोखेनुमा सूराखों से बाहर झाँक रही है। उसे लगा, वह झरोखा नहीं है, बल्कि किले की

इच्छा है, जो लड़की की तरह उत्सुकता में बाहर निकल आयी है। पता नहीं, वह अपना अतीत देख रही है कि किले का! क्या इतने दिनों, या बरसों के बाद यहाँ आने पर वह भी मेरी तरह ही इन चीजों को देख रही है? जैसा मैं रोज महसूस करता हूँ, क्या वह भी ऐसा ही महसूस कर रही है? लड़का समझ नहीं पाया। लड़की अब भी झरोखे से गर्दन निकालकर दूर कहीं देख रही है। वह दूर देख रही है, उस 'निकट' के लिए जो तब था। उस 'तब' को, उस निकट अतीत को वह नजरों की इस लम्बी उड़ान के साथ भीतर की बोझिल उदासी को कहीं दूर छोड़ आना चाहती है।

लड़का नहीं जानता है कि अलहदगी ने उदासी पैदा नहीं की है।

लड़की का एक हाथ किले की दीवार पर है। साफ, उजला और चूड़ियों से भरा हाथ काई लगी दीवार पर अजीब-सा लग रहा है, जैसे घर की जर्जर दीवार पर कोई नया और खूबसूरत कैलेंडर टाँग दिया गया हो! लड़की का हाथ धीरे से काँप रहा है। उसे लगा, कम्पन हाथ में नहीं, दीवार में है। लड़की अभी भी दूर कहीं देख रही है। उसकी नजरें इतनी दूर जा चुकी हैं कि लौटना भूल गयी हैं। लड़के ने उदासी में सोचा, लड़की का हाथ किले की दीवार पर नहीं, इतिहास पर रखा है, सम्भवत: किसी राजा ने या किसी रानी ने किले की दीवार पर ठीक इसी जगह हाथ रखा होगा, जहाँ अभी लड़की का हाथ है। लड़की अतीत के उस छूटे हुए स्पर्श को सहला रही है। यानी लड़की का हाथ काँप रहा है। लड़की का हाथ इतिहास में गुम हो चुके हाथ को टटोल रहा है।

लड़के को याद आया, कुछ देर पहले इसी किले को उसने महल की तरह सजा हुआ देखा था और लड़की को रानी की तरह। उसे यह भी याद आया कि लड़की उस महलनुमा किले में यहीं खड़ी थी—इसी जगह पर। इसी तरह दीवार पर हाथ टिकाये।

तो क्या लड़की तब से यहाँ खड़ी है?

इसका अर्थ है कि लड़की किसी दूसरे के हाथ को नहीं टटोल रही है। वह खुद के स्पर्श को फिर से महसूस करके रोमांचित है। लड़की ने दीवार पर नहीं, खुद अपने ही पुराने हाथ पर फिर से हाथ धर दिया है।

लड़की शताब्दियों से दीवार के पास खड़ी क्या सोच रही है? लड़की ने इस लम्बे समय में कितना-कुछ बचाया है। लेकिन लड़का यह नहीं तय कर पाया कि क्या बचाया है, खुद को या समय को?

लड़की के सामने झरोखा है, यह लड़की को अतीत के दृश्यों में खींच रहा है। दीवार पर रखा हाथ सम्भवत: उसे अतीत में गिरने से बचा रहा होगा। लड़के ने इस तरह सोचा और खुद को तसल्ली दी। लड़की की भूरी पीठ उसकी ओर है।

लड़के ने देखा, पसीने की एक बूँद लड़की की गरदन से उतरी और पीठ पर ब्लाउज के नीचे कहीं गुम हो गयी। लड़के को आश्चर्य हुआ। उस तरफ देखने में ऐसा क्या श्रम करना पड़ रहा है? कितना नीचे देखना पड़ रहा है? उसकी पीठ पर चमकती बूँद के लिए वह मुकम्मल शब्द ढूँढने में उलझ गया। श्रम-सीकर शब्द उसे बहुत आर्किएक और पुराना लगा और इतनी कोमल त्वचा पर अटपटा भी।

लड़की किले की दीवार से सटकर खड़ी है। उसके सीने का बायाँ हिस्सा दीवार के दबाव से थोड़ा दब गया है। लड़के को याद आया, लड़की जब भी उसके कन्धे पर सिर रखकर टिक जाती थी, उसके सीने के दबाव से अपने सीने के कानों में उसकी धड़कनों को सुनता रहता था। लड़के को लगा कि इस समय किला भी लड़की की धड़कनों का संगीत सुन रहा है। जैसे दो छोटी एक बड़ी ताल। फिर लगा दरअसल किला इस हल्की-सी हवा में नहीं, बल्कि इस ताल पर थरथरा रहा है। लड़के ने दीवार पर हाथ धर दिया, उसकी आँखें बन्द हो गयीं। लड़की की निःशब्द देह सम्पूर्ण राग का विस्तार हो गयी थी।

फिर सहसा उसने अपना हाथ हटा लिया। वह किले की दीवार नहीं, लड़की की देह है।

लड़का पलटा और दो सीढ़ी नीचे उतरकर सीढ़ी के कोने में दीवार में उगी घास को जड़ से उखाड़ने की कोशिश करने लगा, लेकिन घास उखड़ी नहीं, बल्कि बीच से टूट गयी। उसने फिर घास को काफी नीचे से पकड़ा और खींचा तो उखड़कर हाथ में आ गयी। घास की जड़ों में थोड़ी-सी मिट्टी लगी है। लड़के ने उसे सीढ़ियों से नीचे उछाल दिया, मैदान में। बचे हुए घास के तिनके को उसने दाँतों में दबा लिया। वह पलटा तो उसने देखा, लड़की उसे ही घूर रही है।

"ये क्या! कुछ भी, कहीं से भी उखाड़कर होठों के बीच दबा लिया, कितना गन्दा है ये...!" वह मुँह बिदकाकर बोली।

"क्या गन्दा है?" लड़का बोला तो उसमें प्रश्न कम विस्मय अधिक था, "यह तो एक मरते अतीत की लाश पर निकली दूब है, इसमें है क्या?" लड़का आगे कुछ बोलता, लेकिन तभी लड़की चिल्ला पड़ी।

"क्या कुछ भी बोलते रहते हो... जंगली चीजें मुँह में जाएँगी, तो मुँह से कैसी बातें निकलेंगी, जंगली ही न!" लड़की ने आवाज में इतराहट भरी।

लड़का आदतन और इरादतन भी कुछ नहीं बोला, चुप रहा। उसने सोचा, अच्छा हुआ यह लड़की गाँव में मेरी नानी से नहीं मिली, वर्ना बात-बात पर गालियों भरे मुहावरे बोलने के कारण यह लड़की नानी को दुनिया की सबसे अभ्रद और अश्लील औरत का खिताब बेहिचक दे देती। नानी तो बोलते हुए 'डिक्शनरी ऑव स्लैंग' लगती है, पर यह कहने की बजाय वह चुप लगा गया, जैसे चुप रहकर

उसने नानी की प्रतिष्ठा को बचा लिया हो।

लड़का एक सीढ़ी चढ़कर ऊपर आया और लड़की एक सीढ़ी नीचे उतरी, तब भी लड़के को लगा, लड़की उससे कहीं अधिक ऊँचाई पर खड़ी है। लड़की को सुनते हुए उसे हमेशा लगता है, वह कुछ ऊँचाई से बोल रही है, जबकि प्रेम की सीढ़ियों में तो साम्य होता है।

वह वर्ग की सीढ़ियों पर है और ऊँची।

लड़के ने लड़की के कन्धे पर हाथ धरकर उस सीढ़ी से अगली सीढ़ी पर कदम रखा। लड़की मुस्करा दी। पता नहीं किस वजह से। यों ही या कि कन्धे पर ठहरे हाथ के स्पर्श से पुलकित होकर या बराबरी से आ जाने पर। लड़के को भी अब अच्छा लगा। उसका मुस्कराना लड़के ने देखा, लड़की मुस्कराती है तो उसके गालों पर पहले से बड़े गड्ढे पड़ते हैं। उसने खुद को फिसलकर वहाँ गिरने से बचा लिया, लड़की के गले में डायमंड का नेकलेस है और वह गरदन के नीचे के गड्ढे में पड़ा हुआ है, जो उसकी आती-जाती साँस के साथ सहसा चमक उठता है। वह डायमंड के ऐसे भाग्य के बारे में सोचने लगा। फिर एकाएक लड़का थोड़ा चिन्तित हो आया, उसने सोचा, अँधेरा फैलने लगा है। इस तरह सुनसान जगह में ऐसे हीरे-मोती की लड़की के साथ घूमना खतरनाक हो सकता है।

लड़के ने देखा, किले की दीवार के सूराख से निकलकर चाँद की रोशनी लड़की के चेहरे पर ठहर गयी है। उसे लगा चाँद के कटोरे में ब्रश डालकर किसी ने इस लड़की का चेहरा और हाथ-पैर रँग दिये हैं। एकदम उजले-उजले। उसे लगा सीढ़ियों से उतरकर लड़की नहीं, बल्कि 'रोजेटी' की मोना वान्ना खड़ी है। नीले अँधेरे के बीच चाँदनी के रंग से भरी।

दोनों नीचे उतरने लगे। लड़का धीरे-धीरे चलते हुए बीच में ठिठक गया, फिर बोला, ''मैं अकसर ही सोचता हूँ। तुम्हारा एक पोर्ट्रेट बनाऊँ जिसमें चेहरे का रंग वैसा हो, जैसे पतले चीनी मिट्टी के बर्तन में मोमबत्ती जल रही हो।'' बाद यह कहने के लड़के ने सोचा कि मोमबत्ती कहना चाहिए था कि अगरबत्ती?

''तो फिर यह पोर्ट्रेट बनाते क्यों नहीं?'' लड़की ठिठककर बोली। उसमें उत्सुकता है, जिससे भोलापन बाहर बह रहा है। वह वाजिब उत्तर ढूँढता हुआ कहीं दूर चला गया। दाँते की बिएत्रिस के पास जिसे उसने सिर्फ एक बार देखा और वह क्षण भर की तस्वीर उसकी चेतना में ठहर गयी। जो उसकी क्रिएटिविटी में जाकर महाकाव्यात्मक हो गयी थी।

''मुझसे सुन्दर चीजें बन नहीं पातीं।'' लड़के ने कहा तो लड़की ने जोड़ा, ''बन नहीं पातीं कि सँभल नहीं पातीं?'' लड़की की आवाज में शरारत नहीं है, एक सन्देह था, जिसे उसने हौले से प्रकट कर दिया है।

लड़का कुछ बोला नहीं, सिर्फ सूराख की तरफ मुँह करके हँसा। बहुत सी चाँदनी उसके मुँह में गिर गयी। अपनी ठंडक के साथ। जिसे वह निगल गया। निश्चय ही उसकी हँसी भी सूराख से निकलकर किले के दूसरी तरफ गिर पड़ी होगी। क्षत और विक्षत होकर।

अब लड़के का मुँह खाली है। मुँह में कुछ है तो सिर्फ खालीपन का स्वाद। मुँह से हँसी बाहर गिर जाने के बाद अब मुँह में हँसी की रगड़ रह गयी है। एक हल्की-सी टीस के साथ। एक उदास और अपाहिज हँसी के गिर जाने के बाद खालीपन के सिरे पर चुप्पी आकर ठहर गयी। लड़का उदासी में सोचता है, हँसी के गिर जाने के बाद किले की दीवारों में उसी हँसी की चीख गूँज रही है। किले की दीवारों से ज्यादा, उसके भीतर मन के किले की दीवारों में वह चीख गूँज रही है। यह भी मुमकिन है कि सिर्फ चीख बाहर गिरी, हँसी यहीं किले के भीतर बिखरी पड़ी हो! उसे लगा कि अब किले के भीतर चलने-फिरने में सावधानी रखनी होगी। यहाँ हर जगह उसी की सहमी और जख्मी हँसी दबी हुई है। उसने सूराख से मुँह नहीं हटाया। लड़की की आवाज में छुपे सन्देह का प्रेत उसकी पीठ पर सवार है, जिसे किसी जवाब की दरकार नहीं है। लड़की की आँखें भी सम्भवत: उसी प्रेत पर टिकी होंगी। क्या लड़की की आँखों में इस प्रेत के लिए कोई पुचकार का भाव होगा? अजीब-सी परेशानी है। लड़की का न मिलना उदासी का कारण है तो मिलना भय का कारण। लड़के को लगा, डर के साथ उसका स्थायी सम्बन्ध होता जा रहा है। यह सोचकर वह डर गया। उसने पलटकर लड़की को देखा, जो नीचे सीढ़ियों के आखिरी हिस्से को देख रही है। फिर वह नीचे उतरने लगी तो वह भी उसके साथ सीढ़ियाँ उतरने लगा।

दोनों नीचे, आखिरी सीढ़ी पर आकर खड़े हो गये। लड़की ने एक बार फिर उसकी ओर तनिक गुस्से से देखा। वहाँ गुस्सा नहीं है, मुद्रा में गुस्सा दिखाने की तकनीक है और फिर लड़की ने बेसाख्ता लड़के की उँगलियों में फँसे घास के तिनके को खींचकर फेंक दिया। लड़का हँस पड़ा। फिर बोला, ''स्साला, इसको इसी नियति को जाना था।''

''तुमने ये गालियाँ देना कहाँ से सीखा?'' वह एक हाथ दीवार पर रखते हुए बोली।

''स्साला बोलना कोई गाली नहीं।'' लड़के ने प्रतिवाद किया, ''और फिर मैं तो कुछ भी नहीं बोलता हूँ। तुम्हें याद है? कॉलेज में सुभाष कितनी गालियाँ देता था, बात-बात पर। ही वाज अ मोबाइल डिक्शनरी ऑव स्लैंग।''

''कौन सुभाष?'' वह याद करते हुए बोली।

''वही, जो चौखाने वाली गाढ़ी कलर्स की शर्ट्स पहनता था।'' लड़का

उत्साहित होकर बोला। लड़की ने माथे पर हाथ मारा।

"कितनी अजीब बात करते हो तुम! हजार-पन्द्रह सौ लड़के-लड़कियों के कॉलेज में कोई एक सुभाष सन ऑव... चौखाने की कमीज पहनकर आता था और मुझे आज याद रहेगा, इतने बरसों के बाद?" लड़की लगभग नाराज-सी हो गयी, जैसे अपनी स्मृति नहीं, बल्कि उसकी समझ को कोसना चाहती हो। लड़के ने इतना भर सोचा कि इसमें न याद रहने वाली कौन-सी बात है? उसे तो बहुत सारी बातें याद हैं। लड़की उन दिनों अकसर ही नीले रंग या फिर गहरे लाल रंग का सलवार-कुर्ता पहनती थी, लेकिन एक दिन उन दिनों के फैशन के मुताबिक बगैर दुपट्टे वाला सलवार सूट पहन लेने से; घर से कॉलेज तक पहनावा चर्चा में आ गया। लड़की सम्पन्न घर से थी, बावजूद इसके जींस और टी-शर्ट पहनने की उसकी हसरत पूरी नहीं हो पायी थी। कॉलेज वह कार से आती थी जिसे ड्राइवर चलाकर लाता था, फिर कभी-कभार स्कूटर से भी, लेकिन कार चलाकर लाने की हिम्मत वह इस शहर में नहीं जुटा पायी। लड़की भीमसेन जोशी या पंडित जसराज को सुनती थी तो कभी-कभार पिता के कमरे से पुरानी घिसी हुई रिकार्ड उठा लाती और बोनी एम को सुनकर थिरक लेती थी।

जब भी वह मिलने आती थी, दुपट्टे को लेकर बहुत सचेत रहती थी। खासकर दुपट्टे को अपनी तयशुदा जगह पर रहने देने के लिए। बात-बात पर उसका हाथ अपने दुपट्टे पर चला जाता था और कभी-कभी तो लड़का झुँझला जाता था, सोचता था, यह इसकी आदत है या उसकी उपस्थिति से वह आतंकित और आशंकित है। दुपट्टे की उपस्थिति से या फिर अपने उरोजों की।

सीढ़ियों से उतरकर वे मैदान में आये तो दूर दीवार पर निगाहें उठीं। दीवार के ऊपर एक चरखी और लोहे का एक बड़ा हुक टँगा है, नदी किनारे का केवट किस्सागोई के अन्दाज में बताता है कि यह फाँसी दिये जाने की जगह थी। किसी जमाने में क्रान्तिकारियों को यहीं लटकाया जाता था। अनेक क्रान्तिकारी हँसते-हँसते इसी हुक पर फाँसी से लटक गये। अब वह हुक दिखाई नहीं देता है, उस पर शीतल पेय का एक बड़ा होर्डिंग लटक रहा है, जिस पर कोई फिल्म अभिनेता हँसते हुए शीतल पेय पीने का आग्रह करते हुए बता रहा है कि उसका दिल इसी शीतल-पेय को अधिकाधिक माँगता है... ये दिल माँगे मोर।

मैदान पर थोड़ा आगे बढ़े तो उसे घास पर उसी शीतल-पेय का टिन पड़ा दिखाई दिया— लड़के ने पूरी ताकत से टिन को ठोकर मार दी। टिन हवा में उछला और घास में अटकता हुआ थोड़ा आगे जाकर खड़ा हो गया। लड़के को लगा टिन को यों मैदान से बाहर करना मुश्किल है। लड़के ने हवा में हाथ झटके और थोड़ा तेज चलके आगे निकल गयी लड़की के बराबर हो गया। लड़की का हाथ हवा में

धीरे-धीरे झूल रहा है। कलाई में काँच की चूड़ियाँ सोने के कंगन से टकरा रही हैं। काँच और सोने के बीच की टकराहट से उसके वर्ग की खनक आती है। लड़के ने बहुत हौले से लड़की का हाथ थाम लिया, उसने पाया कि लड़की का हाथ शीतल-पेय के टिन की भाँति ठंडा है।

लड़की ठिठक गयी। उसकी बड़ी-बड़ी आँखों में एक ऐसा प्रश्न है, जिसके उत्तर की उसे प्रतीक्षा नहीं है। उसने मार्क किया, एक चोटी आगे की ओर झूल आयी है और एक पीठ पर है। उसका उजला और अबोध चेहरा अपने लावण्य की दीप्ति में थरथरा रहा है। लड़के को लगा कहीं कुछ नहीं बदला है। आज भी लड़की ठीक वैसी ही है। उतनी ही मासूम और उतनी ही आकर्षक। उसके होठ भी वैसे ही हैं। कच्चे और किसेबल।

लड़की ने धीरे से अपना हाथ लड़के की गिरफ्त से छुड़ा लिया। लड़का कुछ क्षण ठिठका रहा, फिर वह भी चल दिया। दूर उस कोने में जहाँ किले का एक बड़ा दरवाजा था और केवट बताता था कि वह जगह अस्तबल थी। पहले दोनों आते थे तो लड़का अपनी बाइक वहीं रखता था। लड़का अपनी बाइक को लोहे का घोड़ा कहता था, आयरन हार्स 'जो कभी सार्त्र के आयरन इन द सोल' में थे।'

लड़की कहती, "घोड़े को इस अस्तबल में चेन से बाँध दो।"

लड़का हँसता और कहता, "चेन से बाँधना होगा तो तुम्हारी साइकिल से बाँधूगा। किले से नहीं।" लड़की शरमा जाती। फिर हँसती, शरमाते हुए हँसती। फिर भागकर आगे निकल जाती। लड़का पीछा करता हुआ पकड़ने दौड़ता, पर पकड़ता नहीं। फिर अन्तत: पकड़ ही लेता। भोले स्वर में पूछता, "बाइक की बजाय अगर तुम्हें बाँध लूँ तो?" लड़की दोनों हाथों से चेहरा छुपा लेती। जिसके पीछे छुप जाता उसके प्रश्न का उत्तर। लड़का अब देखता है कि स्थिति बदल गयी है। उसने देखा अब बाहर की तरफ लड़की की एक चमचमाती मर्सिडीज-बेंज कार खड़ी है। किले के दूसरे कोने में स्थित पुरातत्त्व के दफ्तर का चौकीदार, जो हमें बहुत अनुनय-विनय के बाद बमुश्किल किले की सीढ़ियों पर बैठने देता था, आज कार के पास मुस्तैदी से खड़ा है और उसे कपड़े से पोंछ रहा है।

लड़के की आँखें मैदान के दूसरे छोर से चलकर यहाँ तक आ गयीं। इस छोर तक जहाँ जमीन कुछ ऊँची थी, जहाँ एक मर्सिडीज-बेंज खड़ी है। उसकी स्मृति में एकाएक आज के अर्थशास्त्र का जुमला तैर आया— लेवल प्लेइंग फील्ड। इस फील्ड में मर्सिडीज-बेंज नहीं, न्यूयॉर्क का पूरा स्टॉक-एक्सचेंज था और शायद लड़की को इसका पता नहीं है।

"क्या सोच रहे हो?" लड़की ने जैसे पूछा नहीं, मार्क किया हो।

वह वहाँ नहीं था। वह खामोशी और अँधेरे के नीचे दबे हरे मैदान के इस छोर

पर खड़ी मर्सिडीज बेंज के पास था।

"मेरे जाने के बाद भी तुम यहाँ रोज आते रहे हो?" सहसा वह मुड़कर बोली।

"हाँ!" लड़के ने कहा और सोचा कि लड़की उसे अकेले यहाँ तक आना देख रही है। फिर बोला, "मेरे साथ विनय भी आता है— मेरा दोस्त।" लड़के ने कहा और सोचा लड़की की स्मृति के दृश्य में खलल पड़ गया होगा।

"कहाँ है तुम्हारा दोस्त?" वह आसपास देखते हुए बोली।

"किले के दरवाजे के बाहर, नदी किनारे जो मन्दिर है, वहीं गया है। रोज जाता है। मैं यहीं रुक जाता हूँ। किले के ऊपर सीढ़ियों पर तुम्हें दिखाना याद नहीं रहा वरना वहाँ से वह माथा टेकते हुए साफ नजर आता है।" कहकर लड़का अकारण मुस्कराने लगा।

"तुम क्यों नहीं जाते?" लड़की ने कुरेदा।

"आ'म नॉट इन गुड टर्म्स विद् गॉड ऐंड गॉडेस।" लड़के ने आवाज को घोषणा की तरह पाटदार बनाया। सोचा, लड़की उस पर चलती हुई उसके मर्म तक पहुँच जाएगी। मगर वह शरम की तरफ निकल गयी। 'गॉडेस' को उसने अपने से शुरू से ही जोड़ लिया था। यों भी उन दिनों लड़कियों को 'देवियाँ' कहने का रूमानी चलन था। लड़का कुछ देर चुप रहा फिर बोला, "मेरे मन्दिर का रास्ता तो किले की सीढ़ियों तक आते-आते खत्म हो जाता है। यहीं दीवार से सिर टिकाये बैठा रहता हूँ।" कहते हुए लड़का पलटकर देखने लगा। साथ चलती हुई लड़की भी ठिठक गयी। संवाद ज्यादा बड़ा नहीं था, लेकिन हल्के से नीले और नीम-अँधेरे में वह फैलकर प्रभावशाली हो गया। लड़के ने जैसा सोचा था, वैसा नहीं हो पाया। लड़की की आँखों में नमी आ गयी। मैदान का अँधेरा उन आँखों में समा रहा है। लड़का निराश हो गया।

"दीवार से सिर टिकाकर क्या माँगते हो?" लड़की ने पूछा तो लड़का समझ गया कि वह उसे प्रश्नाकुल करना चाहती है ताकि लड़के के पास कोई उत्तर ही शेष नहीं रहे।

"दीवार से सिर टिकाकर दीवार से माँगता हूँ, उस लड़की को, जिसे प्रेम करने के अपराध में दीवार के अन्दर चुनवा दिया था।"

लड़की को ऐसे उत्तर की उम्मीद नहीं थी। नतीजतन उल्टे वह निरुत्तर ही नहीं, प्रश्नहीन भी हो गयी। अब प्रेम ही प्रश्न बन गया जिसके उत्तर में होना यह चाहिए था कि लड़की दौड़कर लड़के के सीने से लिपट जाती। लेकिन, वह पूर्णविराम की तरह सीधी खड़ी है। प्रश्नहीन ही नहीं, भाषाहीन होकर।

"अरे! तुम तो चुप हो गयीं, मैं भला क्या माँगने लगा... माँगना पड़े तो यही

कहूँगा, कोई लौटा दे मेरे बीते हुए दिन...!'' कहकर लड़का हँस पड़ा। लड़की थोड़ा पीछे ठिठकी रह गयी थी, लेकिन हँसी को पूर्ण विराम से हटाया और आगे उस तक आ गयी। अब लड़की भी हँस पड़ी। दोनों की सम्मिलित हँसी किले की दीवारों से टकराकर गूँजने लगी। फिर एकाएक गूँज के धक्के से दीवारें भरभराकर गिरने लगीं। लड़की लड़के का कन्धा पकड़कर इस तरह खड़ी हो गयी, जैसे दीवार के बीच से बाहर आयी हो। मलबे का ढेर बनने लगा और धूल का गुबार उठने लगा। लड़की घास के तिनके की भाँति धीरे से लड़के के करीब आ गयी। उसका सिर लड़के के सीने में दुबक गया। लड़की की देह का स्पर्श दीवार की भाँति उसके भीतर ढह रहा है। चारों ओर शोर है, लेकिन उन दोनों को देह के ढहने के अलावा कुछ सुनाई नहीं दे रहा है।

एकाएक लड़के को लगा, शोर थमने लगा है, धूल के गुबार बैठने लगे हैं और लड़की का सिर उसके सीने से हट गया है। वह घबरा गया। उसने जाती हुई लड़की को पकड़ने की कोशिश की तो लड़खड़ा गया। वह गिर जाता, लेकिन विनय ने, उसके दोस्त ने सहारा दिया। बहुत मुश्किल से लड़के के मुँह से बोल फूटा, ''वह जा रही है। रोको उसे।''

''जाने दे, बहुत तेज चलती है वह। तू उसकी गति नहीं पकड़ पाएगा।'' कहकर विनय ने उसका कन्धा पकड़ लिया। दोनों धम्म-से वहीं घास पर बैठ गये। विनय ने लड़के के थके हुए कन्धे पर हाथ रखा और बहुत प्यार से कहा, ''देख यार, तुझे मालूम है न, किले के पार से जो सीढ़ियाँ जा रही हैं ऊपर जाकर, लम्बा रास्ता पार करके उधर दूसरी तरफ कहाँ उतरती हैं?''

और फिर लड़के के जवाब की प्रतीक्षा किये बगैर बोला, ''दूसरी तरफ नदी के किनारे। कहते हैं, वहीं-कहीं सीढ़ियों के पास कोई गुप्त दरवाजा है, नीचे सुरंग में उतरने के लिए। किसी को नहीं मिलता। किसी को दिखाई नहीं देता वह दरवाजा।'' कहते-कहते विनय रुका तो देखा, वह साँस रोके उसे सुन रहा है। विनय ने उसके कन्धे से हाथ हटाकर उसकी पीठ पर रख दिया और बोला, ''लड़की को मिल गया है वह दरवाजा...निकल गयी वह सुरंग के रास्ते। सीधे न्यूयॉर्क। जिन्दगी में सफलता के लिए। गर्ल्स आर फांड ऑव शार्टकट्स ...ओके लेट्स गो।''

लड़के को दोस्त की बात कड़वी लगी, लेकिन कमोबेश राहत भी मिली। इस तरह उसके हिस्से में सहानुभूति आ रही है। हालाँकि लड़की की स्मृतियाँ उसकी उदासी, हर्ष, अकेलापन और गर्व के क्षणों में एकमात्र सहारा है। लड़का उठ खड़ा हुआ, इस भय से कि विनय आदत के अनुसार कहीं और अधिक कड़वा न बोलने लगे।

विनय भी उठ खड़ा हुआ।

सहसा अस्तबल में बँधे सैकड़ों घोड़े एक साथ हिनहिनाये। उसने सोचा, घोड़े बरसों पुराने किले के अस्तबल से नहीं, बल्कि मैदान से हिनहिनाये हैं, जिसमें दूर तक हरी घास फैली हुई है। वहाँ घोड़ें नहीं हैं, सिर्फ उनकी हिनहिनाहट भर है- हवा में। घोड़े तो उसी समय राजा ने बेच दिये थे, और सो गया था इतिहास की कब्र में।

मैदान जहाँ खत्म होता है, वहीं से नेशनल हाईवे जाता है, और शहर की रोशनी वहाँ से दिखाई देना शुरू होती है। मैदान के थोड़ा पहले ही पुरातत्त्व विभाग से सटी हुई केंटिननुमा दुकान के किनारे एक परिवार अपनी टोयोटो हाइलेंडर हाईब्रिड कार खड़ी करके चाय पी रहा है। लड़के ने देखा कि सड़क किनारे खड़ी टोयोटो के पीछे अधेड़ उम्र का एक साइकिल सवार आकर रुक गया। सब्जी बेचने वाला है, आगे निकलने की जगह नहीं है। टोयोटो के खड़े होने से वह अपनी साइकिल निकाल नहीं पा रहा है और टोयोटो के वहाँ से फिलहाल टलने के कोई आसार नहीं है।

पति-पत्नी दुकान के करीब हैं और उनकी लड़की कार के बोनट पर बैठी चाय का मग लिये कानों में ईयर फोन धँसाये किसी पॉप धुन पर हल्के-से डोल रही है। लड़की एक फेडेड जींस और ढीला-ढाला अमेरिकन लूजर पहने हुए है। जिससे उसके हँसते ही उसके कन्धे बाहर आ रहे हैं। उसके करीब ही शार्ट्स और टी-शर्ट पहने हुए एक छोकरा उसके कन्धे पर हाथ धरे खड़ा है।

चाय एक टूटी-फूटी गुमटी से आयी है और सिप करने का अन्दाज मेट्रो का है। लूजर के भीतर 'बर्न द ब्रा' का उन्मुक्त एहसास है, जो उसके हँसते ही स्विंग करने लगता है, हँसते हुए वह और गर्म चाय दोनों ही छलकते जान पड़ते हैं। लड़के ने अनुमान लगाया कि यह छोकरा निश्चित ही टी-शर्ट वाली लड़की का भाई नहीं है, क्योंकि धुन पर लड़की के डोलने के कारण कन्धे पर रखा उस छोकरे का हाथ बहुत ही सतर्कता से बेखयाली दिखाता हुआ लड़की के टी-शर्ट में गिर जाता था। लड़की इस बात से बेखबर है या शायद ऐसा जताना चाहती है। इन दोनों को देखकर छोकरा और अधिक लापरवाही और व्यस्तता दिखते हुए माइकल जैक्सन की 'थ्रिलर' की धुन गुनगुनाने लगा। लड़की की जुबान पर देसी चाय का स्वाद है और कानों में नमक घुल रहा है। सात समन्दर पर से आ रही विदेशी आवाज में समन्दरों का नमक भी घुला हुआ है। आवाज के सहारे लड़की का चेहरा भी नमकीन हो गया है।

लड़के के होठ अचानक जलने लगे।

ये दोनों पास खड़ी बेंच पर बैठ गये। विनय ने लड़के की ओर देखा तो

उसका मन भर आया। उसने सोचा, वह लड़का भी कितना अजीब है! एक साथ, एक ही बार में गुजरे हुए कितने ही कालखंडों में दौड़ता-भागता रहता है। कभी-कभी विनय सोचता है कि लड़का सिर्फ ठहरे हुए समय के भीतर भाग रहा है और सोचता है कि समय भाग रहा है। कई बार तो विनय को लगता है, नवग्रह मन्दिर के गर्भगृह में स्थित मूर्तियों की तरह लड़का भी गुजरे समय के साथ जाने कितने गर्भगृहों के नम और अँधेरे कोनों में स्मृतियों को छोड़ आया है। अब निरन्तर उन कालखंडों में भागता रहता है और उन स्मृतियों को पवित्र-पोथियों की तरह बाँचता फिरता है, हालाँकि ये पोथियाँ अब पीली और जर्जर हो गयी हैं, उनमें छपे शब्द धुँधला गये होंगे। लड़के के लिए शायद ऐसा कुछ भी नहीं है। उसके लिए न पोथियाँ पुरानी हुई हैं, न शब्द धुँधलाये हैं और न मुर्झाये हैं। सबकुछ नवीन और ताजा है। लड़के के लिए दुःख पुराना है, लेकिन दुःख की स्मृतियाँ नवीन और ताजा हैं— कब्र पर चढ़े फूल की तरह। उसके लिए सिर्फ किला ढह रहा है। जर्जर किले के भीतर स्मृतियों को वह हर क्षण सजाता-सँवारता रहता है।

विनय को लड़के पर जितना गुस्सा आता है, उससे कहीं ज्यादा लाड़ भी आता है। अबूझ और अँधेरे समय के भीतर लड़के की यह भागदौड़ उसे चिन्तित भी करती है और दुःखी भी। लड़का इन सब बातों से जैसे बेपरवाह है। इस भागदौड़ और इस थकान को उसने खुद चुना है। लड़का अपने चयन पर खुश है। यह बात विनय को ज्यादा चिन्तित करती है। वह लड़के को बता भी नहीं सकता है कि वह उससे मिलकर जितना खुश होता है। बाद में अपने घर जाकर लड़के के दुःख के बारे में सोचकर व्यथित हो जाता है। एक ही दुःख दोनों को अलग-अलग कारण से दुःखी कर रहा है।

विनय उठा और जाकर चाय के दो प्याले ले आया। चाय का प्याला हाथ में लेकर वह विनय से मुखातिब हुआ, "यार, क्या सचमुच एक दिन सबकुछ खत्म हो जाएगा? ये घाट, नदी, ये किला और..." कहते-कहते शेष वाक्य को वह चाय के घूँट के साथ नीचे उतार गया।

"हाँ...सबकुछ।" विनय कुढ़कर बोला, "सबकुछ खत्म हो जाएगा। ये घाट ये किला, सबकुछ। और वहाँ न्यूयॉर्क ब्याह दी गयी वो तेरी फंटी भी। ईच ऐंड एव्हरी मेटरनिटी स्पाइल्स् द गर्ल। ये बमबारी करता कमबख्त अमेरिका भी..., और नवाज शरीफ भी, मुर्शरफ भी और ओसामा बिन लादेन भी, लेकिन इन सबसे पहले हम-तुम खत्म हो जाएँगे। ये सब देखने के लिए हम कहाँ बचेंगे।"

लड़का उदास हो गया। खुद के नष्ट हो जाने की बात से अधिक लड़की की सुन्दरता के नष्ट हो जाने की बात से। यह विनय हमेशा ऐसी ही बातें करता है। वह भी हमेशा यही पूछता है और हमेशा इसी किस्म का जवाब पाता है। इस तरह

उदास होना उसका प्रिय शगल है। वह सोचता है, सुन्दर लड़कियाँ ईश्वर की अनुकम्पा हैं। उन्हें कभी नष्ट नहीं होना चाहिए। किला उसे बहुत प्रिय है। उसकी स्मृतियों से जुड़ा है। उसके नष्ट होने की बात भी उसे लड़की की सुन्दरता के नष्ट होने की आशंका की तरह ही उदास कर देती है। लड़का हमेशा सोचता रहता है, ये किला जिसने कितनी ही लड़ाइयाँ देखी हैं एक दिन मलबा हो जाएगा। किले की लड़ाइयों के विजय के किस्से के साथ ही मेरी पराजय के ये किस्से भी मलबा हो जाएँगे। स्मृतियाँ मलबे की शक्ल के लिए बेचैन होती हैं। किले में स्मृतियाँ होती हैं तो स्मृतियों के अनगिनत किले होते हैं। इन किलों में कितनी ही अजानी लड़ाइयाँ लड़ी जाती हैं। और वे कभी पद्मिनी के लिए तो कभी हेलन ऑव ट्राय के लिए। ऐसा क्यों है कि इनमें हमेशा पराजय का द्वार ही खुलता है। विजय की स्मृतियाँ भी पराजय की सीढ़ी पर खत्म होती हैं— क्यों?

कोई एक चीज है जो बदल रही है और बदलने को लगातार आतुर है। यह किला खत्म हो जाएगा तो यहाँ दूसरी इमारतें खड़ी हो जाएँगी, लेकिन इमारतों के घटने-बढ़ने से शहर बदलता है? लड़के को लगा, इस बात का कोई मुनासिब जवाब खुद शहर के पास भी नहीं है।

लड़के ने गर्दन उठाकर देखा, बोली गयी बात की कड़वाहट अभी विनय के चेहरे पर है। चाय का स्वाद भी उसे मिटा नहीं पा रहा है। सहसा विनय ने उसकी ओर देखा और चाय का घूँट भरकर मुस्करा दिया। अब लड़के को भी अच्छा लगा। वह विनय से बोला, ''तू इतना गुस्सा क्यों करता है? इस तरह बात-बात पर गाली क्यों देता है? तेरा नाम अल्बर्ट पिंटो भी तो नहीं है? फिर क्यों गुस्साता है इतना?''

विनय मुस्करा दिया। बोला, ''कमबख्त या साला कोई गाली नहीं है। तुझे याद है? कॉलेज में सुभाष कितनी गालियाँ देता था, बात-बात पर।''

''कौन सुभाष?'' लड़का याद करते हुए बोला।

''वही, जो चौखाने वाली कमीज पहनता था।'' विनय उत्साहित होकर बोला।

लड़का इनकार में सिर हिलाने लगा। फिर बोला, ''इतने सारे लड़के-लड़कियाँ पढ़ते थे साथ में। इतने बरसों के बाद कैसे याद रहेगा?'' लड़का कुछ क्षण किनारे खड़ी टोयोटा को घूरता रहा, फिर सहसा बोला, ''यार, इस आदमी की हैसियत टोयोटा खरीदने की है?''

''यार, बैंक आजकल हर काम के लिए लोन दे देती है! बोल क्या चाहिए तुझे? एक तेरी वो न्यूयॉर्क वाली छोकरी को छोड़कर...'' कहकर विनय जोर-जोर से हँसने लगा। फिर हँसी को बीच में रोककर बोला, ''यार, हमारी सरकार ने विदेशी मुद्रा भीख माँग-माँगकर या सरकारी भाषा में कहें, निवेश के रास्ते खोलकर,

हमारी भीख माँगने की शर्म और आदत को एक सम्मानजनक नाम दे दिया।'' कुछ क्षण रुका फिर बोला, ''जैसे तू रुपया खर्चा करता है, वैसे तेरी वो फंटी डॉलर इनवेस्ट करती है। तू समझता है कि तेरे और उसके बीच सिर्फ अमीरी-गरीबी का फर्क है? जरा किले की तरफ पीठ करके बैठ, फिर देख और सुन।'' वह कुछ क्षण रुका, फिर बोला, ''यार, अब तो सारी दुनिया कहती है कि सोच तो स्साला डॉलर से पैदा होता है और वह किसी ट्रेड सेन्टर के गिरने से ध्वस्त नहीं होता है।''

कहकर वह फिर बेशर्मों की मुद्रा में हँसने लगा। लड़के को अजीब-सा लगा। देश में सड़कों की मरम्मत तक के लिए पैसा नहीं है और इसी बदहाल सड़क पर टोयोटा खड़ी है। नयी टाट खरीदने के पैसे नहीं हैं, लेकिन ख्वाहिश फिर भी यही है कि पुरानी टाट पर पैबन्द मखमल का ही लगाएँगे। इस बार सोचते हुए वह दर्शन की तरफ नहीं, गुस्से की तरफ पलट गया। विनय ठीक कहता है, यह टोयोटा का अपमान नहीं, साम्राज्य-विस्तार है। लड़के ने सोचा, बात तो ठीक है, लेकिन इस सोच से पुरानी नीति-कथाओं की किताबों की महक आती है। उसने देखा, विनय चुप हो गया है और उठकर चाय के पैसे देने चला गया। वापस लौटा तो देखा, लड़का उठ खड़ा हुआ था।

दोनों चल दिये।

शहर की तरफ खुलने वाले किले का यह पहला और बड़ा दरवाजा है। दरवाजे तक आते-आते लड़के को फिर थकान महसूस होने लगी। किले के दरवाजे से बाहर निकलते ही तारकोल की एक सँकरी सड़क शुरू हो जाती है। यह सड़क शहर का सराफा बाजार है। सड़क के दोनों ओर चमचमाती सोने-चाँदी की दुकानें, सड़क के दायें-बायें एक कदम भी बढ़ाओ तो वैभव और सम्पन्नता की ऐसी सड़क खुलती है जिसका दूसरा सिरा दिखाई नहीं देता है। जहाँ भटककर कोई वापस नहीं लौटता है।

वह भी नहीं लौटी।

फर्लांग भर का यह सराफा अपने भीतर चन्द्रकान्ता सन्तति से ज्यादा बड़ा तिलिस्म रखता है और जहाँ हमेशा चन्द्रकान्ता ही गुम होती है। आज तक किसी को नहीं मिल पायी तिलिस्म की ताली।

वह ठिठक गया। सराफे की सड़क पर नहीं, बल्कि उस सड़क पर जो उसके भीतर है। चन्द्रकान्ता सन्तति के तिलिस्म के बरक्स वॉल्टर स्कॉट के मिस्टर क्रेग की तरह। 'फॉर ॲ कंसीडिअरेबॅल पॉज'। लगा वह किसी अल्पविराम की जगह खड़ा है और वह एक ऐंड-लेस एंड की तरफ मुड़ने को रुका है। जैसे ब्रुव्हेल के बेबल के टॉवर में खुलने वाले दरवाजे पर रुक गया हो, जहाँ से तिलिस्म के असंख्य दरवाजे खुलते हैं।

हो सकता है यहीं से पहुँच जाये न्यूयॉर्क के 'ब्लू नाइल' स्ट्रीट की 'डायमंड शॉप' में और हीरों की चमक से अन्धा होने से पहले देख भर ले कि वह कहाँ खड़ी है— चमक में गुम। लड़के को याद आया, क्लिओपेट्रा ने नहीं, लड़की ने ही सैकड़ों बरस पहले इजिप्ट के महल में उससे कहा था कि डायमंड ही औरत का दूर तक चलने वाला साथी है। लड़के ने सोचा, एव्हरनेस, हीरे में होती है या सम्बन्धों में... एक तीखी कनी की तरह उसे हीरा नहीं, यह विचार लहुलूहान कर गया। वह लहुलूहान खड़ा है। 'बिफोर अॅ कंसीडिअरेबल पॉज'।

बहुत खामोशी से चलते हुए दोनों ने सराफा पार किया। चौराहे तक आते-आते देखा कि रात उनसे पहले ही शहर में मौजूद है। चौराहे पर आकर विनय ने उससे विदा ली और अपने घर चला गया।

वह बीच चौराहे पर अकेला रह गया।

चौराहे पर लोग आ-जा रहे हैं फिर भी उसे लगा, शहर भी अकेला है। वहाँ उस जगह, किला अकेला है, यहाँ शहर अकेला है और इस बीच वह खुद अकेला, नितान्त अकेला। उसने सोचा, शहर को क्या मालूम कि वह अकेला है? कहते हैं, यहीं चौराहे पर किसी समय घना जंगल था। यानी शहर एक जंगल के भीतर है। शहर उससे कई बार मिला, लेकिन उसने कभी कुछ ऐसा बताया नहीं, लेकिन इधर काफी समय से शहर से मुलाकात नहीं हो पायी। पहले तो लड़का शहर से बाहर जाता था तो शहर भी उसके साथ चल देता था।

लड़के ने तय किया, आज शहर से फिर मुलाकात की जाए। लड़का बस-स्टैंड की ओर चल दिया। जाड़ों की सर्द रात, बस-स्टैंड पर एकाध बस के अलावा सन्नाटा है। शॉल और स्वेटर में लिपटे इक्के-दुक्के लोग हैं जो रात से मुखातिब हैं।

बस-स्टैंड पर एक मासूम और मोहक खामोशी फैली है। उस इकलौती बस के जाने की आवाज भी उस खामोशी की परत को तोड़ नहीं पायी है।

दूसरी तरफ पलटा तो देखा, सामने शहर खड़ा है। ठीक वही पुराना शहर है। वैसा ही, जैसा देखने की हसरत कमोबेश हर किसी के मन में रहती है, "चलो, वहाँ कोने की गुमटी पर चाय पीते हैं!"

उसे लगा, कहीं से किसी ने अचानक उससे कहा है। या अतीत को फलाँगता हुआ कोई संवाद है, जिसे उसने आज अभी, बिलकुल अभी सुना है।

कितना प्रीतिकर और कितना सहज! जाड़े से शहर हल्के से काँप रहा है। लड़के को लगा, सहसा कोई बोला, 'वो कहाँ है, लम्बे बालों वाली लड़की, जिसके साथ अकसर तुम सुबह-सुबह इस गुमटी पर चाय पीने आया करते थे?'

लड़के को लगा, शहर की यह सड़क उसके मन और अतीत की निजता के बहुत करीब से गुजरती है। यह नेशनल हाईवे नहीं है, जहाँ आपाधापी-ही-

आपाधापी है।

समय पीछे भागा। गुमटी तक आते-आते वे दोनों बरसों पीछे जा चुके थे। लम्बे बालों वाली, दो चोटी लटकाये एक लड़की एक साँवले से लड़के से कहती है, ''पता नहीं, इस गुमटी पर तुम्हें चाय क्यों अच्छी लगती है?''

लड़का मुस्कराया, ''चाय चाहे अच्छी न हो। जगह अच्छी है। इतनी सुबह यहाँ कोई नहीं होता है। एक प्याली चाय में मुझे तुम्हारा बहुत सारा वक्त मिल जाता है।''

लड़की भी मुस्करा दी। लड़का हँस पड़ा। इतनी जोर से कि जाड़ा भी हँसी के धक्के से हिल गया। बस-स्टैंड उसकी हँसी से भर गया। हँसी की गूँज में सहसा दूसरा शोर मिलने लगा। लड़के ने आँखें घुमाकर चौतरफा देखा। सबकुछ धुआँ और धुन्ध में डूबा हुआ है। शहर, रामथ और किला भी। लड़की कहीं नहीं है। बस लड़की के वहाँ न होने की धुन्ध भर है।

बाहरी बाधा

मैंने देखा, हल्की-सी बौछार के बाद बारिश बन्द हो गयी। बमुश्किल तीन-चार मिनट। मैंने सोचा, पिताजी और कुढ़ जाएँगे। बोहनी के बाद से बारिश नहीं हो रही है। ऐसी हल्की-सी बारिश जी की जलन बढ़ा देती है। मन कुढ़कर रह जाता है। कवेलुओं की छत पर ठिठका हुआ जल धीरे-धीरे टपक रहा है। टपकने की रफ्तार धीमे होने लगी, जैसे वह सबकी नजरें बचाकर टपकना चाहता है। मैंने कनखियों से देखा, बूँद कुछ देर छत के सिरे पर झाँकती रही, फिर चुपके से कूदकर नीचे घास में कहीं छिप गयी। मैं गिनती करने लगा— एक बूँद के कूद कर भाग जाने और दूसरी बूँद के कूदने के बीच कितना अन्तराल रहता है। मेरा गणित काम नहीं आया। धीरे-धीरे बूँदों के कूदने में समय का अन्तराल बढ़ने लगा। कई बार तो मैंने साफ महसूस किया कि बूँदें भी इस खेल को ताड़ गयी हैं और कूदने को तत्पर होते हुए रुक जाती हैं और मेरे धैर्य के चुकने के बाद तब कूदती हैं, जब मैं उधर से नजरें हटाने का तय करता हूँ। इस तरह ये मेरी गिनती की असफलता का मजा लेने लगीं। इस बात का अहसास होते ही एक अजीब-सी झुँझलाहट पैदा होने लगी। मैंने आगे बढ़कर ठहरी हुई बूँदों को मुट्ठी में पकड़ कर मसल दिया। हथेली पर गीलापन फैल गया। माँ छान में बैठी देख रही थी। उठकर करीब आ गयी।

"किस बात पर गुस्सा आ रहा है?" उसने मेरे सिर पर हाथ फिराया। मैंने कहना चाहा, पानी की बूँदों पर। फिर रुक गया। मुझे चुप देखकर माँ ने मेरी हथेली को खोलकर देखा।

"मैंने मसल दिया है। अब कुछ नहीं बचा हथेली में।" मैंने माँ की जिज्ञासा दूर करनी चाही।

"किसे मसल दिया?" माँ ने किंचित् अचरज से पूछा। मैं चुप हो गया। जब माँ को कुछ मालूम ही नहीं है तो बताने से क्या मतलब! मैंने गम्भीर बनकर गरदन हिलायी।

माँ को समझाना चाहा कि कोई बात नहीं है। लेकिन माँ ने अजीब-सी नजरों

से मुझे देखा और फिर धीरे-धीरे उसकी आँखों में करुणा उभर आयी। माँ की आँखें छलछला आयीं। माँ ने आँचल से आँसू पोंछ लिये।

"क्यों पोंछ लिये? मैं इन्हें भी मसल देता। मैं दुःख के हर कारण को मसल देना चाहता हूँ।" मैंने माँ को दिलासा देना चाहा।

"क्या? क्या मसल देता?" माँ फिर अचरज में डूब गयी।

"ये आँसू!" इस बार मैंने माँ को बता दिया। यह दिलासा था, अचरज की बात कि वह माँ को दुःख में खींच ले गया।

अब माँ सुबकने लगी। मुझे अचरज हुआ। फिर वह मेरे सिर पर हाथ धरकर मुझे बेहद लाड़ और करुणा से देखती रही और गीली आँखों के साथ भीतर चली गयी। थोड़ी देर बाद माँ के साथ पिताजी, भाई और भाभी भी आ गये। पिताजी और भाई-भाभी के चेहरे पर वैसी करुणा तो नहीं आयी जैसे माँ की आँखों में है, लेकिन सबकी आँखों में एक अनाम भय भर आया। मुझे लगा, बस इस भय को मैं कुचल नहीं सकता हूँ।

"मुझे नहीं लगता, डॉक्टर के इलाज से कोई फायदा होगा।" माँ ने जैसे मुझे किसी प्रमाण की भाँति दिखाते हुए उनसे कहा, "तुम लोग ओझा वगैरह को नहीं मानते हो, लेकिन पास के गाँव में अच्छा 'जाण' है। उसे दिखाओ। इस पर बाहरी बाधा है।"

"भूत है इस पर?" भाभी ने थोड़े अचरज से पूछा। उनका स्वर भय की तस्दीक करने लगा।

"बिल्कुल!" माँ ने पूरे विश्वास से कहा, "देखो इसे, कैसे सूखकर काँटा हो गया है! खाया-पिया इसे अंग नहीं लगता है। सब वो दूसरा खा जाता है।"

पिताजी कुछ नहीं बोले। भाई की ओर देखा, जैसे उसके निर्णय की ही अन्तिम मान्यता हो। भाई ने बहुत संजीदगी से मुंडी हिलायी और बोले, "दिखा दो। जाण को दिखा दो। लेकिन डॉक्टर का इलाज बन्द नहीं करेंगे।"

माँ के चेहरे पर थोड़ी राहत आ गयी। दो दिन से वह भाई और पिताजी के पीछे पड़ी थी कि छोटे की झाड़-फूँक कराओ।

हालाँकि इस तरह की बातें सुनकर मुझे अजीब-सा लगता है। याद करने पर बहुत धुँधला और अस्पष्ट याद आता है। जो याद भी आता है, उसे अपने इस दुःख और थकन से जोड़ नहीं पाता हूँ। मुझे तो आज भी विश्वास नहीं होता है कि मेरी नौकरी चली गयी है। बल्कि लगता है कि अपनी ईमानदारी के कारण किसी भी दिन मुझे पुरस्कृत किया जा सकता है। शहर ही नहीं, प्रदेश भर में इस ईमानदारी की चर्चा होगी और अखबारों में प्रशंसा भरी खबरें होंगी। हालाँकि ऐसा सोचते हुए काफी दिन गुजर गये हैं, लेकिन प्रतीक्षा टूटी नहीं है। ऐसे कितने ही ऐतिहासिक

किस्से और पौराणिक कथाएँ मैं पढ़ चुका हूँ जिसमें राजा खुद के या मन्त्री के विरोध में ईमानदार हस्तक्षेप से प्रसन्न होकर उस छोटे कर्मचारी या प्रजाजन को पुरस्कार देता है। मैंने तो जबकि किसी पुरस्कार के मोह में ऐसा कुछ नहीं किया था। मैंने तो इतना भर किया था कि विधायक जो जमीन की रजिस्ट्री करा रहा था उसके खसरा, नक्शा देखकर मैंने नोटशीट पर आपत्ति दर्ज की थी कि यह जमीन राजस्व की है। यानी सरकारी है। पटवारी द्वारा बनाये खसरा कागजात पर मैंने आपत्ति दर्ज की थी। तहसीलदार द्वारा मेरी अनसुनी करने पर मैंने कलेक्टर को पत्र लिख दिया था। मुझे लगा था कि कलेक्टर मेरी इस ईमानदार तत्परता पर खुश हो जाएँगे। फिर पता नहीं क्या हुआ कि इस कार्य में मेरा क्या दोष निकाला गया— जाँच बैठा दी गयी। कार्रवाई हुई। निलम्बन हुआ, फिर नौकरी से बर्खास्त कर दिया गया। सबसे ज्यादा अचरज की बात तो यह रही कि जमीन फिर भी विधायक के नाम दर्ज हो गयी। हालाँकि मुझे पिताजी और भाई की इस बात से ऐतराज है कि मुझे इस बात से कोई मानसिक आघात पहुँचा है। मैं बिल्कुल भला-चंगा हूँ। बस कमीश्नर को लिखे पत्र का जवाब आया कि मैं बरी हो जाऊँगा। नौकरी पर फिर से बहाल हो जाऊँगा। तहसीलदार और कलेक्टर पर कार्रवाई तो निश्चित रूप से होगी। विधायक के हाथों से जमीन भी निकल जाएगी।

यह सोचकर मन पुलक से भर गया। सहसा माँ की बात याद आयी, उसे लगता है मुझे बाहरी बाधा है। मुझे भूत-प्रेत लगा है। मैंने सोचा, माँ का मन रखने के लिए जाण के यहाँ चला जाऊँगा।

'जाण' के घर पहुँचे, तब तक दिन निकल आया था। सुबह का समय है, फिर भी उसके घर कुछेक लोग निदान के लिये बैठे हैं। जाण का सिर घुटा हुआ है। एकदम सफाचट। माथे पर कुँकू का लम्बा-सा टीका लगाया है। साँवला रंग। चढ़ी हुई आँखें। दुबला बदन। बदन पर सिर्फ धोती और शेष नंगे बदन वह एक हाथ से अपनी चुटिया को बल देता रहता है। चौड़े-से बड़े कमरे में कोने में अनेक देवी-देवताओं की तस्वीरें, एक अजीब-सी छोटी-सी मूर्ति और अनाज के छोटे-छोटे ढेर लगे हुए हैं। वहीं मूर्ति के पास ढेर सारा लाल कुंकुम बिखरा हुआ है। बन्द कमरे के हर कोने में अगरबत्तियाँ जल रही हैं। मूर्ति के पास ही एक गादी पर मटमैली-सी चादर बिछी हुई है। मूर्ति के सामने एक मिट्टी के बर्तन में लोबान जल रहा है। अगरबत्ती और लोबान की मिली-जुली गन्ध और धुएँ से कमरा भर रहा है।

मुझे जब उसके सामने बैठाया गया, तो कुछ देर तक वह अजीब-सी भाषा में बुदबुदाता रहा, फिर खामोश बैठा मुझे घूरने लगा। उसके इस तरह घूरने से मुझे बेचैनी होने लगी। कमरे में फैल रहे धुएँ से भी मुझे घुटन होने लगी। तभी जाण ने दायाँ हाथ बढ़ाया, अँगूठा मेरे माथे पर रखा और चार उँगलियाँ सिर पर। अँगूठे का

दबाव माथे पर बढ़ने लगा तो मेरी बेचैनी बढ़ने लगी।

"कौन है तू?" उसने बगैर किसी गुस्से के कहा, लेकिन गुस्सा उसके चेहरे पर नहीं, उसकी जलती हुई चौड़ी आँखों में है।

मैं कुछ नहीं बोला। प्रश्न ही बेतुका है। जब वह जानता है, फिर क्यों पूछ रहा है? अब जाण की जलती आँखें बन्द हो गयीं और उसका बुदबुदाना तेज हो गया।

"बोल... कौन है तू?" वह आँखें खोलकर अप्रत्याशित बोला।

"क्या बोलूँ? तुम जानते हो!" मैं धुएँ से भरते अपने गले को बचाता हुआ बोला।

"मैं तो सब जानता हूँ। तू बोल... सबके सामने बोल!" उसकी आवाज में एक बनैले पशु-सी हुँकार उतर आयी।

मैं डर के मारे चुप हो गया।

"यह ऐसे नहीं बोलेगा!" जाण ने पिताजी की ओर देखकर कहा। फिर पिताजी की चुप आँखों में उसने जाने कौन-सी स्वीकृति देखी और पास रखी बेहद पुरानी मटमैली थैली से मुट्ठी में तिल्ली, जौ और एक अजीब-सी खुरदरे भस्म को लोबान से जलते बर्तन में फेंका। हल्की-सी लपट के साथ धुएँ का एक भभका उठा, जो सीधे मेरी आँखों में और मुँह में होता हुआ भीतर छाती में उतरा। एक तीव्र जलन छाती और आँखों में उठी। खाँसी के उबाल के साथ आँखों से आँसू बहने लगे। जी मिचलाने लगा और उबकाई आने लगी।

माँ घबरा कर उठने लगी तो जाण ने हाथ के कठोर संकेत से उसे वापस बैठा दिया।

"बोल कौन है तू?" जाण ने फिर दुहराया।

"दूसरा!" मेरे भीतर से कोई बोला तो मुझे अजीब-सा लगा।

"दूसरा कौन? नाम बता?" जाण इस जवाब से थोड़ा उत्साह में आ गया।

"यही नाम है।"

"कहाँ से आया है? लड़के को छोड़!" जाण ने थैली से उस भस्म की मुट्ठी भरी और फिर जलते लोबान पर डाली। तड़प गया मैं। मेरी सारी देह अकड़ने लगी। जलती छाती और बहती आँखों की पीड़ा के अतिरेक से देह में एक अजाना तनाव उभरने लगा। तभी न चाहते हुए भी मैंने अचानक एक झटके से जाण का हाथ अपने माथे से हटाया और उसे जोर से धक्का दिया। पीड़ा से बचने का यह अन्तिम अवसर था जैसे। जाण उठा तो मैंने अपने भीतर एक अजीब-सी शक्ति महसूस की और जाण को दुबारा धक्का देकर गिराया। फिर पीड़ा के चीत्कार से या पूरे माहौल से उपजे गुस्से से, पता नहीं क्या वजह रही, मैं उछलकर जाण के सीने पर सवार हो

गया। मैं उसके मुँह पर, सीने पर, मुक्के बरसाने लगा। वह छटपटाने लगा। यह एकदम अप्रत्याशित था। जाण के साथ-साथ सभी घबरा गये। पिताजी और भाई ने मिलकर मुझे पकड़ा तो मैंने झटके-से खुद को छुड़ा लिया। फिर वहाँ मौजूद लोगों ने भी मदद की और मुझे पकड़कर अलग किया। जाण अब उठकर बैठ गया। वह कराह को जबरन रोक रहा था।

जाण ने हाथ के इशारे से सभी को कमरे के बाहर जाने को कहा। सभी लोग कमरे से बाहर हुए, तब वह उठा और मेरे पास आया। अब उसके चेहरे से कठोरता नदारद है। वह मेरी हथेलियों को जुड़ने की मुद्रा में पकड़कर बेहद विनम्रता से बोला, ''मारपीट मत कर लड़के। मेरा नुकसान हो जाएगा।''

''मैंने नहीं मारा तुम्हें। ये उस भूत ने मारा। दूसरे ने।'' मैंने जाण को समझाना चाहा। लेकिन वह माना नहीं।

''उमर निकल गयी मेरी इस धन्धे में। मैंने तो आज तक भूत देखा नहीं। मेरे झूठ को मेरे पर चलाकर तू मुझे मार रहा था।'' जाण ने शिकायत के लहजे में कहा, जैसे उलाहना दे रहा हो।

''मैं सच कहता हूँ। मैंने नहीं मारा।'' मेरा स्वर भी विनम्र हो गया।

''अपने लड़कपन के मजाक को लम्बा मत खींच मेरे भाई।'' जाण मेरे सामने हाथ जोड़ने लगा, ''ऐसी मारपीट से मेरी साख चली जाएगी। मेरे पास कौन आएगा? पच्चीस साल हो गये। आज तक किसी ने मेरे सामने चूँ नहीं की। पर तूने मुझे बेरहमी से मारा।''

''मेरा भरोसा करो...।'' मैंने स्वर की गिड़गिड़ाहट रोकी।

''कैसे भरोसा करूँ?'' उसने मुझे वहीं गादी पर बैठाया और खुद भी बैठ गया। फिर समझाने लगा, ''भूत-वूत कोई नहीं होता है। भूत सिर्फ मेरे लिए है। भूत ही मेरा घर चलाते हैं। लोगों में बैठे भूतों ने ही मेरी दो बेटियाँ ब्याही हैं। लड़कों को पढ़ाया-लिखाया है। भूत मेरी रोजी-रोटी हैं। मेरे बेटे, मेरी रोजी-रोटी को लात मत मार!'' जाण के चेहरे पर ऐसी दयनीयता आ गयी कि मेरा मन भर आया। मैंने भरे मन से उसके हाथ पकड़ लिये। कहा, ''मुझे जाने दो। जो हुआ तुम भी भूलो, मैं भी भूला और मुझे माफ भी कर दो।'' जाण ने एक ठंडी साँस छोड़ी। फिर उठकर सबको बुला लाया।

माँ-पिताजी और भाई भीतर आये। जाण उठकर कमरे के कोने में चला गया और मटके से पानी निकालकर पीने लगा। माँ मेरे सिर पर हाथ फिराते हुए बोली, ''मेरे बच्चे को कितना सताया है, कितना मारा है?'' कहकर वह भाई की ओर देखने लगी। भाई के चेहरे पर उलझन के भाव आ गये, बोले, ''किसने मारा? इसको मारा या इसने जाण को मारा?'' भाई ने मेरी ओर शिकायत भरी उँगली उठाते

हुए कहा।

"जाण को मार का क्या दर्द?" माँ ने उलाहना दिया, "जाण को तो देवी-देवता का आसरा है। उसे कोई चोट लगती है क्या? पर मेरे बच्चे को कितनी तकलीफ हो रही है!"

"अब तुमने ही कहा था तो लाये हैं। तुम दोनों तरफ हो जाती हो। घर पर जिद कर रही थी कि जाण के यहाँ ले चलो। अब शिकायत कर रही हो।" पिताजी ने रोष से नहीं, लेकिन थोड़ी गम्भीर आवाज में उलाहने का जवाब उलाहने से दिया। भाई भी स्वीकृति में सिर हिलाने लगे।

"मामला भूत-प्रेत का है, वर्ना अभी थाना-कचहरी की बात हो जाती।" कहकर भाई ने माँ को चुप रहने का संकेत किया। माँ एकदम से चुप नहीं हुई। धीमे स्वर में बड़बड़ाने लगी। तभी जाण पानी पीकर वापस आ गया। उसके होठ अभी भी गीले हैं।

"आज के दिन बस इतना ही। इसे फिर कभी लाना। इस पर किसी अधर्मी, बदमाश की सवारी है।" जाण ने अपनी उखड़ती साँसों को काबू में रखते हुए कहा, "बहुत बिगड़ैल और ताकतवर प्रेत है। ज्यादा और बड़ी तैयारी से गादी पर बैठूँगा, उस दिन लाना। मैं खबर करूँगा। आज एक दसी कर देता हूँ। थोड़ा काबू में रहेगा।" जाण ने कहकर मेरे गले में एक लाल धागा बाँध दिया फिर पिताजी को जाने का संकेत दिया। पता नहीं घबराहट के मारे या मेरे भाग जाने के भय से, भाई ने मुझे रस्सी से बाँधा फिर घर जाने के लिए बैलगाड़ी पर बैठाया।

घर आते-आते मैं काफी हद तक सामान्य हो गया। घर में खिड़की के पास बैठते ही ठंडी हवा के झोंके ने मन को हल्का कर दिया।

भाई के मना करने के बावजूद माँ ने मेरी बँधी रस्सी खोल दी। खाना खाने के बाद दोपहर तक तो मैं कमरे में बिल्कुल अकेला रह गया। अलबत्ता भाई ने बाहर से कमरे का दरवाजा लगा दिया था।

मुझे जाण के घर की बातें अब धुँधली-सी याद आने लगीं। मुझे अचरज हुआ कि मेरे भीतर सचमुच कोई 'दूसरा' है। मैं जिसे माँ का वहम समझ रहा था, वह वहम नहीं है? कौन है यह दूसरा?

"मैं हूँ!" कहकर मेरे भीतर से वह कूदकर सामने आ बैठा। मैंने देखा, वह बेहद खूबसूरत हट्टा-कट्टा ऊँचा-पूरा नौजवान है। उसके चेहरे पर एक शरारती और मोहक मुस्कान है।

"तुम सचमुच हो?" मैंने बेहद अचरज से पूछा। "मुझे तो लगता था तुम सिर्फ किस्से-कहानियों में होते हो।"

"वहीं से तो आया हूँ।" कहकर वह हँसने लगा। मेरा अचरज काफी हद

तक कम हो गया। लेकिन इस बात का अचरज था कि मुझे उससे भय नहीं लगा।

''तुम्हें मुझसे भय नहीं लगेगा?'' वह दीवार के सहारे बैठ गया। मैं अवाक् रह गया। वह मुस्करा दिया। बोला, ''मैंने तुम्हारे भय को मारकर भगा दिया है।''

सहसा मुझे कुछ याद आया। ''तुमने जाण को क्यों मारा?'' मैंने शिकायत की।

''वो तो मैंने उसके साथ मसखरी की थी।'' कहकर वह फिर हँसने लगा।

''बेचारा कैसा रुआँसा हो रहा था! मुझे बहुत दया आ रही थी। तुम पर गुस्सा भी बहुत आ रहा था। वह मुझे दोष दे रहा था।'' मैंने उसे घूरते हुए कहा।

''हाँ... उसका रोना देखकर तो मुझे भी दया आ गयी। खैर छोड़ो ...हमारे नाम से दुकान चला रहा है, समझो उसने दुकान की पगड़ी आज दे दी।'' इस बार वह हँसा नहीं। मुझे इस तरह देखने लगा कि इस बात के जवाब में मैं क्या कहूँगा। मैं कुछ नहीं बोला। सिर्फ उसे देखता रहा। फिर रुककर कहा, ''तुम्हारी असलियत क्या है? सचमुच में तुम कैसे दिखते हो?''

''मैं तो कुछ भी बन सकता हूँ। आदमी, औरत, जानवर या कोई पंछी। चींटी से लेकर हाथी तक, चिड़िया से लेकर बाज तक। बच्चा, बूढ़ा या कोई औरत।'' वह मुस्कराकर बोला।

''नहीं! यह तो तुम्हारा रूप धरना हुआ। एक बाजीगरी। लेकिन वास्तव में तुम क्या हो— मेल या फीमेल?'' मैं उसकी मुस्कराहट का अर्थ नहीं समझा और उसे समझाते हुए बोला।

''जिस वक्त जो रूप धरा, वही हूँ। मेल-फीमेल तो देह होती है। आत्मा में यह भेद कैसा?'' उसने कहा तो मैं क्षण भर के लिए चुप हो गया। फिर मैंने उससे साफ़-साफ पूछा, ''मेरा पूछने का मतलब है, तुम भूत हो या चुड़ैल? कोई चुड़ैल हो और आदमी का रूप धरे बैठे हो या किसी आदमी का भूत हो?''

''मैं भूत हूँ!'' उसने कहा और हँसने लगा।

''आदमी का भूत?'' मैंने पूछा।

''मरे हुए आदमी का भूत!'' उसने हँसना जारी रखा। मुझे लगा जैसे जवाब उसने नहीं, उसकी हँसी ने दिया हो।

''तो फिर तुम्हारे पैर पीछे क्यों नहीं मुड़े हुए हैं? भूत के पैर पीछे मुड़े होते हैं।'' मैंने कहा और उसकी ओर देखा। जैसे इस जानकारी से वह चकित हो जाएगा, लेकिन उसकी हँसी बढ़ गयी।

''सिर्फ पैर पीछे मोड़ने से कोई भूत हो जाता है? ऐसा होता तो सारे भूत आज जिन्दा होते। किसने कहा ऐसा तुम्हें?'' उसने पूछा।

''उसी जाण ने।'' मैंने उसे याद दिलाया।

"पहले बताते तो जाण के पैर वहीं पीछे कर देता। जिन्दा प्रेत हो जाता स्साला...। जब भी गाँव में घूमता तो पता नहीं चलता कि आ रहा है या जा रहा है।" कहकर वह अपनी ही बात पर खुश हो गया।

फिर मुझे याद आया तो मैंने गले में लटक रही दसी उसे दिखाते हुए कहा, "यह दसी बाँध दी है उस जाण ने।" वह उपेक्षा से गरदन हिलाते हुए बोला, "ऐसे धागे लटकाने से भूत भागते तो फिर हम पैदा होने से पहले मर जाते।" कुछ देर वह रुका, फिर बोला, "ऐसे धागों से सिर्फ ओझाओं की गरीबी भागती है।"

कुछ देर वह खिड़की के पार आकाश में देखता रहा, फिर मेरी ओर पलटकर अजीब-सी ठंडी आवाज में बोला, "गरीबी का भी भूत होता है। सबसे खतरनाक। सबसे भयानक।" उसकी आवाज के ठंडेपन ने कमरे का माहौल भारी कर दिया। मैंने उसकी ओर देखकर पूछा, "फिर इस दसी का क्या करूँ?"

सहसा वह सामान्य हो गया। मुस्कराकर बोला, "अपनी प्रेमिका का फोटू ताबीज में रखकर इस धागे में बाँधकर लटका ले!"

मैं झेंप गया। वह उछलकर हवा में तैरते हुए मेरे करीब आया। वह जमीन से ऊपर हवा में ही मेरे सामने पालथी मारकर बैठ गया और बोला, "कोई है क्या? कहाँ रहती है? कैसी है?" उसने एक साथ कई सवाल किये।

"मेरे साथ कॉलिज में पढ़ती थी। सेकेंड ईयर में।" मैंने सकुचाते हुए बताया। वह हवा में पालथी मारे झूल रहा है।

"प्रेम के नाम से तुम उछल पड़े। तुमने भी प्रेम किया है?" मैंने उसे टटोला।

"हाँ मैंने भी प्रेम किया था। उसी की वजह से तो भूत बना।" कहकर वह हँसने लगा।

"तुम्हारे साथ कॉलिज में पढ़ती थी?" मैंने उत्सुकता में पूछा।

"पाँच सौ साल पहले कॉलिज नहीं थे।" वह हवा में थोड़ा नीचे हो गया।

"इतनी उम्र है तुम्हारी?" मैं अचरज से उसे घूरने लगा।

"हाँ, प्रेम और प्रेत बूढ़े नहीं होते कभी।" वह हवा में डोलता हुआ बोला।

"फिर क्या हुआ था?" मेरे स्वर में अधीरता आ गयी।

"क्या होगा?" वह मुझसे पूछते हुए बोला, "वही जो सैकड़ों-हजारों साल से होता आया है। उसने किसी और से शादी कर ली थी।"

"क्यों?" मैंने उसे टोका।

"भाई मेरे! दुनिया में हम अकेले भूत नहीं हैं। उस लड़की को भूत लग गया था। भूतों में दुनिया की सबसे पुरानी जाति। अमीर होने का भूत। मुझे गरीबी के भूत से छुटकारा नहीं मिल रहा था।" कहकर वह सहसा नीचे जमीन पर उतर आया। ठीक मेरे सामने। फिर धीरे से पूछा, "औरत को बेवफा होने के लिए क्या

चाहिए?'' मैं कुछ बोलता, उसके पहले ही वह बोला, ''मौका!'' वह बालों में उँगलियाँ फिराते हुए बोला, ''उसे मौका मिल गया। दीवान के लड़के से शादी करके चली गयी।''

मुझे वह लतीफेबाज लगा। गम्भीर बातों में भी वह हँसी डालकर उलझन खड़ी कर देता है। पूरी बात हालाँकि कुछ-कुछ फिल्मी लग रही थी, फिर भी मुझे उसमें मजा आने लगा।

''फिर क्या हुआ?'' मैंने पूछा।

''फिर क्या..? वह अमीर हो गयी। मैं भूत हो गया।'' वह जमीन पर पैर फैलाकर बैठ गया। फिर शायद उसे मसखरी सूझी। वह पैर फैलाकर दीवार तक ले गया और फिर पैर को दीवार के पार ले जाकर दूसरे कमरे में टिका दिया।

''एक लड़की के लिए तुमने जान दे दी?'' मैंने उसे उलाहना दिया।

''शायद नहीं। लेकिन यह सच है कि दीवान का बेटा मुझसे भयभीत रहने लगा। उसके मन का चोर डर के मारे मुझसे बदले पर उतारू रहता। यह लड़ाई खेत की लड़ाई में बदली। फिर जाति की लड़ाई में। मेरा बाप पागल होकर घर छोड़ गया। माँ मर गयी। मैं एक मामूली-सा सैनिक था। बाद के वर्षों में राजा ने पड़ोसी राजा से युद्ध छेड़ दिया। कहा गया था कि पास के राज्य में पानी का बड़ा बाँध है। हमारे सूखे राज्य को पानी की सुविधा मिल जाएगी। लेकिन सुनते थे कि असली लड़ाई अंगूर के बागों को लेकर थी, जो पड़ोसी राज्य के पास थे और जिसकी शराब बहुत उम्दा बनती थी। सत्ता की सनक में लोग मारे गये।'' वह थोड़ा उदास हो गया। मैंने पहली बार उसके चेहरे पर उदासी देखी।

''सारे युद्ध सत्ता की सनक के ही परिणाम होते हैं।'' मैंने कहा तो वह संजीदगी से बोला, ''बात तो ठीक है। लेकिन हर काल में यह बात समझने में मामूली आदमी को सैकड़ों साल लग जाते हैं। जैसे मैं भी कोई सौ-दो सौ साल बाद समझ पाया।''

फिर उसने अपना सिर झुकाकर मेरे सामने किया। बालों को हटाकर उसने इस तरह दिखाया, जैसे झाड़ियाँ हटा रहा हो। सिर पर एक गहरे घाव का लम्बा निशान है। फिर उसने एक अजीब-सी हरकत की। उसने घाव के निशान के पास से सिर को दो भागों में विभाजित कर दिया। घाव और गहरा नजर आने लगा। खून बहकर सिर के बालों में फैलने लगा। उसकी उँगलियों को भिगोकर नीचे टपकने लगा। मैं घबरा गया। उसने बताया, तलवार का घाव है। सिर तरबूज की तरह फट गया था। तलवार सिर में फँसी रह गयी थी। मैंने पूछना चाहा, फिर चुप रह गया, देह के घाव का निशान तो देह के जलने के साथ खत्म हो गया होगा— फिर यह निशान कैसा? और इतना ताजा घाव? क्या छल का घाव इतना गहरा होता है जो देह

के पार आत्मा में उतर जाता है; क्योंकि 'दूसरा' तो आत्मा है?

उसने सिर के घाव की दरार को वापस मिला दिया। जैसे काठ के किसी खिलौने को जोड़ दिया। खून के निशान गायब हो गये।

''बहुत दर्द हुआ होगा?'' मैंने सहानुभूति जतायी।

''आज भी होता है।'' वह सिर को थामकर बोला। ''सिर में दर्द का जंगल है, जहाँ भटकता रहता हूँ। घना काला अँधेरा जंगल। हाथ को हाथ सुझाई नहीं देता है। हाथ बढ़ाने पर सिर्फ दर्द को छू पाता हूँ। दर्द को सुन पाता हूँ।''

''तब तो तुम सिर पर कोई बोझ नहीं उठा पाते होगे?'' मैंने उससे पूछा तो वह इनकार में सिर हिलाने लगा और बोला, ''बोझ उठाने में कोई दर्द नहीं होता है। कहो तो तुम्हारे घर को सिर पर उठाकर बता दूँ। मैं कितना भी बोझ उठा सकता हूँ, मुझे किसी चीज का भार नहीं लगता है, सिवा स्मृतियों के बोझ के। स्मृतियों का बोझ नहीं उठता है। सच पूछो तो स्मृतियों के बोझ से छुटकारा ही मोक्ष है।'' उसने कहा और सिर को ऐसे थाम लिया जैसे पृथ्वी को उठा रखा हो। मैंने देखा, उसने सचमुच पृथ्वी को उठा रखा है। स्मृतियों की पृथ्वी। सिर पर पृथ्वी उठाये वह ब्रह्मांड में अपना विगत खोज रहा है। शायद उसे पता नहीं, उसका विगत उसी पृथ्वी पर है जो उसके सिर पर बोझ की भाँति है। दरअसल यह पृथ्वी इनसानों से नहीं, स्मृतियों से भरी है। स्मृतियों से आबाद है। भार आदमी का नहीं, स्मृतियों का होता है।

एकाएक मैं घबरा गया। मैंने अपने सिर पर हाथ रखा। एक अजीब-सी दहशत मुझ पर तारी होने लगी। सिर पर बोझ के दबाव से मैं नीचे झुक गया। मैंने उसकी तरफ देखा, उसके चेहरे पर एक कँटीली मुस्कान है। मैं गुस्से और दर्द से भर गया। मुझे उसकी ऐसी ही हरकतों पर गुस्सा आता है।

''तुम ऐसी हरकतें क्यों करते हो?'' मैंने पूछा।

''धीरे-धीरे तुम्हें इसकी आदत हो जाएगी।'' कहकर उसने मेरा हाथ थपथपाया। उसका हाथ दुःख की भाँति ठंडा है। मेरा गुस्सा दूर हो गया। मैंने पूछा, ''जब तुम इतने शक्तिशाली हो कि पलक झपकते कहीं भी पहुँच सकते हो, फिर इतना भटकाव क्यों?''

''हो सकता है यह 'पलक झपकने' का समय कई-कई वर्षों का होता हो। इसका ठीक-ठीक स्केल तो किसी के पास नहीं हैं, वर्ना इस भटकाव से इतनी थकान नहीं होती।'' उसकी आवाज में भी थकान उतर आयी। जैसे उसकी आवाज बहुत ऊँची और लम्बी चढ़ाई चढ़कर आयी हो। मैंने सोचा, इसकी आवाज इतना श्रम क्यों करती है? वह क्यों नहीं उड़कर पहुँच जाती है?

''एक बात बताओ!'' मैंने जिज्ञासा प्रकट की, ''मृत्यु के बाद ग्यारहवें के

दिन चावल के आटे के बने पिंड काटते हैं कि पिंड के कटते ही मृतक के सारे रिश्ते-नाते कट जाते हैं। फिर तुम्हारा कौन सा पिंड काटना शेष रह गया?''

दूसरा के चेहरे पर दु:ख की धुन्ध उभर आयी।

''रिश्ते तो देह के कट जाते हैं।'' धुन्ध के पीछे से उसकी आवाज आयी, ''आत्मा के रिश्ते पिंड के कटने से नहीं कटते हैं। आत्मा तो एक इच्छा है। इच्छा की आत्मा।''

''अपनी माँ से तुम्हारी मुलाकात हुई? मतलब... मरने के बाद।'' मेरी उत्सुकता फिर जाग गयी।

''इस तरह हर कोई हर किसी से मिल सकता तो मरने का भय और दु:ख चला जाता।'' वह एक अजीब-सी लाचारी में बोला, ''सैकड़ों साल हुए भटकते। कोई नहीं मिल पाया।'' सहसा दरवाजे पर आहट हुई, तो मैंने चौंककर देखा। माँ खड़ी है। उसके चेहरे पर ममता और करुणा का मिला-जुला भाव है। फिर वह चलकर भीतर आयी और मेरे सिर पर हाथ रखकर दूर कहीं आकाश के सूनेपन को देखते हुए बोली, ''कैसा अकेला बड़बड़ा रहा है! कभी हँसता है, कभी चुप हो जाता है।'' फिर एक लम्बी साँस छोड़कर कहा, ''जगदम्बे! छोरे की रक्षा करो, माँ... ।''

फिर आँचल से आँसू पोंछते हुए बाहर चली गयी। माँ का दु:खी होना मुझे दु:खी कर गया। माँ को सारा कुछ बताना तो समझो उसके दु:ख बढ़ाना है क्योंकि वह मेरी बातों का तुरन्त भरोसा करेगी। उसका भरोसा भूत से ज्यादा बुरा है।

माँ के चले जाने के बाद मैं पलटा तो देखा, 'दूसरा' गायब है। मुझे अपने भीतर अजीब-सा खालीपन लगा। मुझे लगा, उसके जाने से सवालों के जवाब नहीं, कई सवाल चले गये। उसके होने से मेरे भीतर सवाल होते हैं। फिर मुझे लगा, जो सवाल चले गये, वो अपनी जगह नये सवाल छोड़ गये हैं।

'दूसरा' बता रहा था, उसकी उम्र पाँच सौ साल है। लेकिन उसके बाल सफेद नहीं थे। चेहरे पर झुर्रियाँ नहीं थीं। तो क्या आत्माएँ बूढ़ी नहीं होती हैं? इसकी किस उम्र के पाँच सौ साल बीते हैं? जीवन तो खत्म हो गया है। मैं जिस उम्र के बारे में सोच रहा हूँ, वह तो मृत्यु के बाद की है। यानी इसकी मृत्यु की उम्र पाँच सौ साल की हो चुकी है। मृत्यु की कुल उम्र कितनी होती है? 'दूसरा' की मृत्यु के बाद का कितना जीवन बचा है? लेकिन जहाँ मृत्यु शब्द आ गया, वहाँ जीवन का क्या अर्थ? मेरा मस्तिष्क तनाव से भरने लगा। मैं पलंग पर चित लेट गया।

'दूसरा' के जाने के बाद महसूस किया कि मैं उससे बातें करते हुए भी थक जाता हूँ। इतना थक जाता हूँ जैसे मीलों दौड़कर आया हूँ। सवालों का इतना घटाटोप

है कि मस्तिष्क लगभग शून्य हो गया है। देह की थकान मन में समाने लगी है।

मन एक अजीब-सी चिड़चिड़ाहट से भरने लगा। यह चिड़चिड़ाहट किसके खिलाफ है, समझ नहीं पाया। एक क्षण के लिए तो यह भी लगा कि यह चिढ़ 'दूसरा' के खिलाफ है। ऐसा सोचते ही एक अजान भय ने घेर लिया। मैं पस्त हो गया। भीतर से भूख मर गयी। उठने की इच्छा खत्म हो गयी।

दो दिन इसी तनाव में बीते। एक अजीब-सी ऊब और थकान हर पल जकड़े रहती। जैसे हर पल कोई साथ है, सिर पर सवार है। आज बहुत साहस करके मैं कमरे से बाहर निकला। बाहर आया तो ठिठक गया। आँगन में भाई-भाभी खड़े हैं। भाभी उन्हें समझा रही है कि यही सही समय है। खेत के कागजों पर जो दोनों भाइयों का साझा नाम है, वह खुद के, अकेले के नाम पर करा लो। इस भूत के चक्कर में तो वह किसी भी कागज पर दस्तखत कर देगा। माँ और पिताजी को समझा देंगे कि भूत के चक्कर में या कहो पागलपन में खेत किसी और के नाम कर दिये या दान कर दिया तो आफत आ जाएगी। सबकी भलाई इसी में है कि खेत छोटे के नाम नहीं रहे। आप कागज-पत्तर तैयार करो। इसके पागलपन से कुछ तो फायदा हो।

फिर दोनों की आवाज एक फुसफुसाहट में बदल गयी। फिर भाई-भाभी धुँधले नजर आने लगे। मैंने कमरे में वापस जाकर लोटे से पानी पिया। वापस लौटा तो देखा, आँगन मे कोई नहीं है। भाभी चौके में दूध गरम कर रही है।

"भैया कहाँ है?" मैंने पूछा तो भाभी ने वहीं से जवाब दिया, "अभी खेत से वापस नहीं आये हैं।"

मैं सोचने लगा। कुछ देर पहले तो दोनों यहीं खड़े बातें कर रहे थे। मुझे भ्रम हुआ था या भाभी झूठ बोल रही है? मैं उतरकर आँगन में आ गया। फिर आगे चलकर बाहर गली में खुलने वाले दरवाजे पर खड़ा हो गया। गली के कोने से दया काका आते नजर आये। थके हुए से सिर झुकाये जाने क्या सोचते हुए आ रहे हैं, बल्कि कुछ बुदबुदा भी रहे हैं। जब करीब आये तो मैंने पूछा, "क्या हुआ दया काका? किस बात पर कुढ़ रहे हो?"

पहले तो वे चौंके, फिर वे सोच की कैद से बाहर आये और बोले, "कुछ नहीं! वही हर साल का रोना। आषाढ के शुरू में पानी गिरा तो बोहनी कर दी। बस, पानी जो गया काला मूँ करके तो लौटा ही नहीं। फसल मुश्किल से जमीन से बाहर आयी थी। धूप में जलकर खतम हो गयी है।" कहते हुए वे क्षण भर रुके, फिर सिर को दुःख की मुद्रा में हिलाते हुए बोले, "कहाँ तो मुश्किल से बीज मिला था! इस बार तो बीज सरकारी देख-रेख में बिका। पुलिस वाले खड़े रहे। फिर भी भीड़ कम नहीं हुई। भिनसारे-भिनसारे उठकर लाइन में लगे। पुलिस की लाठियाँ खायीं।

मुश्किल से मिले इस बीज का नतीजा क्या रहा? किसान तो पता नहीं अपनी किस्मत किस स्याही से लिखाकर लाया है?'' कहकर वे थोड़ा आगे बढ़े, फिर ठिठक गये।

पलटकर मुझे ध्यान से देखते रहे। फिर बोले, ''गाँव में तो बात है कि तुझे कुछ हवा-पवन का चक्कर है, कोई बाहरी बाधा है! तुम आजकल के लड़के देव-दानी को तो मानते नहीं। देखभाल के रात-बेरात निकलना चाहिए।'' फिर अफसोस में गरदन हिलाते हुए चले गये।

मैं वापस अपने कमरे में आया। मैं न चाहते हुए भी 'दूसरा' को याद करने लगा। हालाँकि मन के चोर कोने में यह इच्छा भी दुबकी बैठी है कि 'दूसरा' अब न मिले तो ठीक रहेगा। मुझे लगता है, मुक्ति की इस दुर्बल इच्छा को 'दूसरा' आसानी से परास्त कर देता है। वह सामने आता है तो मन खुश भी हो जाता है, जैसे अपने तनाव को मैं सहर्ष आमन्त्रित करता हूँ।

सहसा वह प्रकट हुआ।

''मैं तुम्हें ही याद कर रहा था।'' मैंने कहा, ''तुम कहाँ चले गये थे?''

''कहीं नहीं। मैं तो तुम्हारे साथ हूँ। अब कहीं नहीं जा सकता हूँ।'' कहकर वह सामने रखी कुर्सी पर बैठ गया।

''तुम गाँव में बरसात नहीं कर सकते हो? खेतों में फसल ठीक से उगी भी नहीं और सूखने लगी है।'' मैंने उसे एक तरह से उसकी शक्ति याद कराते हुए कहा।

वह अस्वीकृति में सिर हिलाने लगा। फिर बोला, ''मैं भूत हूँ, भगवान नहीं। मैं खड़ी फसल में आग लगा सकता हूँ। पानी नहीं गिरा सकता हूँ।''

''यानी तुम दुष्ट भूत हो?'' मैं तिक्त स्वर में बोला।

''नहीं, दुष्ट होता तो ऐसा कर देता। दुष्ट आत्माएँ ऐसा कहती नहीं हैं, कर देती हैं। फिर वह एक खेत हो या एक देश।''

मैं अचरज से उसे देखने लगा।

फिर धीरे-धीरे एक ठंडा भय मेरे भीतर उतरने लगा। मुझे लगा, अनजाने मैं एक भयावह संसार में दाखिल हो गया हूँ। इस भरोसे की तरफ बढ़कर कि गुजरात के दंगे हों या नन्दीग्राम की खूनी घटनाएँ या इराक पर बमबारी— सभी जगह प्रेत, बल्कि पिशाच और ड्रेकुला बैठे हैं। इस भयावह अचरज के पास बैठकर मैं काँप गया कि दुनिया के सबसे ताकतवर देश को चलाने वाला भी प्रेत है।

तो क्या सत्ता के शीर्ष पर पहुँचने के लिए सिर्फ दूसरों को ही नहीं, बल्कि खुद को भी मारना पड़ता है?

मैंने 'दूसरा' की ओर देखा। उसने स्वीकृति में सिर हिलाया और बोला,

''बिल्कुल ठीक सोच रहे हो तुम। संवेदनाओं के मरने के लिए आदमी का मरना भी जरूरी होता है।''

मुझे लगा ऐसा कहकर जैसे वह बहुत हल्के-से मुस्कराया है। एक चोर मुस्कराहट। मेरा अविश्वास फिर जाग गया। बाज लोगों को राजनीति के बारे में ऐसी मसखरी बातें या जुमलेबाजी करने में मजा आता है।

''ऐसे निर्मम रहोगे तो भगवान को क्या मुँह दिखाओगे?'' मैंने उलाहना दिया।

''पहले भगवान तो मुझे अपना मुँह दिखाए! सैकड़ों साल हुए, मुझे तो कहीं दिखाई नहीं दिया। दुनिया के ऐसे बिगड़े हालात के लिए शायद वह भी इतना शर्मिन्दा है कि मुँह छुपाये बैठा है।'' कहकर इस बार वह खुलकर हँसा।

मुझे उसके मसखरेपन पर भरोसा हो गया। भगवान का मजाक उड़ाना भी अब एक फैशन हो रहा है। मुझे उसकी मसखरी पर थोड़ा गुस्सा आया, लेकिन मैंने गुस्सा प्रकट नहीं किया। मैंने विषय बदल दिया, बल्कि अपनी दबी जिज्ञासा प्रकट की।

''यदि तुम्हारा भगवान से सामना नहीं हुआ, तो तुम्हारे पाप-पुण्य का लेखा-जोखा कैसे हुआ? किसने किया?'' मैं खटिया पर बैठते हुए बोला।

''यदि सौ-पचास बरस की उम्र जीते हुए भी कोई अपने पाप-पुण्य का लेखा-जोखा नहीं कर सकता, तो मरने के बाद कोई दूसरा एक दिन में यह कैसे कर देगा?'' फिर वह खिड़की के पार दूर कहीं देखते हुए जैसे खुद से कहने लगा, ''जो कुछ करना होता है, खुद करना होता है। जिनका हिसाब अच्छा होता है वे जल्दी से लेखा-जोखा निबटाकर मुक्त हो जाते हैं। हिसाब में कमजोर लोग सैकड़ों-हजारों बरस लेखा-जोखा में उलझे रहते हैं। और भटकते रहते हैं।''

''तो फिर तुम्हें स्वर्ग मिला या नरक?'' मैंने उत्सुकता से पूछा।

''पता नहीं। क्या मिला या कब मिलेगा? या फिर हर रोज जो यातना के अन्धकार से गुजरता हूँ यह भी नरक ही हो। हर रोज एक नया नरक।'' उसके स्वर में पहली बार मैंने उदासी महसूस की।

''लेकिन ...।'' मैंने कुछ कहना चाहा।

''तुम्हारे मन में नरक की जो कल्पना है वैसा तो यहाँ कुछ भी नहीं है। कम-से-कम मैंने तो नहीं देखा। लेकिन यातनाओं का जो सफर है, उसे भुगतकर लगता है कि पौराणिक कथाओं में वर्णित या 'कल्याण' में छपे चित्रों के नरक की कल्पना बहुत कम है।'' उसके स्वर में कराह उतर आयी।

''तुम अपने घर-परिवार या रिश्तेदारों की आत्माओं से क्यों नहीं मिलते? इन सबसे मिलकर तुम्हें अच्छा लगेगा।'' मैंने बच्चों-सी सलाह दी।

"मैंने तुमसे कहा तो था कि यदि ऐसा मुमकिन होता तो दुनिया से मरने का भय और दुःख खत्म हो जाते। मृत्यु क्या अकेली देह को आती है? इच्छा के बावजूद पहचान का भाव खत्म हो जाता है।" वह कुर्सी को झूले की तरह हिलाने लगा।

"फिर माँ को क्यों खोज रहे थे?" मैंने पूछा तो वह फिर उदास हो गया। कुर्सी का दोलन रोककर बोला, "शायद यह मेरे नरक की सजा का एक हिस्सा हो!"

"तुम तो किसी बात का ठीक से जवाब नहीं देते हो!" मैंने थोड़े रोष से कहा, "फिर मृत्यु के बाद आखिर है क्या?"

पहली बार उसके चेहरे पर मुस्कराहट आयी। फिर ठहाका लगाकर हँस दिया। कुर्सी से उठकर बोला, "न तो तुम नचिकेता हो और न मैं!" कहकर वह पहले की भाँति स्वाभाविक हँसी हँसने लगा। फिर हँसी रोककर बोला, "मृत्यु से तुम क्या समझते हो?"

"जीवन का अन्त!" मैंने उसे समझाया।

"तुम्हें यहाँ अन्त दिखाई दे रहा है?" वह मुस्कराकर बोला, "हमारे लिए तो यह भी एक जीवन है। मृत्यु के बाद का जीवन। यदि अन्त होता तो कहीं कुछ भी नहीं होता। मैं भी नहीं। यहाँ तो सबकुछ है।" वह कुछ क्षण खामोश हुआ और मेरे चेहरे पर उलझन देखकर बोला, "यह सबकुछ एक वृत्त की तरह है। एक चक्र की तरह। तुम जिसे जीवन-चक्र कहते हो। इस जीवन-चक्र में जहाँ अन्त में मृत्यु हैं; ठीक उसके बाद वाला बिन्दु जीवन है, प्रारम्भ है। इसलिए अन्त कहीं नहीं है। मैं तो मृत्यु जैसी किसी बात पर भरोसा नहीं करता हूँ।"

"तुम तो सन्त-महात्माओं जैसे प्रवचन देने लगे।" मैंने उसका मजाक उड़ाना चाहा।

"तो क्या हुआ?" वह भी मुस्कराकर बोला, "तुम भी सीख जाओ ऐसे प्रवचन देना। आजकल तो बाबाओं का बाजार गरम है। करोड़पति हो जाओगे। देश-विदेश घूमोगे। कमसिन कन्याओं के बगल में उठोगे-बैठोगे, लेटोगे।" कहते हुए उसके चेहरे पर कुटिलता आ गयी।

"लेकिन तुम्हारी बातों में हताशा और दुःख बहुत है।" मैंने उसे रोका।

"तो अपना नाम सन्त निराशाराम रख लेना।" कहकर उसने जोर का ठहाका लगाया।

मैं समझ गया कि वह अपनी भूतिया मसखरी पर उतर आया है।

सहसा वह ऊपर उठा और उड़ता हुआ खिड़की से बाहर हो गया। मैंने देखा, वह दूर उड़ता हुआ किसी बड़े पक्षी की भाँति लग रहा है। वह उड़ता हुआ इमली

के पेड़ तक चला गया। मैंने सहसा पुकारकर उसे कहना चाहा कि इमली के पेड़ तक मत जाओ। गाँव के लोग कहते हैं इमली के पेड़ पर भूत है। फिर मैंने अपनी आवाज को दबा लिया। भूत को भूत से क्या डर! इमली के पेड़ का चक्कर काटकर वह वापस लौटा और खिड़की पर फ्रेम की हुई तस्वीर की भाँति लटक गया। एकदम स्थिर। अब वह भूत नहीं भूत की तस्वीर है। खूबसूरत और आकर्षक।

मैंने दरवाजे की ओर देखा तो चौंक गया। दरवाजे पर माँ खड़ी है।

मेरा अपराध-बोध बढ़ गया। हालाँकि देश-दुनिया के ऐसे हालात के लिए मैं जिम्मेदार नहीं हूँ। लेकिन माँ को कैसे समझाऊँ!

माँ करीब आयी और मेरे सिर पर हाथ रखकर बेहद लाड़ से देखने लगी। उसके लाड़ में भी ऐसी करुणा है कि खुशी की एक हल्की-सी लकीर भी मेरे भीतर नहीं खिंच पायी।

''अकेला बैठा क्या बड़बड़ाता रहता है?'' माँ आँचल से मेरे माथे का पसीना पोंछने लगी। तब मुझे मालूम हुआ कि मैं पसीने-से तर-ब-तर हूँ।

''हे भगवान! मेरी परीक्षा मत लो!'' माँ आँखें बन्द करके धीमे से बुदबुदायी, ''मेरे बच्चे पर जो भी छाया हो, जो भी बाहरी बाधा हो दूर करो, प्रभु!''

मेरा सिर फिर भारी होने लगा। माँ के दुःख ने मेरा तनाव फिर बढ़ा दिया। मैं खुद को कोसने लगा कि क्यों मैं 'दूसरा' से बातें करता हूँ। अजीब-सी स्थिति है। वह सामने नहीं होता तो मिलने की इच्छा होती है और सामने आता है तो उससे बचने की इच्छा होती है। उसके होने से थकान और तनाव का दर्द असहनीय हो जाता है।

मैंने दोनों हथेलियों से सिर थाम लिया।

तभी दरवाजे पर भाई आ खड़े हुए।

''इसके पास इस तरह अकेले मत बैठा करो माँ! कभी भी हमला कर सकता है।'' भाई ने माँ को समझाया। जवाब में माँ ने बात बदल दी, ''कल हम इसको जाण के पास ले चलते हैं। छोरे की हालत बिगड़ती जा रही है।''

''जाण के पास ले जाएँगे और उसने जरा हाथ लगा दिया तो, तुम फिर शिकायत करोगी कि मेरे छोरे से मार-पीट करता है, उसे सताता है।'' भाई ने उलाहना दिया तो माँ ने कुढ़कर कहा, ''अब बेटे की जान से ज्यादा क्या प्यारा है? भूत से जान बच जाए, बस यही चाहती हूँ। वह मारेगा तो मैं बाहर जाकर बैठ जाऊँगी।'' माँ ने कलपते हुए कहा, जैसे उसकी अनुपस्थिति में मार खाने से मुझे दर्द नहीं होगा।

भाई ने माँ का हाथ पकड़कर उसे कमरे से बाहर किया और इतना ही कहा, ''कल चलेंगे। जैसा तुम चाहोगी, वैसा ही करेंगे।''

दूसरे दिन जाण के घर पहुँचे, तो वहाँ भारी भीड़ देखी। कुछ लोग पहले से बैठे थे। जाण एक औरत से चुड़ैल उतार रहा था। आज का माहौल पहले से ज्यादा भयावह और भारी लगा। पूरे कमरे में धुआँ भरा है। औरत की चीखें गूँज रही है। जाण खुद औरत से ज्यादा चीख रहा है और झूम रहा है। लगभग एक घंटे तक औरत को धुएँ के बीच बैठाकर छड़ी से पीटने का क्रम चलता रहा। आखिरकार औरत बेहोश हो गयी। जाण ने उसके गले में दसी बाँधी और घोषणा की, ''चुड़ैल को औरत की देह से बाहर निकाल दिया है।'' उस औरत के साथ जो लोग आये हैं उनके चेहरे पर तसल्ली आ गयी।

फिर मेरी बारी आयी। माँ, पिताजी और भाई मुझसे थोड़ी दूर बैठ गये। जाण मेरे करीब आया और बहुत धीमे स्वर में फुसफुसाकर बोला, ''बस, आज का दिन सहन कर लो। मैं आज इनको बता दूँगा कि भूत निकल गया।''

मैं कुछ बोलता उसके पहले ही जाण ने पास रखी थैली में हाथ डालकर मुट्ठी भर भस्म निकाली और लोबान से जलते मिट्टी के बर्तन में डाल दी। एक लपट उठी और बुझ गयी, लेकिन धुएँ का बेहद गहरा बादल उठा जो मेरी आँखों और सीने को चीरता हुआ मेरे भीतर उतर गया। तड़प गया मैं। लेकिन रस्सी से बँधा होने के कारण सिर्फ कसमसाकर रह गया।

मैं अपनी खाँसी का उबाल रोककर कुछ कहता तभी पतली-सी छड़ी मेरी पीठ पर पड़ी। मेरी चीख निकल गयी। मेरी चीख के साथ ही जाण भी हुँकार भरके उछलने लगा।

धुएँ की जलन और छड़ी की मार धीरे-धीरे असहनीय होने लगी। मुझे लगा, जाण बदला ले रहा है। मैं निढाल होकर लुढ़क गया। पीड़ा के अतिरेक में मैंने सोचा, पूरा परिवार ही नहीं, मैं भी इतनी तकलीफ और तनाव झेल रहा हूँ तो बेहतर तो यही होगा कि मैं 'दूसरा' से मुक्त हो जाऊँ।

जाण ने माँ, पिताजी और भाई को बाहर जाने को कहा। फिर मेरे निकट आया। मैंने कराहते हुए कहा, ''मैं इस प्रेत से मुक्त होना चाहता हूँ। प्रेत के साथ रहने की पीड़ा तुम्हारी मार की पीड़ा से ज्यादा है।''

जाण के चेहरे पर थोड़ा रोष आ गया। बोला, ''तुम नयी उमर के लोगों में यही कमी है। हर बात में मसखरी सूझती है।''

''मैं सच कहता हूँ, एक प्रेत हर समय मेरे साथ रहता है। समझो, मुझ पर सवार रहता है।'' मैंने उससे याचना की।

''मसखरी मत करो लड़के! तुम भी जानते हो, मैं भी जानता हूँ कि भूत-प्रेत कुछ नहीं होते हैं।'' उसने मुझे डपट दिया।

लाचारी में मेरा सिर लटक गया। मैं निढाल-सा पुनः लुढ़क गया। अब जाण

को समझाना मुश्किल है।

मैंने देखा, दूसरा जाण की गादी पर इत्मीनान से बैठा है। उसके चेहरे पर एक पैनी मुस्कराहट है जो मेरी लाचारी से पैदा हुई है।

बैलगाड़ी में लादकर मुझे घर लाया गया। आकर मुझे कमरे में बिस्तर पर लिटा दिया गया। थककर मैं सो गया।

दिन बीतने लगे। 'दूसरा' से मेरा संवाद कम होता गया। इस गुस्से से या किसी और वजह से, वह मुझे ज्यादा तंग करने लगा। रोटी नहीं खाने देता। सोने नहीं देता। मेरी बेचैनी में ही उसका आनन्द छिपा है। मेरी भूख में उसकी तृप्ति है। रातों के मेरे तकलीफदेह जागरण से उसे बेहद राहत मिलती है। मेरी तकलीफ से उसकी तसल्ली जुड़ी है। कभी-कभी तो पूरे दिन-पूरी रात कमरे में दौड़ाता। कमरे में यहाँ-से-वहाँ चहल-कदमी करते हुए मैं थककर चूर हो जाता। 'दूसरा' हँसता रहता। फिर उसकी हँसी इतनी बढ़ जाती कि मेरे कान के पर्दे फटने लगते। अखबार की हर बुरी घटना मुझे जोर-जोर से पढ़कर सुनाता। देश-दुनिया की जाने कितनी बुरी खबरें सुनाता। कभी तो मुझे लगता कि इतनी खबरें तो अखबार में छपी भी नहीं हैं, जितनी वह सुनाता है। मेरी थकान और तनाव बढ़ने लगा। फिर वही हुआ जिसका कि डर था। हम दोनों एक दिन झगड़ पड़े। वह जोर-जोर से चिल्लाने लगा। मैं भी चिल्लाने लगा। माँ, पिताजी, भाई, भाभी सभी दौड़कर आ गये। सभी हतप्रभ खड़े रहे। मैं चीख-चीखकर उसे गालियाँ देने लगा। वह भी गालियाँ देने लगा। हालत मार-पीट तक आ गयी। उसने मुझे पकड़कर मेरा सिर दीवार से दे मारा। सिर से खून बहने लगा। माँ दौड़कर आगे आयी और मुझे सँभाला।

भाई और पिताजी ने पट्टी बाँधी। माँ और पिताजी सहारा देकर खटिया तक ले गये और लिटा दिया। पिताजी सिरहाने बैठ गये। माँ कुछ देर तक खड़ी देखती रही, फिर धीरे से बोली, ''मैं हल्दी का दूध लेकर आती हूँ।''

भाई अस्पताल जाने के लिए रिक्शा लेने चले गये।

पिताजी बहुत थकी हुई नजरों से मुझे देखने लगे।

''कितना खून बहा है! सिर में बहुत गहरा घाव है।'' पिताजी ने बहुत पीड़ा से कहा।

''हाँ!'' मैंने उनकी पीड़ा और सूचना को स्वीकृति दी और कहा, ''तलवार का घाव है। तलवार सिर में फँसी रह गयी है। सिर तरबूज की तरह फट गया है।'' मेरी आवाज ने पिताजी की पीड़ा को कम करना चाहा। लेकिन पिताजी का चेहरा पीड़ा से भर गया।

''तलवार का घाव नहीं है बेटा! तुमने सिर दीवार से टकरा दिया था।'' पिताजी ने मेरे सिर पर हाथ फिराया फिर बोले, ''अकेले ही चिल्ला रहे थे। अकेले

ही लड़ रहे थे। फिर दौड़कर खुद ही दीवार से सिर टकरा दिया।'' कहते-कहते पिताजी की आवाज काँपने लगी।

''वह... वह दूसरा मुझसे लड़ रहा था।'' मैंने बहुत क्षीण स्वर में कहा। मैंने तलवार वाली बात पर पिताजी से बहस नहीं की। शायद तलवार के घाव की भयावहता उन्हें ज्यादा पीड़ा पहुँचाती।

''कोई दूसरा नहीं है बेटा, यह सब तुम्हारा वहम है।'' पिताजी पहली बार मुझे समझाते हुए बोले।

''नहीं, पिताजी... वो है। वो हमेशा मेरे साथ रहता है। मुझ पर सवार रहता है। मैं अब उसका बोझ उठाते-उठाते थक गया हूँ। बहुत डरावने दृश्य दिखाता है। बहुत डरावनी बातें करता है।'' कहकर मैंने पिताजी की ओर देखा। उनके चेहरे पर एक लाचार करुणा है। मैंने पिताजी को 'दूसरा' के बारे में पूरी बातें बतायी। दीवान के लड़के ने 'दूसरा' की जमीन हड़प ली। दीवान का लड़का सरकारी जमीनों को अपनी जमीन में मिला लेता था। राजा को शिकायत करने का भी कोई नतीजा नहीं निकला।

दीवान का लड़का राजस्व महकमे में हाकिम था। वह जमींदारों के खेतों की सीमा बढ़ाकर गरीब किसानों के खेतों तक बढ़ा देता था। गरीब किसानों के खेत जमींदारों के खेतों में मिला देता था। फर्जी कागजात बना देता था। कई किसानों को उसने बेघर कर दिया।

पिताजी कुछ देर चुपचाप सुनते रहे, फिर बहुत मायूसी से बोले, ''तू खुद की नौकरी की घटना को इस भूत की कहानी से मिला रहा है। तूने अपनी आपबीती को किस्से-कहानियों की बातों से जोड़ लिया है। तू किसी 'दूसरे' की नहीं, खुद की कहानी सुना रहा है।'' पिताजी की बातें सुनकर मुझे बहुत हताशा हुई। मैंने थके स्वर में कहा, ''नहीं, आपको भ्रम हुआ है क्योंकि तकलीफ की कहानी तो सैकड़ों सालों से एक जैसी है।''

''बस अब चुप हो जा!'' पिताजी ने बात खत्म करते हुए कहा।

तभी हल्दी का दूध लेकर माँ आ गयी। पिताजी उठकर कमरे से बाहर चले गये। माँ सिरहाने बैठ गयी। मैं चुपचाप दूध पीने लगा। दूध का गिलास खाली हुआ तो माँ ने उसे खटिया के नीचे रख दिया। फिर मेरा सिर अपनी गोद में रखकर बैठ गयी और बालों में उँगलियाँ फिराने लगी।

''माँ!'' मैंने इतनी डूबी हुई आवाज में कहा कि खुद मुझे अपनी आवाज किसी गहरे कुएँ से आती सुनाई दी।

माँ कुछ बोली नहीं, लेकिन वह मेरे आगे बोलने की प्रतीक्षा करने लगी।

''बहुत थकान लग रही है। पूरी देह दर्द कर रही है।'' मैंने कहा और मुँह से

चीख़ निकल गयी।

"मैं जानती हूँ बेटा...। कोई है जो तुझे सताता है।" फिर वह एकदम फुसफुसाकर बोली, जैसे कोई सुन न ले, "तू उसका नाम बता दे बेटा? कौन है तेरे भीतर? कोई गाँव का है क्या? मैं खुद उसके घर जाऊँगी और कहूँगी कि उसकी मुक्ति के लिए पिंडदान करे!"

दर्द के अतिरेक में मेरे मुँह से आवाज नहीं निकली। निढाल हुई देह को सँभालना मुझे मुश्किल लगने लगा।

"बोल बेटा ... कौन है तेरे भीतर? तू जानता है क्या?" माँ ने बहुत कातर स्वर में कहा।

"हाँ मैं जानता हूँ।" मैंने दर्द के भीतर डूबते हुए कहा, "मैं जानता हूँ, मेरे भीतर कौन बैठा है? मेरे भीतर मेरा प्रेत बैठा है!" कहकर मैं हाँफने लगा जैसे मीलों दौड़ कर आया हूँ।

माँ कुछ नहीं बोली। दु:ख के अतिरेक में उसके मुँह से कराह निकल गयी। लाचारी और दु:ख ने उसके चेहरे को मटमैला-सा कर दिया। वह चुपचाप मेरे सिर पर हाथ फिराने लगी।

आँगन का खुला दरवाजा हवा में हिल रहा है। भाई रिक्शा लेकर अभी तक आये नहीं हैं।

जतरा

एकाएक पता नहीं चला। यों भी दिन-भर काम की भागदौड़ और शाम को थकान से चूर होकर लौटना, फिर खाना खाकर सो जाना। रोज की इस दिनचर्या में तो मालूम होना मुमकिन भी नहीं था। अब याद कर रहा हूँ, तो ठीक से याद भी नहीं आ रहा है। शायद सीमा की शादी थी। अभी दो या तीन सप्ताह पुरानी बात है। सीमा! इन्दौर वाली बुआ की लड़की। खूब गोरी-चिट्टी सुन्दर लड़की। उसी की शादी में मुझे पता चला। मुझे तो खैर खयाल भी नहीं आया था, लेकिन छोटी बुआ के लड़के अमन ने, जो दिल्ली में किसी कम्पनी में है, उसी ने याद दिलाया कि इतने नाच-गाने, हँसी-मजाक और ठहाकों के बीच आप क्यों अनमने हैं?

मैंने उसकी बात को मजाक समझा। फिर उसी शादी में किसी और ने भी टोका, ''क्यों भई, तुम्हारी हँसी कहाँ गायब हो गयी है? शादी-ब्याह में ऐसा कोई गम्भीर बना रहता है क्या?'' तब मुझे थोड़ा खटका लगा। शादी में आये हुए दो दिन हो गये थे। मैंने उन दो दिनों की हर गतिविधि को टटोला। तब मुझे एक भी ऐसा दृश्य याद नहीं आया, जिसमें मेरे चेहरे पर हँसी हो। मैं थोड़ा घबरा गया। मेरे पास हँसी नहीं है। फिर जब मैंने याद करना शुरू किया, तो मुझे लगा कि सिर्फ शादी के दिनों से नहीं, पिछले कई दिनों से हँसी नदारद है। शादी से लौटकर मैंने शादी के कार्यक्रमों की सी.डी. लगाकर देखी। सभी महत्त्वपूर्ण रस्मों में मैं मौजूद था। नाच-गानों में भी, लेकिन नाचते हुए भी मेरे चेहरे से हँसी गायब थी। तब मेरे सन्देह को भरोसे का बल मिला। हँसी गुम हो चुकी है।

मैंने सोचा, इस तरह किसी को बताऊँगा तो कोई भरोसा नहीं करेगा। फिर मैंने बहुत सतर्कता से अटैची, बैग और अलमारियों को टटोला। मैं खासा भुलक्कड़ हूँ। कई बार कोई कागजात या वस्तु बहुत सँभालकर रखने की हिदायत पर मैं घर में कुछ इस तरह रखता हूँ कि जरूरत पड़ने पर खुद मुझे नहीं मिलती है। बाहर कहीं जाता हूँ, शादी-ब्याह में तो अंडरवियर या तौलिया भूलकर आता हूँ। चिट्ठियाँ पोस्ट करना भूल जाता हूँ। घर से बताया कोई काम बाजार से पूरा किये बगैर लौट

आता हूँ। अक्सर कोई दूर के रिश्तेदार या परिचित की पहचान भूल जाता हूँ। मिलने पर इस तरह बात करता हूँ कि गोया पहचान लिया है, लेकिन उनके जाने पर घर के लोगों से पूछता हूँ कि कौन था? सामान खरीदने पर दुकानदार को अक्सर पैसे ज्यादा दे देता हूँ। कभी पैसे वापस लेना भूल जाता हूँ। हद तो तब हुई थी, जब पत्नी के साथ बाजार गया। पत्नी दुकान में खड़ी सामान खरीद रही थी। मैं एक दोस्त के अचानक मिल जाने पर दुकान के बाहर खड़ा उससे बातें कर रहा था। बातें खत्म हुईं और दोस्त हाथ मिलाकर चल दिया। मैं भी स्कूटर पर बैठा और घर आ गया। बल्कि घर आया और पुस्तक पढ़ने बैठ गया। नन्ही बेटी ने माँ के बारे में पूछा, तो याद आया कि पत्नी को बाजार में भूल आया हूँ। बेटी की हँसी के बीच अपनी शर्मिन्दगी छिपाता हुआ पत्नी को लेने फिर से बाजार गया था। कई बार बातें करते हुए किसी घनिष्ठ व्यक्ति, नेता या अभिनेता का नाम भूल जाता हूँ। लगता है, नाम ज़ुबान पर कहीं दुबका है, लेकिन प्रकट नहीं होता है।

हालाँकि हँसी के किसी अलमारी या बैग में होने की बात नामुमकिन-सी है, लेकिन मुझे अपनी भुलक्कड़ी पर इतना भरोसा है कि मन के कोने में एक क्षीण-सी उम्मीद है कि शायद ऐसा हुआ हो। भूलने की आदत का क्या भरोसा! सम्भवत: कहीं रखकर भूल गया हूँ। मैंने घर में ऐसा बहाना किया गोया कोई गुम हुई दूसरी चीज, जैसे जुराबें या रूमाल खोज रहा हूँ, लेकिन हर कोना-खुदरा ध्यान से देखा। मुझे निराशा हाथ लगी। हालाँकि इस उपक्रम में गुम हुई कई चीजें अचरज के साथ मिल गयीं। एक इंक पेन जो जन्म-दिन पर सुधा ने उपहार में दिया था। दो सफेद रूमाल जिनके मिलने की उम्मीद खो चुका था। मामाजी को लिखी गयी एक चिट्ठी जो अब मिलने पर मालूम हुआ कि डाक में डालना भूल गया था। अपनी शादी का एक फोटो। पीलिया होने पर गले में बाँधा गया ताबीज। बेल्ट, सिक्के, निरोध का पैकेट, मोबाइल का चार्जर जो अब नया खरीदा जा चुका है। ऐसी अनेक चीजें मिल गयीं, लेकिन हँसी नहीं मिली। इन सब चीजों के मिलने के बाद तो लगा कि हँसी कहीं ज्यादा सँभालकर रख दी है। मेरे साथ अक्सर ऐसा होता है कि सँभालकर रख दी गयी चीजें बरसों नहीं मिलतीं और कभी तो बिल्कुल नहीं। आज तक नहीं। अब मुझे भरोसा होने लगा कि हँसी या तो गुम हो चुकी है या चोरी हो गयी है। एकाएक खयाल आया कि किसी को देकर भूल तो नहीं गया हूँ? ऐसा होता है मेरे साथ। मेरी बहुत-सी पुस्तकें लोग माँग कर ले जाते हैं और मेरे भूलने की आदत का लाभ उठाकर लौटाते नहीं हैं। एकाएक किसी से पूछा नहीं जा सकता है।

शाम को जब नागेश मिलने आया तो मैंने बातों के बीच उससे कहा, "भई, कब लौटाओगे?"

"क्या?" उसने किंचित् अचरज से पूछा।

"यार, तुम क्या समझते हो कि मैं भूल गया हूँ? मुझे सब याद है। मैं तो यह देखना चाहता हूँ कि तुम्हें याद है या नहीं?" मैंने कुछ इस तरह कहा जैसे मैं उसके असमंजस का आनन्द उठा रहा हूँ।

"भई, क्या है मेरे पास?" वह तनिक सकपकाया। मैं फिर भी अविचल बैठा रहा, जैसे कहना चाहता हूँ कि यार बनो मत, मुझे सबकुछ मालूम है।

मेरी चुप्पी ने उसे थोड़ा बेचैन कर दिया। वह कुर्सी पर थोड़ा कसमसाया, फिर बोला, "यार, कुछ पुस्तकें हैं तुम्हारी मेरे पास।"

फिर उसने दो पुस्तकों के नाम बताये। मैं फिर भी चुप बैठा उसे देखता रहा तो वह अपलक मुझे देखने लगा, फिर थोड़ी बेचैनी के साथ एक पुस्तक का नाम और बताया।

"परसों दे जाऊँगा यार, तुम तो जासूसों की तरह पूछते हो!" वह थोड़े रोष से बोला।

अब मैं थोड़ा बेचैन हो गया। नागेश तीन पुस्तकों के नाम बताकर तनाव मुक्त हो गया यानी उसके पास अब मेरी कोई चीज नहीं है। हालाँकि इसी बहाने गुम हुई तीन पुस्तकें वापस मिल गयी हैं। लेकिन जिसे खोज रहा हूँ उसका कोई सुराग नहीं लग रहा है। फिर मुझे लगा कि इस तरह दोस्तों से पूछने पर खोई हुई चीजें तो मिल जाएँगी, लेकिन कहीं दोस्ती गुम न हो जाए।

दो दिन इसी उहापोह में बीते। आज सुबह बड़ी बहन भी अपने ससुराल चली गयी। उसके बच्चों की छुट्टियाँ खत्म हो रही थीं। कल शाम मैंने उससे भी पूछा था। सीधे-सीधे हँसी की बाबत तो नहीं पूछा, लेकिन बात को घुमा-फिराकर उसी जगह टिकाना चाहा था। बहन को बुरा भी लगा था। हालाँकि मैंने कोई आरोप नहीं लगाया था। बात को हँसी-मजाक में शुरू करना चाहा था, लेकिन दिक्कत यह रही कि मजाक की बात में चेहरे पर हँसी न रहे तो हर किसी को लगेगा कि यह आरोप है। मजाक के लिए गम्भीरता का एक अभिनय होना चाहिए, जिसका अन्त हँसी के विस्फोट में होता है, लेकिन मेरे साथ ऐसा भी नहीं हो पाया। हँसने की नाकाम कोशिश में मेरे चेहरे पर रोष और कुढ़न का मिश्रण उतर आया, जिसने बहन को दु:खी कर दिया।

"क्या दिया तूने मुझे, बता?" बहन मुझे घूरते हुए बोली थी।

"तू याद कर!" मैंने बचाव किया। मुझे लगा, दोस्त ने जैसे पुस्तकों के बारे में स्वीकार किया था, बहन हँसी की बात हँसकर बता देगी।

"क्या याद करूँ? इस घर से मैं जाने कितनी चीजें ले गयी हूँ। कोई याद रहता है?" बहन गुस्से को बात में टालने या खत्म करने के लिए इस्तेमाल करने

लगी। उसके गुस्से से मैं थोड़ा चिन्तित हो गया।

"मैं इस घर की बात नहीं कर रहा हूँ। मैं अपनी बात कर रहा हूँ।" मैंने बात का सिरा फिर से पकड़ लिया।

"तूने... तूने क्या दिया है?" वह फिर से घूरने लगी।

उसका यह घूरना मेरे सपाट चेहरे के आगे परास्त हो गया। मेरी इस सपाटगी ने उसे शायद कहीं पीछे धकेला। उसे कुछ याद आया।

"तू उस पाँच हजार रुपये की बात कर रहा है, जो तूने मेरी बेटी की फीस के लिए दिये थे?" कहकर वह गुस्से से उठी और कमरे से बाहर चली गयी थी।

मैं उसे रोकता, समझाता तब तक वह वापस लौट आयी। भीतर दूसरे कमरे से अपना पर्स लायी थी। पर्स से रुपये निकालकर मेरी गोद में लगभग फेंक दिये। बहन के चेहरे पर एक आहत रोष था जो मेरी लाचार करुणा को देख नहीं पा रहा था। मैं उठकर कुछ कहता तब तक वह हाथ उठाकर रोकते हुए बोली, "बस अब कोई सफ़ाई मत दे। रहने दे अब सारी बातें। इतने साल पुरानी बात भी तुझे याद रही। और माँ कहती है बेचारा बहुत भुलक्कड़ है। तूने तो रामगंज वाली मौसी को भी मात दे दी।" कहकर वह झटके से कमरे से बाहर हो गयी। इस बात की तुलना बहन ने रामगंज वाली मौसी की कुटिल याद्दाश्त से करके मुझे और दुःखी कर दिया। उसे समझाना भी व्यर्थ था। उसका रोना-धोना रात तक और रूठना कई दिनों या महीनों तक चलने वाला था।

मैंने तय किया कि अब मुझे बहुत सावधानी और सोच-समझकर खोजना होगा। जब खुद की देह, खासकर चेहरा इस खोज में मददगार नहीं है, तो किसी दूसरे से उम्मीद रखना व्यर्थ है।

इसी खोजबीन में मेरे हाथ एक चाबी आ गयी। घर में पीछे के कमरे में घर का सारा कबाड़ भरा पड़ा है। उसी को टटोलने गया। बचपन में मैं अपने सिक्के, पतंग और खिलौने बहन से छुपाकर वहीं रखता था। मुझे लगा, शायद मैंने ही भूलवश या किसी और ने छुपाकर मेरी हँसी वहीं रख दी हो। कबाड़ टटोलते मेरे हाथ चाबी आ गयी। सामान्य से बड़े आकार की लोहे की पुरानी और घिसी हुई चाबी देखकर मुझे अचरज हुआ। इतना बड़ा ताला तो घर में कभी नहीं रहा। फिर यह किस ताले की चाबी है?

मैंने चाबी को सँभालकर रख लिया। मुझे नहीं मालूम कि इस चाबी का ताला कहाँ है? दरअसल मेरे भीतर बैठे भरोसे ने चाबी को सँभालकर रख लिया। इस चाबी का ताला मिल जाएगा। फिर ताले को खोलकर हँसी हासिल हो जाएगी।

इतनी बड़ी चाबी जरूर किसी किले के ताले की होगी! किले में हँसी बन्द हुई तो उसे कैद से छुड़ाना कहा जाएगा। यह कोई जरूरी नहीं कि किले में छोटा

ताला नहीं लगाना चाहिए, लेकिन भरोसा सच से नहीं, मान्यता से पैदा होता है। मान्यता तो किले में बड़ा ताला लगाने की है।

चाबी की हालत देखकर यह तो जरूर लगता है कि इसे कई दिनों से इस्तेमाल नहीं किया है। तो क्या हँसी ताले में बन्द करके उस चोर से चाबी गुम हो गयी है? चोर के पास मेरी हँसी है, जिसे मैं खोज रहा हूँ। मेरे पास उसकी चाबी है, जिसे वह खोज रहा होगा। चाबी पर एक नम्बर खुदा हुआ है। शायद ताले का कोड नम्बर है। इसी से ताले की पहचान मिलती होगी। मेरी हँसी पर तो कोई नम्बर नहीं खुदा हुआ है। उसकी पहचान मुझसे कैसे मिलेगी? क्या मेरी हँसी भी किसी चाबी से खुलेगी? मैं अपनी हँसी को पहचान लूँगा, मुझे भरोसा है। सम्भवतः इस भरोसे का कोई कोड नम्बर है जो उस हँसी पर दर्ज होगा। यदि मेरा भरोसा कोड नम्बर भूल जाए, तब?

अब मैं घर में दफ्तर में, हर किसी को ध्यान से देखने लगा। मैंने सोचा, इस तरह लोगों की बातों या हरकतों से कुछ तो पता लगेगा। अब मेरा ध्यान लोगों की बातों पर इस तरह केन्द्रित होने लगा कि दो दिन में ही स्थिति यह हो गयी कि लगा तनाव से सिर फट जाएगा। घर-परिवार और दफ्तर में हर किसी की हँसी, दबी जुबान की बातें, ठहाके, उदासी और थकान में अपनी गुम हँसी का सुराग लगा पाना कठिन लगने लगा। लोगों की स्वाभाविक हरकतें भी सन्दिग्ध लगने लगीं। ऐसे में कोने में बैठकर शर्माजी का अपना टिफिन खोलकर खाना जब मुझे उकसाने लगा, तो मैं झाँकने पहुँच गया। कुछ क्षण के लिए तो वे चकित हो गये, फिर खाने का आमन्त्रण देने लगे। मैं खिसियाकर लौट आया, लेकिन जब श्रीमती बक्षी के पीछे-पीछे टॉयलेट पहुँच गया तो दफ्तर में हड़कम्प मच गया। साथी कर्मचारियों की समझाइश से श्रीमती बक्षी का गुस्सा शान्त हुआ। यहीं पर पहली बार मेरे चेहरे की गम्भीरता और उदासी ने भी मेरा बचाव किया। सभी ने कहा कि ऐसा उदास आदमी लुच्चा नहीं हो सकता है। हालाँकि यह अजीब-सी बात है! क्या हँसता हुआ आदमी लुच्चा होता है? तो क्या मैं लुच्चा बनने के लिए परेशान हूँ? कुछ भी हो, पहले मुझे अपनी चोरी गयी या गुम हुई हँसी का पता लगाना है।

अब मैं घर-परिवार और दफ्तर में हर किसी की हँसी को ध्यान से देखने और सुनने लगा हूँ। अपनी हँसी की मुझे इतनी अच्छी पहचान है कि मैं इतनी हँसी में से भी अपनी हँसी पहचान सकता हूँ। मुझे लगता है इनके पास मेरी हँसी नहीं है या फिर ये इतने चालाक लोग हैं कि मेरी हँसी छुपाकर अपनी हँसी इस्तेमाल कर रहे हैं। मुझे तो यह भी शक हुआ कि कहीं ये लोग अपनी हँसी में मेरी हँसी थोड़ी-थोड़ी मिलाकर खर्च कर रहे हैं। लेकिन अपनी हँसी का एक थोड़ा-सा टुकड़ा भी मेरी पकड़ में नहीं आया।

लेकिन ऐसा नहीं कि मेरी सतर्कता निरर्थक रही। थोड़े दिनों में मुझे यह महसूस हो गया कि घर में भाई-भाभी में थोड़ी तब्दीली आयी है। हमेशा हँसती रहने वाली भाभी और गम्भीर बने रहने वाले भाई इधर कुछ दिनों से बदले-बदले से नजर आते हैं। भाभी के चेहरे से जैसे किसी ने थोड़ी-सी हँसी खुरच ली है। भाई अकारण मुस्कराने लगे हैं या फिर किसी सामान्य-सी बात पर भी हँस देते हैं। भाभी की हँसी भी बदली हुई लगती है। इतना तो मैं समझ गया कि भाई और भाभी के पास उनकी अपनी हँसी नहीं है। ज्यादा ध्यान देने पर अफसोस हुआ कि हँसी बदली हुई जरूर है, लेकिन ये मेरी हँसी नहीं है। भाई और भाभी के पास ऐसी घबराई और फीकी हँसी कहाँ से आयी? कौन दे गया? और सबसे अहम सवाल तो यह कि भाभी ने अपनी हँसी कहाँ छुपा दी? किसी दूसरे की हँसी इस्तेमाल कर रही है और माँ-बाबूजी की पकड़ में नहीं आयी। यह भी कोई कम अचरज की बात नहीं है। इतनी नकली और गढ़ी हुई हँसी घर में किसी की पकड़ में क्यों नहीं आ रही है? क्या भाई-भाभी चुपके से कहीं नकली हँसी तैयार करते हैं? मुझे विश्वास नहीं हुआ। भाभी खाली समय में कुछ सिलाई-बुनाई या एम्ब्रॉयडरी का काम करती है, लेकिन मुझे इतनी हुनरमन्द नहीं लगती कि नकली हँसी तैयार कर ले। हालाँकि भाभी का कुछ तय नहीं। वह दिल्ली से बी.ए. पास है, जिसका जिक्र वह हमेशा घर में सबको उलाहना देने के लिए करती रहती है। अब दिल्ली से बी.ए. पास औरत की कुशलता कोई एकदम से कैसे जान ले?

अपनी खिन्नता के बावजूद मैंने भाभी से बात करने के लिए तय किया। तय करने के बाद थोड़ी तैयारी की। इतनी तैयारी कि दिल्ली से बी.ए. पास औरत की पकड़ में मेरी चतुराई न आये। भाभी को ऐसे समय में घेरना पड़ेगा, जब वह एकदम खाली बैठी हो। रसोईघर में न हो। साथ ही अखबार या टी.वी. के पास न बैठी हो। उनकी मर्जी के खिलाफ या रुचि के प्रतिकूल कोई चर्चा हो तो वह तुरन्त कोई काम हाथ में लेकर व्यस्तता का बहाना बना देगी। मुनासिब समय होता है दोपहर में, जब वह चाय पीने बैठती है। उस समय वह टिककर बैठती है। मैंने ऐसे समय की प्रतीक्षा की।

मैंने कहा, "भाभी, आपने मुझे बताया क्यों नहीं?"

वह चाय की चुस्की लेकर क्षण भर रुकी, फिर बहुत इत्मीनान के साथ मुझे देखते हुए बोली, "क्या नहीं बताया?" कहकर वह थोड़ा मुस्करायी। मुझे भाभी की हँसी से ईर्ष्या हुई। उस हँसी से पैदा हुई खुद की कुढ़न को दबाया।

"आप जानती हैं, बल्कि आप सबकुछ जानती हैं।" मैंने पैंतरा बदला।

"मैं तो सबकुछ जानती हूँ। मैं तो यह भी जानती हूँ कि तुमने आज कौन-सी कमीज पहनी? कौन-सी नहीं पहनी? और क्यों नहीं पहनी? सुधा के पास घोषित

रूप से कितनी साड़ियाँ हैं? और पेटी में छुपाकर कितनी रखी हैं? तुम्हारे बैंक अकाउंट में कितने रुपये हैं? और सुधा अपने मायके कितने रुपये रखकर आयी है? अब ये बताओ कि तुम किसकी बात कर रहे हो?'' वह धाराप्रवाह बोलते हुए रुकी और मुझे देख मुस्कराने लगी। अब मेरी समझ में आया कि भाभी के दिल्ली से बी.ए. पास होने की घर में इतनी धाक क्यों है?

''भाभी ये तो वे बातें हैं जो यदि आप जानती हैं तो मैं भी जानता हूँ, लेकिन मैं उस बात की बात कर रहा हूँ जो आप समझती हैं कि मैं नहीं जानता, लेकिन मैं जानता हूँ।'' मैंने हिन्दी धारावाहिकों को देखने के अपने अभ्यास और याद्दाश्त को सराहते हुए उसी तरह का संवाद उसी शैली में बोला।

भाभी ने कुछ क्षण मुझे अचरज से देखा, फिर बोली, ''मैं हमेशा माँ-बाबूजी से कहती हूँ कि तुम्हें और सुधा को ज्यादा टी.वी. न देखने दें। बस, डायलॉग-बाजी करना सीख गये हो।''

''मैं डॉयलाग-बाजी नहीं कर रहा हूँ। आप जानती हैं सचाई क्या है?'' मैंने उनके अचरज का आनन्द उठाना चाहा। लेकिन अफसोस हुआ कि हँसी के बगैर यह सम्भव नहीं है। भाभी ने हाथ उठाकर मेरी नाटकीयता को परास्त कर दिया, ''बस, इस धारावाहिक का सस्पैंस यहीं खत्म करो, ज्यादा लम्बा मत खींचो। बात क्या है, साफ-साफ कहो!'' भाभी अपनी जगह से उठ खड़ी हुई। फिर बोली, ''तुम जानते हो, मैं दिल्ली से बी.ए. पास हूँ।'' कहकर भाभी के चेहरे पर आत्मविश्वास से भरी हल्की-सी हँसी आ गयी। कोई और वक्त होता तो मैं इस हमले से परास्त हो जाता, लेकिन मैं तैयारी करके आया था।

''तो क्या दिल्ली से बी.ए. पास लोगों को इस तरह करना चाहिए? मुझे तो अचरज है कि भाई भी इस षड्यन्त्र में शामिल हैं। मैं पहचानता हूँ आप लोगों की नकली हँसी को!'' मैंने स्वर को थोड़ा तैश से रौंदा।

भाभी के चेहरे से हँसी गायब हो गयी। पहली बार भाभी के आत्मविश्वास की दीवार दरकी। काश मेरे पास अपनी हँसी होती तो एक बी.ए. पास औरत को इस तरह भयभीत देखने का आनन्द ही कुछ और होता।

''मुझे सब मालूम है भाभी!'' मैंने स्वर को बेहद भारी और गम्भीर बना दिया।

अब भाभी के लिए खड़ा रहना मुश्किल हो गया। वह तेजी से आगे के कमरे में दौड़ी। मैं उन्हें बताना चाहता था कि मेरे पास एक चाबी है, लेकिन वह रुकी नहीं। निश्चित रूप से भाभी दूसरे कमरे से मेरी हँसी लाकर लौटाएगी। अपनी इस विजय पर मैं फूलकर कुप्पा हो गया। मैंने सोचा, यदि भाभी दूसरे कमरे से मेरी हँसी लाने गयी है, तो फिर मेरे पास यह चाबी किस किले की है और उस किले में क्या

है?

भाभी लौटी। भाभी के पास मेरी हँसी नहीं है, बल्कि वह साथ में भाई और माँ-बाबूजी को लेकर आयी।

भाई बेहद गम्भीर स्वर में बोले, ''देखो सन्तोष, इस तरह आरोप न लगाओ। तुम्हारे साथ जो कुछ हुआ है या हमने जो कुछ किया है, वह माँ-बाबूजी से पूछकर किया है।'' मैं स्तब्ध रह गया। मेरी हँसी चुराने की खबर माँ-बाबूजी को है? बल्कि माँ-बाबूजी से पूछकर भाई-भाभी ने हँसी चुराई है? भाभी तो खामोशी से मुझे घूरती रही, लेकिन भाई के चेहरे पर थोड़ी बेचैनी आ गयी।

कमरे में आने के बाद तब बाबूजी पहली बार बोले, ''देखो छोटे, हमने तुम्हारी खेती-बाड़ी में रुचि देखकर ऐसा किया था।''

मैं अपलक बाबूजी को देखता रहा। हँसी का खेती-बाड़ी से क्या लेना-देना? जब मैं कुछ नहीं बोला तो बाबूजी फिर बोले, ''हमने मकान बड़े को और खेत तुम्हें देने का तय किया है। तुम गाँव में नौकरी करते हो। गाँव में खेती-बाड़ी सँभाल सकते हो। यहाँ शहर का घर बड़े के काम आ जाएगा।'' बाबूजी के चेहरे पर गाँव के चौपाल पर बैठकर गँवई न्याय करने वाले व्यक्ति-सी मुग्धता आ गयी।

''तुम चाहो तो हम तुम्हें घर और बड़े को खेत दे देते हैं। तुम्हारी खुशी में सबकी खुशी।'' माँ पहली बार बोली। भाई घबरा गये।

''नहीं...नहीं ऐसा नहीं। सन्तोष गाँव में रहकर यहाँ के मकान का क्या करेगा? और फिर जब तक इसे गाँव में रहने का कोई ठिकाना नहीं मिलता तब तक तो ये दोनों पति-पत्नी यहीं रहेंगे। कोई इन्हें निकाल थोड़े ही रहा है।'' भाई ने लाड़ से कहा तो मुझे लगा उनके चेहरे पर वही बनावटी हँसी आते-आते रह गयी।

''तो फिर ठीक है! ऐसा ही करते हैं।'' कहकर माँ-बाबूजी कमरे से बाहर हो गये। हमेशा की तरह मेरी खामोशी को स्वीकृति मान लिया गया। भाई-भाभी पलटे तो मैंने देखा भाभी के चेहरे पर तो नहीं, लेकिन उनकी आँखों में हँसी है। कोई बनावटी हँसी नहीं।

मुझे लगता है, इतने दिनों से मेरी हँसी यदि भाभी चुरा रही है तो अब तक तो उसकी अटैची पूरी भर चुकी होगी। हँसी के दबाव से ही एक दिन बम की तरह फूट पड़ेगी। पूरे घर में हँसी बिखर जाएगी। घर में चलना-फिरना मुश्किल हो जाएगा। कहीं भी पैर धरो तो हँसी पर पड़ेगा। पैर पड़ते ही हँसी कराह उठेगी। यानी मुँह से झरे तो हँसी में खुशी भरी रहती है। पैर पड़े तो पीड़ा फूटेगी। सम्भवत: हँसी के भीतर भी कहीं पीड़ा छिपी होती है। फिर तो संग्रह की गयी हँसी पड़े-पड़े सड़ने लगती होगी! मवाद पड़ जाता होगा! यानी हँसी का सही समय पर इस्तेमाल हो जाए तो ठीक वर्ना आफत है। अब मुझे लगता है कि नदी पर जमी हुई काई भी

नदी की हँसी है। दबी हुई हँसी जो सतह पर आकर बेजान और बेनूर हो गयी है। तभी तो जिस नदी पर काई जमी होती है, नदी की खिलखिलाहट मरने लगती है। ऐसी नदी के किनारे बेआवाज और उदास रहते हैं। मैं जैसे उस बेआवाज और उदास किनारे पर बैठ गया। बैठते ही मैं भी बेआवाज और उदास हो गया।

अब मुझे सन्देह होने लगा कि मेरी हँसी भाई-भाभी ने ही चुरायी होगी। जो लोग चोरी-छिपे घर पर कब्जा कर सकते हैं, वे हँसी-चोर भी हो सकते हैं। शायद हँसी चुराने का यही तरीका है।

मुझे पहली बार यह मालूम हुआ कि मुझे यह घर छोड़ना है। एक गहरी उदासी ने मुझे थकान की तरफ धकेला। यह सोचकर बहुत अजीब लगा कि गुम हुई हँसी मेरे लिए कितने दुःख जुटा रही है। गुम हुई हँसी के रास्ते में दुःख के इतने गहरे निशान हैं कि वहाँ से गुजरना मुझे अब भारी लग रहा है। हँसी का रास्ता दुःख से होकर जाता है। शायद ऐसा भी हो कि मैं जिन्हें हँसी के ठिकाने समझ रहा हूँ, वे दरअसल दुःख के ठौर हों।

हँसी की सम्भावना को छूते ही वह दुःख के परिणाम में तब्दील हो जाती है।

मैं चुपचाप घर से निकल आया। भीतर की उदासी ने व्यक्तियों से ज्यादा जगह को दोषी मान लिया। घर से बाहर निकलकर सामने जो सड़क नजर आयी; उदासी ने पैरों को उसी सड़क पर डाल दिया। उदासी की सड़क पर। मैं सन्देह को किनारे कर इस उम्मीद के साथ कि जैसे यह उदासी की सड़क है, उसी तरह हँसी की सड़क भी होगी। वहीं कहीं मेरी हँसी भी बिछी होगी। किसी किनारे रखी होगी।

मैं आगे बढ़ा तो देखा मुख्य सड़क के किनारे के अपने विशाल बँगले के गेट पर कोठारी साहब खड़े हैं। गेट पर पेड़ों की छाया है, लेकिन उनके चेहरे पर सम्पन्नता की धूप चमक रही है। इस धूप से उनके चेहरे पर सन्तोष है। अचरज की बात तो मुझे यह लगी कि उनके चेहरे पर भी हँसी नहीं है। लेकिन हँसी के नदारद होने से वे मेरी तरह बेचैन नहीं हैं। मुझे लगा, ऐसे बँगले में यदि हँसी दाखिल नहीं हो पाती है, तो बेचैनी भी दाखिल नहीं हो पाती होगी। मुझे किसी ने बताया था कि ऐसे लोगों के पास हँसी की टिकिया होती है, वक्त-जरूरत एक टिकिया लेते ही हँसी उनके चेहरे पर फैल जाती है। ज्यादा समय तो ऐसे लोगों को गम्भीर बने रहना पड़ता है। क्या पता गम्भीरता की भी कोई टिकिया आती हो! बहुत सम्भव है कि गम्भीरता ऐसे बँगलों का कोई रोग है, जहाँ हँसी से परहेज जरूरी हो। सुनते तो यह भी हैं कि घर-परिवार के लोगों की हँसी के लिए ये लोग क्रूरता की हद तक गम्भीर बने रहते हैं। फिर धीरे-धीरे क्रूरता इनकी सफलता का एक हिस्सा हो जाती है। फिर दिनचर्या का हिस्सा।

ये लोग दिन-रात काम करते हैं। सही-गलत कुछ भी नहीं देखते हैं। सफलता के लिए ये गम्भीरता को अनिवार्य समझते हैं। हँसी को शत्रु तो नहीं, लेकिन व्यर्थ जरूर समझते हैं। तो फिर ये लोग अपनी हँसी कहीं स्टोर-रूम में डाल देते होंगे। कई-कई बरस बल्कि कभी-कभी तो पूरा जीवन इनको हँसी की जरूरत नहीं पड़ती होगी। गम्भीरता इनके चेहरे का स्थायी भाव हो जाती है।

मैंने दोनों हाथ जोड़कर उन्हें नमस्कार किया। उन्होंने महज पलकें झपकाकर जवाब दिया या शायद मैंने उसे जवाब समझा। मुझे बुरा नहीं लगा। एकबारगी तो इच्छा हुई कि उन्हें चाबी दिखाकर पूछ लूँ, "इस चाबी का ताला कहाँ है? किला कहाँ है?" फिर सोचा क्या पता किले का रास्ता इसी बँगले से होकर जाता हो! आखिर इस खुले गेट पर भी एक बड़ा ताला लटक रहा है। क्या पता यह बँगला ही वह किला हो?

देर गये घर लौटा तो थककर चूर हो गया था। खाना खाने की इच्छा नहीं हुई। कमरे में आकर कुर्सी पर बैठ गया। तभी कमरे में सुधा दाखिल हुई। दिनभर के काम के बोझ की छाप उसके चेहरे पर थकान की शक्ल में है। सुधा उन स्त्रियों में से एक है, जिन्हें बचपन से ससुराल में काम करने की शिक्षा भय और दायित्व के साथ दी जाती है। उसके बैल की भाँति काम करने की योग्यता उसकी तालीम से ज्यादा अहमियत रखती है। वह भी इसे सहज स्वीकार करती है। सम्भवत: ससुराल के काम को दायित्व और स्त्री की अनिवार्य नियति मानने के कारण ही वह इस बेहद व्यस्तता और काम के बोझ के बावजूद भी प्रसन्न रहती है, बल्कि प्रसन्न रहने के छोटे-छोटे कारण खोज लेती है।

उसके चेहरे पर एक स्वाभाविक मुस्कान हमेशा रहती है, उसके सौन्दर्य का स्थायी हिस्सा हो जैसे। अपने काम की व्यस्तता और थकान की वह कभी शिकायत भी नहीं करती है। एक पढ़ी-लिखी स्त्री को नितान्त घरेलू स्त्री के थका देने वाले कामों में झोंक दिये जाने के बावजूद वह अपनी मुस्कान को बचाये रखती है। निश्चित ही उसे इस मुस्कान के लिए बहुत श्रम करना पड़ता होगा। आज पहली बार मैंने उसे लेकर इस तरह से सोचा और दु:खी हो गया। शायद अवसाद में ही दूसरों के दु:खों की पहचान होती है। सुख के नीचे दबे दु:ख को खोजने में उदास नजर ज्यादा मददगार होती है। मैंने उसे नई नजरों से देखा।

कमरे में वह किसी काम से आयी थी, मुझे कुर्सी पर निढाल बैठा देखकर ठिठक गयी। उसके चेहरे पर एक स्त्री-सुलभ चिन्ता उभर आयी। करीब आयी और माथे पर हाथ रखकर मेरी थकान का कारण बुखार में खोजते हुए बोली, "क्या बात है? एकदम पस्त लग रहे हो? बुखार है क्या?"

थकान, चिन्ता और तमाम दु:खों को बुखार में रिड्यूज करके वह सिर्फ बुखार

पर केन्द्रित हो गयी।

"नहीं, ऐसी कोई बात नहीं!" मैंने टालने वाला एक प्रचलित जवाब दिया। ऐसे जवाब और ऐसा लहजा हमेशा से विश्वसनीय और टालने वाले माने जाते हैं। सुधा ने भी अविश्वास के साथ मुझे देखा और कहा, "कुछ तो है!" कहकर उसने मेरी थकान में से उदासी खोजकर कहा, "उदास भी लग रहे हो!" अब उसके स्वर में थोड़ी चिन्ता उतर आयी। शाम को कमरे में बैठा थका-हारा पति यदि बुखार की चपेट में है तो यह स्वाभाविक दृश्य है और बड़ी चिन्ता की तरफ उसे नहीं ले जाता है। अकारण की उदासी ने उसे चिन्ता की तरफ खींच लिया। चिन्ता में डूबे इस स्नेही स्वर ने मुझे ज्यादा उदास किया। मैंने स्वर को संयत और गम्भीर बनाकर कहा, "एक बात कहना चाहता हूँ तुमसे!"

"हाँ कहो, वही तो पूछ रही हूँ।" उसके किंचित् मुलायम स्वर में थोड़ा लाड़ भी घुल गया।

"मेरी बात को गम्भीरता से समझना। मजाक नहीं कर रहा हूँ।" मैं उसके हाथ को अपने हाथ में लेते हुए बोला। मुझे इस समय अपनी उदासी में एक भागीदार की सख्त जरूरत थी।

"मैं गम्भीरता से ही सुन रही हूँ। आप बोलो तो।" वह मेरे हाथ का काँपना देखती रही।

"मुझे अभी, कुछ दिन पहले मालूम हुआ है।" मैंने बहुत आहिस्ता से कहा। मैं तय नहीं कर पाया कि बात कहाँ से शुरू करूँ!

"क्या?" सुधा ने उसी कोमलता से पूछा।

"पिछले दो महीनों से मैं हँसा नहीं हूँ!" मैंने उसी धीमी आवाज में कहा। मुझे सन्देह होने लगा, खिड़की से कोई कान लगाये सुन रहा है। मैंने खिड़की के पास जाकर देखा, कोई नहीं है।

"ऐसा कैसे हो सकता है?" वह अपना हाथ छुड़ाते हुए बोली, "हालाँकि मैं भी कुछ दिन से देख रही हूँ। आप अनमने रहते हैं, लेकिन ...।"

"नहीं...दरअस्ल वह गुम हो गयी है!" मैंने उसकी बात काटते हुए कहा।

"क्या?" उसके स्वर में थोड़ा अचरज आ गया।

"मेरी हँसी गुम हो गयी है।" अब देह के साथ मेरी आवाज भी निढाल हो गयी।

"मतलब?" उसके स्वर का अचरज कम नहीं हुआ।

"मेरी हँसी नहीं मिल रही है। कहीं रखकर भूल गया हूँ या फिर किसी ने चुरा ली है।" मैंने बहुत धीमी और रहस्यमयी आवाज में कहा।

मुझे लगा, वह डर जाएगी और मेरी गुम हँसी के लिए चिन्ता प्रकट करेगी।

लेकिन उसके चेहरे पर अब चिन्ता से ज्यादा दु:ख आ गया। वह मेरे करीब आयी और मेरे माथे को अपने सीने पर टिकाकर हाथ फेरने लगी। फिर बेहद करुण स्वर में पूछा, ''आपने दवाइयाँ लेना बन्द कर दी हैं?'' उसके स्वर की करुणा ने मुझे विचलित कर दिया। बस मैं पलकें झपकाता उसके सीने की बेचैन धड़कनों को सुनता रहा। उसने मेरा सिर अपने सीने से हटाया और अपनी छलछलायी आँखें पोछीं और बोली, ''सबसे पहले तो आप अभी मेरे सामने दवाई लें। अब रोज मैं खुद दवाई दिया करूँगी।'' फिर वह खुद को दोष देकर कुढ़ने लगी कि घर में कितना भी काम क्यों न हो, उसे मेरी दवाइयों के समय का ध्यान रखना चाहिए था। उसने मुझे सुराही से पानी का गिलास भरकर दिया और बोली, ''आप तैयार हो जाइए। हम लोग बाहर घूमने चलते हैं। शॉपिंग मॉल चलते हैं। आपका मन भी बहल जाएगा।'' फिर मुस्करा दी। जैसे उसने इस करुण दृश्य को अपनी मुस्कान से खारिज करना चाहा। मैं चुपचाप तैयार हो गया।

उसकी झिड़की सुन लेने के बाद मुझे उसे यह बताना गैरजरूरी लगा कि मेरे पास एक चाबी है। एक किले के ताले की चाबी। शायद जहाँ हँसी बन्द हो और मेरी हँसी का गुम हो जाना सिर्फ घरेलू मामला नहीं है, लेकिन कैसे कहता?

हम दोनों तैयार होकर बाहर निकले तो मैंने देखा माँ-बाबूजी ने कुछ नहीं पूछा है। उनकी आँखों में भी वही करुण लाड़ उतरा हुआ है जो कुछ देर पहले सुधा की आँखों में था। बाहर जाने की अनुमति लेने गयी थी, तब पता नहीं वह माँ-बाबूजी से ऐसा क्या कह कर आयी थी?

शायद वह दु:ख बाँटने गयी थी। दु:ख बाँटकर वह अपने दु:ख का बोझ हल्का भी कर लेती है और सबको दु:ख के एक सूत्र में बाँधे भी रखती है। सुधा मुझसे ज्यादा ताकतवर और समझदार है। स्त्री की छाती सिर्फ ममता से ही भरी नहीं होती है, धैर्य और शक्ति से भी भरी होती है।

रिक्शे से उतरकर हम दोनों उस भव्य इमारत में दाखिल हुए तो जैसे एक दूसरी ही दुनिया के भीतर आ गये। जादुई दुनिया। उस चार मंजिली इमारत में हर मंजिल पर दर्जनों दुकानें, सिनेमाघर, रेस्टारेंट, कॉफी शॉप, कपड़ा दुकानें, और इतना कुछ कि दुनिया में जितना जो कुछ है, सबकुछ यहाँ है। आपकी जरूरत की हर चीजें और वे चीजें भी जिनकी आपको जरूरत नहीं, लेकिन यहाँ आते ही जिनकी जरूरत जादू के जोर से बन जाती है। एस्कलेटर से फिसलती हँसती-खिलखिलाती भीड़। रोशनी का उफनता समुद्र। हर कोई खरीदारी में व्यस्त। हर कोई अपने में मस्त। किसी को किसी की फिक्र नहीं। खरीदारों की भीड़ देखकर खुशी में दमकते दुकानदारों के चेहरे।

मॉल में घूमते हुए मुझे याद आया, बचपन में मेला घूमने जाते थे। दोपहर से

बाबूजी के आने की प्रतीक्षा शुरू हो जाती थी। माँ हर शरारत पर धमकाती थी— उधम मत मचाओ वर्ना शाम को जतरा नहीं ले जाएँगे। 'जतरा' जाने का उत्साह दिनभर संचित होकर शाम को जतरा पहुँचते ही एक अघाये आनन्द में तब्दील हो जाता था। माँ महीनों पहले से घर के जरूरी सामान खरीदना स्थगित कर देती थी। हर जरूरत को टालकर कहती थी, "रहने दो अभी, जतरा से खरीदेंगे।"

जतरा जरूरत को आनन्द में बदलती थी। मुझे याद है उस गँवई जतरा में गृहस्थी की प्रत्येक जरूरत का सामान मिलता था। हर ऐसी चीजें मिलती थीं, जो सालभर घर में उपयोग में आती थीं। इस तरह की कीमत में कि हर किसी के खरीद के सामर्थ्य में रहें। लेकिन यहाँ इस मॉल में घूमते हुए लगता है कि यह अजीब-सी जतरा है। इस जतरा की भीड़-भाड़ और चमक-दमक में सबसे पहले समझ और तर्क हाथ छुड़ाकर गुम हो जाते हैं। रोशनी की चमक में सब एक जैसे लगते हैं।

सम्पन्न लोगों की इस भीड़ में मैं खुद को उस भीड़ का एक हिस्सा समझने लगा। साथ चल रहा समर्थ होने का भ्रम मेरी पीठ थपथपा रहा है। मैंने देखा, ग्राउंडफ्लोर पर बायीं ओर मैक्डॉनल है। दायीं ओर चमकते काँच के दरवाजे के पार पिज्जा-हट।

मैं पिज्जा-हट के सामने ठिठक गया। सुधा समझ गयी। बोली, "पहले ऊपर चलते हैं। घूमते हैं। बाद में नीचे उतरकर पिज्जा खाएँगे।" उसने मेरी बाँह थपथपायी।

मुझे हमेशा पिज्जा खाने से ज्यादा देखने में अच्छा लगता है। खाने की कई चीजों से सजाया-सँवारा इतना खूबसूरत कि खरीदकर सिर्फ देखते रहो। पिज्जा को देखते ही खरीदने की इच्छा होने लगी। मुझे अजीब-सा लगा। मुझे भूख नहीं है, लेकिन पिज्जा मेरे पेट में नहीं, मेरी आँखों में भूख जगा रहा है। पिज्जा की सजावट में उम्दा कारीगरी है। मैं मुग्ध हो गया। सचमुच, कैसी अजीब चीज है! स्वाद से पहले उसकी सजावट परास्त कर देती है।

मैं अनिच्छा से उस दमकते-महकते पिज्जा-हट के सामने से सरका।

"ये मैक्डॉनल का पिज्जा आपको इतना पसन्द है तो सोचो जरा फेमिग्लिया भारत आ रही है, तब क्या करोगे ?" सुधा ने मुस्कराकर कहा, "दुनिया का सबसे शानदार और महँगा पिज्जा।"

"फेमिग्लिया भारत आ रही है ?" उत्सुक लड़खड़ाहट के साथ मैं ठिठक गया।

"अब पड़ोस वाले प्रभाकर भाई की पत्नी तुम्हें चिढ़ाने के लिए मुँह बिचकाकर नहीं कहेगी कि हमारे यहाँ डॉमिनोज का पिज्जा आता है।" मैंने सुधा को खुश करने के लिए कहा।

उसने क्षणभर मुझे देखा, फिर कहा, ''क्यों, उसके लिए फेमिग्लिया से पिज्जा बुलाने में कोई पाबन्दी रहेगी?'' कहकर वह हँसने लगी। फिर हँसी रोककर बोली, ''एक बार फेमिग्लिया भारत आयी फिर तो ठेले वाले को भी पिज्जा उपलब्ध रहेगा।''

''खरीदेगा कैसे? दिनभर की कमाई एक पिज्जा खरीदने में चली जाएगी।'' मैंने उसे घूरते हुए कहा।

''फेमिग्लिया के भारत आने की खबर इस तरह प्रचारित होगी कि उसके हासिल होने में ही उपकारभाव शामिल रहेगा।''

सोचकर अजीब-सा लगा कि लोगों का मध्यमवर्गीय अहम् ऐसे समय पैसे को सेकेंडरी रखता है। जो पिज्जा गोरे खाते हैं वही उसे भी उपलब्ध है, इसी खुशी में दिनभर की कमाई लुटा देगा।

मैंने सुधा की ओर देखा, क्या वह मुझ पर व्यंग्य कर रही है? वह भी मेरी मुख-मुद्रा देखकर समझ गयी।

''मेरा मतलब आपको लेकर नहीं था, एक जनरल बात कही थी।'' वह सहमे स्वर में बोली।

''मैं भी जनरल ही हूँ। खैर छोड़ो... आगे चलो।'' कहकर मैं उसे लेकर आगे बढ़ गया। जैसे शैतान का नाम लो और शैतान हाजिर— प्रभाकर भाई और उनकी पत्नी रत्ना नजर आ गये। सुधा ने मुझे कोहनी से हल्का-सा टहोका दिया और बोली, ''देखो, रत्ना क्या खरीद रही है! प्रभाकर भाई के लिए गोरेपन की क्रीम।''

''तुम्हें क्या पता ये प्रभाकर भाई के लिए है? वह खुद नहीं लगा सकती क्या?'' मैंने पूछा।

''यह मर्दों वाली क्रीम है, फेअर ऐंड हैंडसम।'' सुधा ने स्पष्ट किया।

''अच्छा! क्रीम लगाने से प्रभाकर भाई सुन्दर हो जाएँगे? फिर तो इनके सभी भाइयों को यह क्रीम लगाना चाहिए। खानदान कम-से-कम देखने लायक तो हो जाएगा।''

सुधा हँसने लगी। फिर अपनी हँसी की सफाई देते हुए मुझे लाड़ से डाँटते हुए बोली, ''प्रभाकर भाई इत्ते भी बुरे नहीं दिखते हैं।''

''यह बात तो तुमने सही कही।'' मैंने सुधा की कोहनी को छूकर कहा, ''सिर्फ इत्ते-से बुरे नहीं दिखते।'' कहकर मुझे लगा कि शायद मेरे चेहरे पर हँसी आ जाएगी, लेकिन मैं नाकाम रहा। मैंने दूर से प्रभाकर भाई को घूरते हुए हताशा से कहा, ''इस तरह क्रीम लगाने से लोग सुन्दर हो जाते तो प्रभाकर भाई के बड़े भाई बेचारे पूरी उमर कुँवारे न रह जाते। सिर्फ एक सुन्दरता के कारण।'' सुधा मुँह में

रूमाल दबाकर हँसने लगी।

हमलोग प्रभाकर भाई के निकट पहुँचे तो मैंने कहा, "प्रभाकर भाई को ही सुन्दर बनाने में जुटी रहती हैं। खुद के लिए कुछ नहीं खरीदा क्या?"

"अरे मुझे क्या जरूरत! मेरा कलर तो पहले ही ज्यादा फेअर है। यदि क्रीम लगा लूँ तो एकदम पीली नजर आऊँगी। लोग बीमार कहेंगे।" रत्ना ने कुछ ऐसे संकोच भरी हँसी के साथ कहा जिसमें संकोच कम और इतराहट ज्यादा थी। ऐसी इतराहट जो निर्भीक हो रही है।

मैंने उसके सामान की ट्रॉली को देखा तो रत्ना के निर्भय होने का रहस्य जान गया। ट्राली में दर्जन भर से ज्यादा 'सौन्दर्य साबुन' हैं जिसके चमकते कागज पर मुस्कराती सिने तारिका रत्ना को निर्भय बनाते हुए कह रही थी— अब खूबसूरती से डर कैसा!

फिर मुझे लगा वह सिने तारिका ट्रॉली से उठकर मॉल में सब दूर दौड़ने लगी। हर आती-जाती महिला या लड़की को निर्भय करने लगी। सचमुच, वह तो जैसे स्त्री-मुक्ति अभियान पर निकल पड़ी है। वह इतना बड़ा काम कर रही है और सरकार उसका नोटिस नहीं ले रही है? मुझे अचरज होने लगा। मैंने सुधा को बताना चाहा, लेकिन वह रत्ना से बातों में व्यस्त हो गयी है। प्रभाकर भाई उसी सिने तारिका को घूर रहे हैं जो अभी-अभी पास की शॉप में घुसकर दीवार के सहारे खड़ी मुस्करा रही है। बार-बार एक ही बात दोहरा रही है। लोग उसकी महक से चारों खाने चित हो रहे हैं।

कुछ देर बाद वे अपनी ट्रॉली ढकेलते हुए चल दिये। मैं और सुधा एक-से-दूसरे शो-रूम में घूमते रहे। हर जगह काँच के विशाल शो-रूम। सैकड़ों-हजारों की संख्या में टँगे-बिछे कपड़े। कौन पहनता है इतने सारे कपड़े? फिर महँगे इतने कि कीमत पढ़कर साँस रुक जाए!

हर शो-रूम की चमक दमक में कुछ ऐसा आकर्षण है कि अकारण और गैर-जरूरी भी वह भीतर खींच लेता है। एक अजीब-से पुलक और उतावलापन भर देता है। अपने भीतर उठ रही इस पुलक से मैं चकित रह गया। फिर मुझे लगा, यह पुलक धीरे-धीरे इच्छा में बदल रही है और मैंने घर में रखी आठ कमीजों के बावजूद एक महँगी कमीज पर हाथ रख दिया। शो-रूम का सर्विस-ब्वॉय जैसे जादू के जोर से वहाँ प्रकट हुआ। उसके चेहरे पर एक धूर्त मुस्कान आ गयी है। कमीज बेहद खूबसूरत और आकर्षक है। उस चमचमाते काँच के शो-रूम में लटकती वह कमीज मेरे भीतर डोलने लगी। कमीज के रंगों में कुछ ऐसा रसायन है जो मेरी इच्छा को धीरे-धीरे जरूरत में बदल रहा है। अचानक कोने की दिपदपाती ट्यूबलाइट, जो कुछ देर पहले जलने की नाकाम कोशिश कर रही थी, जल उठी। रोशनी ने बचे हुए

अँधेरे को घसीटकर बाहर कर दिया। साथ ही मेरे सामर्थ्य के संकोच को भी जैसे दुत्कार कर बाहर कर दिया। मेरे भीतर समर्थ का विश्वास जगने लगा। मैं कमीज पर लालसा का हाथ फिराने लगा। मैंने देखा, दूर काउंटर पर बैठे मैनेजर के चेहरे पर हँसी है। वह किसी ग्राहक से रुपये लेकर गिन रहा है। उसकी हँसी में एक अजीब-सी खनक लगी। मेरा हाथ कमीज से हट गया। सुधा चौंक पड़ी जो कमीज लेने के लिए सोच रही थी। मैंने उसकी कोहनी को छुआ। मैने कहा, ''इस हँसी को ध्यान से सुनो!''

''क्यों?'' वह मुझे घूरने लगी।

मैं बहुत आहिस्ता से, लगभग फुसफुसाते हुए बोला, ''यह मेरी हँसी है।''

सुधा ने मेरा कन्धा दबाया। यह इस बात का संकेत है कि मुझे ऐसी बातें यहाँ नहीं करनी चाहिए। मैं काउंटर की ओर बढ़ने लगा तो सुधा कमीज को वापस रख, मेरा हाथ पकड़कर मुझे शो-रूम से बाहर ले आयी और हम थोड़ा आगे बढ़कर जूतों के शो-रूम के पास ठिठक गये। वह मुझे घूरने लगी। उसकी आँखों में क्रोध से ज्यादा करुणा और याचना उतर आयी।

तभी मेरी नजरें जूतों के शो-रूम में काउंटर पर बैठे व्यक्ति पर पड़ी। वह भी हँस रहा है। मैं चौंक पड़ा। इसके पास भी मेरी हँसी है। अब मैं पूरी मंजिल पर दौड़ने लगा। प्रत्येक शो-रूम में शानदार सूट पहने खरीददार को लुभाता दुकानदार मेरी ही हँसी का इस्तेमाल कर रहा है। पूरे माल में मेरी हँसी फैली हुई है। हर शो-रूम में काउंटर पर रुपये गिनते, हँसता हुआ मुझे अपनी हँसी का चोर नजर आया।

मैंने देखा, बिल्कुल पास के शो-रूम में दुकानदार का चेहरा बड़ा होता गया और शो-विंडो से चिपककर मुझे घूरने लगा। उसके बड़े-बड़े मोटे तकिये के आकार के होठ हिले और बोले, ''हमने किसी ने तुम्हारी हँसी नहीं चुरायी है। तुमने खुद अपनी हँसी यहाँ रेहन रखी है। बेची है, अनावश्यक समझकर यहाँ छोड़ गये हो। सोचो, क्या हुआ था?'' उसकी थाली के आकार की बड़ी-बड़ी आँखें गोल-गोल घूमने लगीं। उन आँखों में शरारत नहीं हैं, गुस्सा नहीं हैं, बस गजब का आत्मविश्वास है। सुधा दौड़ते हुए मेरे करीब आ गयी। मैंने सुधा से कहा, ''देखो, सीनाजोरी में इसका सीना कैसा तन गया है?''

''आप किनकी बातें कर रहे हैं?'' सुधा ने घबराकर मुझसे पूछा।

मैंने पलटकर देखा, शो-विंडो से चेहरा गायब है। दुकानदार फिर काउंटर पर जा बैठा है। सुधा ने मेरा हाथ पकड़ लिया और मुझे गुस्से से घूरने लगी।

मैंने बहुत विनय से उससे कहा, ''कोई किला-विला नहीं है।''

''मतलब?'' वह मुझे देखने लगी।

''मेरे पास एक चाबी है!'' मैंने कहा और जेब से वह चाबी निकालकर उसे

दिखायी।

"तो? चाबी है तो क्या हुआ?" सुधा फटी आँखों से मुझे देखने लगी।

"मैं समझा था, यह चाबी किसी किले की है। जहाँ मेरी हँसी बन्द है। लेकिन ऐसी बात नहीं है। यह चाबी यहाँ के ताले की है।" मैंने उत्साह में उसका कन्धा पकड़ लिया। मेरे चेहरे पर विजेता की चमक आ गयी।

"सबसे पहले आप खुद पर काबू करो। फिर धीरज से मुझे बताओ।" अब वह अचरज से नहीं, गम्भीरता से बोली।

"मेरी हँसी इन शो-रूम के मालिकों ने चुरा ली है। यहाँ सभी ओर मेरी ही हँसी है। इन लोगों की हँसी में मामूलीपन नहीं है, सहजता नहीं है। इनकी हँसी से भरोसा झर गया है। मेरी हँसी आज भी भरोसे की हँसी है।" मैंने अपनी बेचैनी को दबाते हुए धीरज से उसे कहा, "अब तुम फिर से मेरी दवाइयों का जिक्र मत करना।" मेरे स्वर में याचना उतर आयी।

"नहीं... मैं ऐसी कोई बात नहीं करूँगी।" वह उसी धैर्य के साथ बोली, "लेकिन एक बात बताइए... अपनी हँसी वापस लेने के लिए क्या यहाँ, इनसे झगड़ा करोगे? इन शो-रूम्ज़ में तोड़-फोड़ करोगे?"

मैंने उसके चेहरे की ओर देखा। अब वहाँ कोई घबराहट और चिन्ता नहीं है। शाम के बाद, इस पूरे समय में पहली बार उसकी आँखों में मेरे लिए भरोसा नजर आया। मुझे गहरी तसल्ली हुई। मैंने धीरे से कहा, "नहीं!"

"तो फिर चलिए...!" उसने बहुत लाड़ से मेरा हाथ थाम लिया। मैं मुस्करा दिया। वह खुश हो गयी। हम दोनों एस्कलेटर से उतरकर नीचे ग्राउंडफ्लोर पर आये और बाहर आ गये।

मुझे लगा, हम दोनों की चाल में उत्साह भर गया है। घर के करीब आये तो सुधा को याद आया , "अरे, आप पिज्जा खाना चाहते थे! हम लोग जल्दी से निकल आये और पिज्जा खाना भूल गये।" सुधा के स्वर में भूलने को लेकर अफसोस नहीं, मसखरी है। मुझे यह अच्छा लगा।

मैंने उसे नुक्कड़ की ओर संकेत किया। नुक्कड़ पर हलवाई की दुकान पर जलेबियाँ और समोसे बन रहे हैं। मैंने कहा, "घर चलकर सब लोग साथ खाएँगे।"

हमने जलेबी और समोसे बँधवाये और घर की ओर चल दिये। तभी सुधा को कुछ याद आया।

"उस चाबी का अब क्या करोगे?" वह चलते-चलते बोली।

मैंने उसकी ओर देखा फिर जेब से चाबी निकालकर गटर में उछाल दी।

घर करीब आ गया है। अँधेरा पीछे गली में छूट गया है। गली के लैम्प-पोस्ट की रोशनी घर के ठीक सामने गिर रही है। हम दोनों रोशनी में नहाते हुए घर में दाखिल हुए।

जंगल

ऑफिस से उठने का समय हो गया है। मैंने आखिरी फाइल पर दस्तखत किये और पेन कोट के ऊपर की जेब में रख लिया। फिर मैंने दिल के ऊपर कोट की जेब को धीरे से थपथपाया। सहसा मेरा हाथ रुक गया। जेब में कुछ है। मुझे अचरज हुआ। मैंने तो कुछ रखा नहीं था। मैंने जेब में हाथ डाला। बिल्कुल नीचे, कुछ था। उँगलियों में दबाकर बाहर निकाला। किसी छोटे-से पंछी का छोटा-सा पंख है। मुझे याद आ गया। बरसों हो गये, जंगल में घूमते हुए भानु ने सहसा पुकार कर बुलाया था। पंख बिल्कुल छोटा और गहरे रंग का है, जिस पर हल्के रंग की कुछ धारियाँ बनी हैं। उसने कहा था, ''आदिवासी इसे भाग्यशाली पंछी मानते हैं।'' फिर हँसकर मेरी कमीज की जेब में रख दिया था। मैंने घर में कहीं रख दिया था। फिर बात लगभग भूल गया था। पता नहीं कोट की जेब में कैसे आ गया? और फिर इतने बरसों में कोट कितनी ही बार धुल गया है लेकिन पंख सलामत है।

क्या है इसमें भाग्यशाली होने जैसा?

अपर्णा? अपर्णा मुझे मिल गयी, तो क्या भानु के मन में अपर्णा के लिए कोई एकान्त जंगल था?

मैंने उस पंख को अपनी बड़ी टेबल पर बिछे काँच के नीचे दबा दिया। मैं उठा और खिड़की पर से पर्दे को थोड़ा हटाकर देखा, हल्की-सी बारिश शुरू हो गयी है।

मैंने सोचा, घर फोन कर दिया जाए। पकौड़े बनाकर तैयार रखे। यह मौसम पकौड़े खाने के लिए हमेशा उकसाता है। फिर फोन करने का विचार छोड़ दिया। घर पहुँचने में वक्त ही कितना लगेगा! ऑफिस से बाहर निकलकर जब मैं कार में बैठा तो बारिश की हरकतें बन्द नहीं हुई थीं। ड्रायवर ने धीमी गति से कार घर के रास्ते पर डाल दी।

घर पहुँचते ही एक बार तो मन में आया कि अपर्णा को पंख के बारे में बताये, फिर विचार झटक दिया। कपड़े उतारकर बाथरूम में चला गया। मुँह-हाथ धोकर कपड़े पहनकर जब मैं बरामदे में पड़ी कुर्सियों में से एक पर आकर बैठा, तो अपर्णा

ने किचन से आवाज लगायी, "आज पकौड़े बनाये हैं, बस कॉफी तैयार हो जाए तो लेकर आती हूँ।"

मन खुश हो गया। कुछ देर में जब वह पकौड़ों की प्लेट और कॉफी की केतली लेकर आयी तो मुस्करा रही थी। मैं भी मुस्करा दिया। कितना अजीब संयोग है! उधर मैंने सोचा, इधर पकौड़े तैयार।

"जैसे ही बारिश शुरू हुई, मैंने सोचा पकौड़े बनाये जाएँ।" कहकर वह प्लेट में कैचप डालने लगी, फिर बोली, "तुम्हें याद है, बारिश शुरू होते ही हम पहली फरमाइश पकौड़े की ही करते थे? माँ तो कहे बगैर बनाकर रखती थी। पकौड़े मुझे तो बहुत पसन्द हैं।" कहकर वह गिलास में पानी निकालने लगी। मुझे लगा, अपर्णा, 'उसे पसन्द थे' बोलते-बोलते 'मुझे पसन्द हैं' बोल गयी। मैंने उसकी तरफ देखा, उसके चेहरे पर कोई सतर्कता नजर नहीं आयी। एकाएक तो मैं कुछ बोल ही नहीं पाया। मुझे इतना जरूर अहसास हुआ कि मैं दूसरे की इच्छा के हिस्से में हूँ। अपर्णा का चेहरा सपाट है। वहाँ एक हल्की-सी स्वाभाविक पुलक है, जो मौसम के स्वागत में भी हो सकती है। वहाँ कुछ भी तलाशा नहीं जा सकता है। बाहर हो रही बारिश भीतर से कुछ धो रही है। या फिर ऐसा महज मैं सोच रहा हूँ।

भानु उसका अभिन्न था। गहरा दोस्त। यहीं झाबुआ जिले में आदिवासियों की जीवन-पद्धति पर कोई शोध कर रहा था। अपर्णा के पिता उन दिनों यहाँ जंगल विभाग के बड़े अफसर थे। भानु कलकत्ता के उनके किसी दोस्त का बेटा था। झाबुआ में अपर्णा के घर रहता था। यहीं उससे दोस्ती हुई थी। मैं अपर्णा का पड़ोसी था। मेरे पिता का बँगला भी अपर्णा के पिता के बँगले के पड़ोस में था। कई-कई दिनों, बल्कि हफ्तों तक वह घर से गायब रहता था। झाबुआ से लेकर कट्ठीवाड़ा और मथवाड़ा के जंगलों में वह घूमता रहता था। शायद एक साल गुजर गया था। जिले के कुछ क्षेत्र के डी.एस.पी. ने मेरे कप्तान पिता को गोपनीय रिपोर्ट भेजी थी; भानु रिसर्च के अलावा दूसरी गतिविधियों में भी हिस्सा ले रहा है। फिर भी इस बात ने कोई तूल नहीं पकड़ा, क्योंकि झाबुआ जिले को फिलहाल इस बेल्ट में शामिल नहीं किया गया था। हालाँकि अपर्णा के पापा ने उसे डाँटा जरूर कि अपनी पढ़ाई करो, नेतागिरी मत करो। फिर वह एकाएक आज्ञाकारी बन गया था।

हम तीनों अक्सर साथ ही जंगल में घूमने निकलते थे। वो जाड़ों के आते हुए दिन थे। हम तीनों, अपर्णा के पापा के साथ जंगल गये थे। बहुत पुराने समय का कोई रेस्ट-हाउस था। तब पहली बार उस जंगल में अपर्णा के लिए मेरे मन में एक जंगल खिलने लगा था। मैंने अपर्णा पर प्रकट नहीं किया था, बल्कि किसी पर भी प्रकट नहीं किया था। अपर्णा के पापा रेस्ट-हाउस में बैठे अफसरों की बैठक ले रहे थे और हम तीनों शाम को जंगल में पहाड़ी चढ़ रहे थे। 'नवई' देखने जा रहे थे।

आदिवासियों का नाच देखना था।

थोड़ी ही देर में अँधेरा हो गया। अपर्णा चलते-चलते रुक गयी।

''चलो, वापस चलते हैं। रास्ते में कोई जंगली जानवर मिल गया तो?'' कहते हुए उसने सागौन के पेड़ का सहारा ले लिया।

''हम दोनों साथ में हैं। डरती क्यों हो?'' मैंने अपर्णा को साहस बँधाना चाहा।

''जंगली जानवर के सामने तुम दोनों क्या करोगे?'' वह थोड़ा व्यंग्य में बोली।

''अकेला जंगली जानवर दो जंगली जानवरों को देखकर डर जाएगा।'' भानु ने मेरी ओर फिर खुद की ओर इशारा करते हुए कहा और हँसने लगा। मैं भी मुस्करा दिया था। अपर्णा का डर तो कम नहीं हुआ था, लेकिन उसने फिर चलना शुरू कर दिया। गाँव पास ही था। चार टापरों का गाँव, लेकिन आसपास के फालियों से भी आदिवासी आ गये थे। काफी देर बाद, पूजा-पाठ से निबटने के बाद नाच शुरू हुआ। वे लोग समूह बनाकर आपस में नाच रहे थे। औरत-मर्द एक साथ। एक पंक्ति में खड़े होकर, एक-दूसरे की कमर में हाथ डाले एक ऐसी बोली में गीत गा रहे थे, जो मेरी तो समझ में बिल्कुल नहीं आ रही थी। लेकिन गीत में लय थी। हम तीनों नंगी खटिया पर बैठे थे। तीनों के पैर जमीन पर खुद-ब-खुद ताल दे रहे थे।

''वे लोग देवता का आभार प्रकट कर रहे हैं। पहली फसल आती है, तो ये लोग अपने देवता की पूजा करते हैं। पूजा में अन्न चढ़ाये बगैर, समर्पित किये बगैर उस फसल का अन्न नहीं खाते हैं।'' एकाएक भानु पलटकर मुझे बोला। जवाब अपर्णा ने अचरज प्रकट करके दिया।

''अच्छा?''

''हाँ!'' भानु गरदन हिलाकर बोला, ''इस त्योहार पर ये लोग अपने रिश्तेदारों को, आसपास के गाँव-फालिए के लोगों को आमन्त्रण भेजते हैं।'' कहते हुए क्षण भर वह रुका, फिर बोला, ''सिविल सोसायटी में कहीं ऐसा होता है? किसी एक पूजा में किसी एक जगह पूरा गाँव, रिश्तेदार सभी इकट्ठे हो जाएँ?'' फिर निराशा और क्षोभ में गरदन हिलाता हुआ बोला, ''हमारे यहाँ पचास लोग मिलकर पच्चीस मन्दिरों में त्योहार मनाते हैं। कई मन्दिर, कई मस्जिद और अनेक चर्च! हम सभ्य होते जा रहे हैं और बिखर रहे हैं।''

अपर्णा और मैं अचरज से उसे देखने लगे। ऐसी बातें वह कभी नहीं करता है। उसने हमारे गम्भीर चेहरे देखे तो एकाएक हँस पड़ा। मुझे लगा, वह अपनी हँसी से अप्रत्याशित बोले गये को सहज करना चाहता है। फिर वह उठकर बोला, ''रुको, मैं आता हूँ।'' कहकर किसी के बोलने से पहले ही वह उठकर थोड़ी दूर

स्थित उस टापरे में चला गया। कुछ देर बाद आया तो उसके हाथ में पीतल की थाली थी। करीब आकर वह हम दोनों के बीच बैठ गया। फिर मुस्कराकर बोला, "लो खाओ!"

हम दोनों ने आश्चर्य से उस पीतल की थाली को देखा। हमारे अचरज से लड़ने के लिए अब उसके पास हँसी थी। वह हँसने लगा, बोला, "खिचड़ा है यह। अलग-अलग फसलों के अन्न मिलाकर बनाते हैं। ज्यादा हिस्सा इसमें मक्का का है।" फिर हम दोनों का संशय और झिझक देखकर हाथ से खुद ही खाने लगा।

"चम्मच नहीं है?" अपर्णा ने पूछा तो भानु ने जोर का ठहाका लगाया। खिसियाकर अपर्णा ने उँगली को मुँह में चम्मच की तरह इस्तेमाल करके खिचड़ा उँगली सहित मुँह में रख लिया। फिर जूठी उँगली को अपने सफेद रूमाल से पोंछने लगी। कुछ आग्रह के पहले ही अस्वीकृति में उसका सिर हिलने लगा। मैंने कुछ कौर ज्यादा खाये। फिर मैं भी रुक गया। भानु बहुत निश्चिन्तता से खाता रहा। सहसा अपर्णा ने भानु की कोहनी छूकर कहा, "तुम्हें सबकुछ कैसे मालूम है?"

अपर्णा उसे अचरज से देखने लगी। वह एकाएक चुप हो गया। इस बार मदद के लिए वह एकाएक हँसी को नहीं बुला पाया। थाली उसने पीछे खटिया के कोने पर रख दी। फिर एकाएक वह किसी कल्पित ठंड को भगाने के लिए दोनों हाथ रगड़ने लगा। सहसा उसने आवाज देकर एक बूढ़े आदिवासी को बुलाया। वह उस बूढ़े के साथ उसी की बोली में कुछ बातें करने लगा। बूढ़ा सहमति में सिर हिलाते हुए चला गया। कुछ देर बाद वापस आया, तो उसके हाथ में काँच की मटमैली-सी बोतल थी, जिसमें महुए की कच्ची शराब थी। दूसरे हाथ में मैले-से, टूटे किनारे वाले चीनी के कप थे। तह बूढ़ा नीचे बैठ गया और तीन कप भरकर एक-एक करके हमारे हाथ में थमाने लगा। अपर्णा ने इनकार कर दिया। भानु ने अपना कप नीचे रख दिया और अपर्णा की ओर पलटकर बोला, "ये शराब नहीं है। प्रसाद है। प्रसाद समझकर पी लो। आज हम यहाँ हैं। जंगल में हैं, तो जंगल के आग्रह को मानना चाहिए।"

अपर्णा ने फिर भी इनकार कर दिया। बोली, "कोई प्रसाद-व्रसाद नहीं। साफ-साफ शराब है और तुम लोग भी मत पियो।"

अब भानु खटिया से नीचे उतरकर अपर्णा के सामने बैठ गया। फिर व्यंग्य से बोला, "अच्छा! लोग जब उज्जैन जाते हैं तो वहाँ के भैरव मन्दिर में रखी गयी शराब को बहुत खुशी के साथ पी लेते हैं। क्यों? क्योंकि गाइड अँग्रेजी में बोलकर बताता है कि यह शराब नहीं, प्रसाद है और ताम्बे के पात्र में से अचवनी से दी गयी शराब प्रसाद हो जाती है? और यहाँ एक सीधा-सादा आदिवासी इस बोतल को बगैर किसी ड्रामे के दे गया तो यह शराब हो गयी? घृणित हो गयी?"

अपर्णा इस बेतुके तर्क के आगे चुप हो गयी। लेकिन फिर भी कप की ओर हाथ नहीं बढ़ाया। भानु घुटनों के बल बैठकर, बड़ी अदा से गरदन झुकाकर पूरी नाटकीयता के साथ कप अपर्णा के सामने करता हुआ बोला, ''इस चाँदनी रात में समझो यह महुआ नहीं, शैम्पेन है। सेलिब्रेशन ड्रिंक...प्लीज...!'' उसने प्लीज कुछ ऐसी नाटकीय प्रार्थना में कहा कि अपर्णा हँस दी। ''ठीक है, तुमसे तो भगवान न जीत पाए! सिर्फ एक घूँट से ज्यादा नहीं लूँगी।'' कहकर उसने भानु के हाथ से प्याला लेकर एक घूँट लिया, तो उसे इतनी जोर से खाँसी उठी कि आँखों में आँसू आ गये। भानु हँसने लगा। मैं घबरा गया। भानु ने अपर्णा के हाथों से प्याला ले लिया।

''ठीक है...ठीक है... बस, रहने दो, यह प्याला मैं पी लूँगा। शराब जूठी नहीं होती है और फिर प्रिंसेस की जूठी शराब तो और नशीली होगी।'' कहकर उसने फिर अदा से सिर नवाया। हम हँस पड़े थे। मैं भी एक कप से ज्यादा नहीं पी सका। शराब बहुत तेज और आक्रामक थी। सहसा भानु ने फिर एक आदिवासी लड़के को बुलाकर उसी की बोली में कुछ पूछा। वह भी सहमति में सिर हिलाते हुए चला गया। अब अपर्णा और मुझे, दोनों को अचरज हुआ।

''तुम इनकी बोली कैसे बोल-समझ लेते हो?'' अपर्णा ने भानु की ओर देखते हुए कहा, ''और यहाँ इस अजनबी जंगल में इतने लोग तुम्हें कैसे पहचानते हैं? तुम इन सबको कैसे जानते हो और वह भी इतनी घनिष्ठता के साथ?'' अपर्णा का गोरा चेहरा एक घूँट पी लेने भर से लाल हो गया था। भानु ने हाथ में थामे कप से एक घूँट भरा और उसे नीचे रखकर हम दोनों के पास खटिया पर आकर बैठ गया।

''बहुत आसान है इनकी बोली सीखना। हालाँकि किसी स्कूल, किसी कॉलिज में नहीं पढ़ाई जाती है। फिर भी आसान है।'' कहकर उसने हाथ बढ़ाकर नीचे रखा कप उठा लिया।

''क्या खाक आसान है?'' अपर्णा झुँझलाकर बोली, ''घर पर काम करने वाला नौकर आदिवासी ही है। मैंने उससे सीखने की बहुत कोशिश की। बहुत समय दिया, बहुत दिमाग खपाया, लेकिन नहीं सीख पायी!''

''देखो यार, शुरुआत ही गलत की।'' वह कप खाली करके बोला।

''सिर्फ समय देने भर से काम नहीं चलता। कुछ और भी देना पड़ता है। दिमाग की बजाय दिल से सीखी होती तो सीख जाती। जंगल की बोली सीखने के लिए जंगल को घर बुलाया यह गलत बात हुई। खुद जंगल में जाना पड़ता है।'' वह कुछ देर के लिए चुप हुआ क्योंकि उसे लगा, हम दोनों उसे बहका हुआ समझ रहे हैं। जो कि वह गलत नहीं समझ रहा था। वह हँस पड़ा। बोला, ''मैं नशे में

नहीं हूँ। ठीक कह रहा हूँ। जंगल को समझने के लिए जीप से नीचे उतरना पड़ता है। टाई उतारे बगैर आप जंगल को नहीं समझ सकते हैं।'' कहकर वह फिर सामने जाकर खड़ा हो गया। कुछ देर पहले जिस लड़के को उसने कुछ कहा था वह हाथ में एक थाली लिए हुए वापस आया। मैंने देखा, काले बदन का वह लड़का नंगधड़ंग था। मात्र एक लँगोटी लगाये हुए था। सिर पर एक छोटी-सी पगड़ी बाँधे हुए था। मैंने ऐतराज उठाते हुए कहा, ''तुम्हारी बात पूरी तरह ठीक नहीं है। दोनों हाथ से ताली बजती है। हम दो कदम आगे आएँ हम अपनी टाई उतारें तो ये भी एक कदम आगे आएँ।''

''और क्या करें?'' मेरी बात काटकर वह बोला, ''क्या उतारें? ये लँगोटी?'' कहकर उसने पास खड़े उस आदिवासी लड़के के कन्धे पर हाथ धर दिया। फिर वह ठहाका मारकर हँस पड़ा। बोला, ''यार हर कोई इनको नंगा करने पर ही क्यों उतारू है?'' फिर वह जोर-जोर से हँसने लगा। अपर्णा ने मुझे इशारा किया कि बहस मत करो। वह नशे में है। भानु ने यह इशारा देख लिया। वह तत्काल संजीदा हो गया। वह उस लड़के के हाथ से थाली लेकर हम दोनों के पास आकर बैठ गया।

''बढ़िया चिकन है, खाओ!'' कहकर उसने थाली मेरी ओर बढ़ा दी। इनकार करके एक और बहस को दावत देना था। मैंने मुर्गे की टाँग उठाने में ही भलाई समझी। फिर उसने थाली अपर्णा की ओर बढ़ाई।

''लो खाओ, तुम्हारा वो क्रिश्चियन कुक है न? उसका बाप भी ऐसा चिकन नहीं बना सकता।'' कहकर अपनी ही बात के समर्थन में वह सिर हिलाने लगा। महुए ने उसके सिर का वजन बढ़ा दिया था। महुए ने और मदद की तो सिर काफी देर तक डोलता रहा। अपर्णा ने लाख समझाया। मनाया। प्रार्थना की लेकिन वह नहीं माना। अपर्णा को चिकन का एक टुकड़ा उठाकर खाना पड़ा। मुझे अचरज इस बात पर हुआ कि भानु ने कोई जोर-जबरदस्ती भी नहीं की, लेकिन उसकी बातें, उसके तर्क और मनुहार कुछ ऐसे थे कि अपर्णा इनकार नहीं कर पायी। मुझे लगा, कोई और भी होता तो भानु के आग्रह को इनकार नहीं कर सकता था। उसकी आवाज, उसकी बोली में कुछ ऐसा ही जादू था।

वह फिर धीरे-धीरे हँसने लगा और बोला, ''ब्राह्मण की लड़की का धर्म भ्रष्ट कर दिया आज मैंने। सॉरी बाबा...सॉरी...!'' कहकर वह एक हाथ से अपना कान पकड़ने लगा। अपर्णा मुस्करा दी। मैं भी हँस दिया। उसने मेरे कन्धे पर हाथ रखा और बोला, ''देखो यार, बड़ी-बड़ी पार्टियों में जाना पड़ता है। अपने अफसर के यहाँ जाना पड़ता होगा लोगों को। पेट भरा हो। इच्छा न हो। उपवास हो... तब भी खाना पड़ता है। ऊपर से तारीफ भी करनी पड़ती है। उपकार मानना पड़ता है बुलाने का।'' वह तिरस्कार और लापरवाही से सिर झटकने लगा, फिर बोला, ''ये

लोग ऐसा कुछ नहीं करते हैं। जो जैसा है वैसा ही परोस देता है। कोई ढोंग नहीं है। इनकी जुबान वही बोलती है, जो भीतर से दिल बोलता है। आँखें भी वही कहती हैं। इसलिए इनके बोलने-चालने, उठने-बैठने और नाचने-गाने में सारी देह बोलती है। आत्मा बोलती है। ये भीतर-बाहर एक जैसे हैं।''

वह बोलता जा रहा था। मुझे ऊब महसूस होने लगी। मैंने देखा, अपर्णा ध्यान से उसकी बातें सुन रही थी। एकटक उसको देख रही थी। क्या पता नींद का प्रभाव था या एक घूँट महुए का असर, लेकिन वह कुछ नहीं बोली।

रात ग्यारह के करीब रेस्ट-हाउस से चौकीदार हमें खोजता हुआ आ गया। अपर्णा और मैं तत्काल उठे। भानु को, जो इस बीच खटिया पर सो गया था, हमें लगा था, नशे की अधिकता में इसे उठाना मुश्किल होगा, लेकिन वह फुर्ती से उठ गया। चलने से पहले भानु देर तक आदिवासियों को कुछ कहता रहा, समझाता रहा। उनकी न समझ में आने वाली बोली में।

तीनों वापस चल दिये, चौकीदार आगे-आगे चल रहा था। चाँदनी रात थी। घने जंगल में चाँदनी के कुछेक टुकड़े रास्ते पर यहाँ-वहाँ बिखरे थे, हवा चलने पर पेड़ों से अजीब-सी सरसराहट की आवाज निकल रही थी। हमारे चलने की आवाज से जंगल की नींद में भी खलल पड़ रहा था। एकाएक जब किसी पक्षी के फड़फड़ाने की आवाज आती, तो अपर्णा डर जाती। भानु मस्त होकर चौकीदार के पीछे-पीछे चल रहा था। उसे मेरी असुविधा और अपर्णा के डर से जैसे कोई मतलब ही नहीं हो। जैसे एक ही रास्ते पर वह अजनबियों के साथ चल रहा हो। वह हल्के स्वर में कोई गीत गुनगुना रहा था। तभी वह रुक गया। चाँदनी के एक धब्बे के पास ठिठक गया। मैं और अपर्णा भी ठिठक गये। वह नीचे झुका और पेड़ के नीचे पत्तों पर पड़ा किसी पंछी का छोटा-सा पंख उठा लिया।

''यह बहुत दुर्लभ पंछी होता है। आदिवासी इस पंख को रखना शुभ मानते हैं। लकी पंख है।'' कहकर उसने अपनी हथेली पर रखकर, हथेली हमारे सामने फैला दी। वह एक गहरे नीले रंग का छोटा-सा पंख था, जिस पर हल्के हरे रंग की धारियाँ बनी थीं।

''क्या है इसमें ऐसा, किस तरह से लकी है?'' अपर्णा ने उसे छूते हुए कहा। भानु ने मुट्ठी बन्द कर ली। फिर वापस खोलते हुए बोला, ''बहुत लकी है, जादुई है समझो। जो माँगोगे वही मिलेगा जैसा कुछ है।'' मेरी ओर देखकर पंख मेरी कमीज के ऊपर की जेब में रख दिया। फिर हँसकर बोला, ''सँभालकर रखना।''

अपर्णा तो कुछ नहीं बोली। हम दोनों हँस पड़े। अपर्णा पता नहीं क्यों एकाएक झुँझला गयी थी। बोली, ''चलो भी अब। कब तक यहाँ खड़े रहोगे? मुझे डर लग रहा है।''

"इतनी शानदार चाँदनी रात में डरने की क्या बात? फिर पंख हमारे पास है। डर किस बात का?" मैंने हँसकर कहा था।

"जंगल में डर तो लगता ही है।" दूर किसी जानवर की गुर्राहट सुनकर डरते हुए वह बोली, "शेर आ जाए तो क्या करेंगे हम?"

"हम क्या करेंगे? जो करना होगा वो तो शेर करेगा।" कहकर भानु हँसने लगा। चौकीदार भी हँस पड़ा। मैं भी हँसा तो अपर्णा कुछ कुढ़ गयी। बोली, "तुम लोग मेरे डर को एंजॉय कर रहे हो?" सहसा भानु गम्भीर हो गया था।

"नहीं, ऐसी कोई बात नहीं। वैसे तुम्हें बता दूँ इस जंगल में शेर नहीं है।" फिर वह आगे चलते हुए चौकीदार से बोला, "क्यों फेरसिंग, सच्ची बात है ना?"

चौकीदार ने भी भानु की बात का समर्थन किया। बोला, "डर की बात नहीं। अब यहाँ शेर कहाँ बचे हैं!" अपर्णा आश्वस्त तो हो गयी, लेकिन उसके चेहरे से डर नहीं गया। हम लोग चुपचाप चलने लगे। कुछ दूर चलकर वह रुक गया।

"यार जंगल नाराज हो जाएगा। कुछ आपस में बातें करो। कुछ जंगल से बातें करो।" कहकर उसने उचककर पेड़ से पत्ता तोड़ लिया। हम लोग धीरे-धीरे उतरने लगे। ढलान थी। मेरी इच्छा हुई कि अपने पीछे सावधानी से चल रही अपर्णा का हाथ पकड़ कर सहारा दे दूँ, ताकि वह फिसल न जाए। मैंने पीछे पलटकर देखा और ठिठक गया, अपर्णा धीरे से चलती हुई आयी और मुझसे चार कदम आगे बढ़कर उसने भानु का हाथ थाम लिया, "धीरे चलो भानु, मैं फिसल जाऊँगी। हाथ-पैर टूट जाएँगे।" वह उसका हाथ खींचकर बोली।

"लो! और मैं समझा, तुमने मुझे सहारा देने के लिए हाथ थामा है। शायद तुम समझती हो, मैं नशे में कहीं किसी खाई वगैरह में न गिर पड़ूँ।" कहकर वह उसी इत्मीनान से अपर्णा को लिए हुए उतरने लगा। मैं फिर से चल पड़ा। लेकिन रात के सन्नाटे में जंगल का कोई एक हिस्सा मेरे भीतर ठिठक गया था। मैंने अपना खाली हाथ जेब में डाल दिया था। मैंने देखा, घने ऊँचे पेड़ों ने चाँदनी को ऊपर ही रोकने की कोशिश की थी। सागौन के मोटे भूरे पेड़ रात के सन्नाटे में चुपचाप खड़े हमें जाते हुए देखते रहे थे। अपनी जगह पर अचल खड़े।

पलास की छोटी-छोटी झाड़ियाँ जरूर हवा का वजन नहीं सँभाल पा रही थीं। हवा के धकेले जाने पर झुक जाती थीं।

रेस्ट-हाउस पहुँचे तो अपर्णा के पापा जाग रहे थे। सभी को डाँट पड़ी थी। मुझे खास तौर पर...

"शरद! तुम तो समझदार हो। तुम इन्हें हाँककर जल्दी क्यों नहीं लाये?"

मैं चुपचाप खड़ा रहा था। डाँट-फटकार का कार्यक्रम ज्यादा नहीं चला।

वे सोने चले गये थे। हम तीनों भी सोने चले गये थे। अपर्णा अपने कमरे में,

मैं और भानु एक ही कमरे में सोये थे।

हमेशा की भाँति सुबह भानु ही जल्दी उठा था। हवा में ठंडक थी। फिर उसकी खटपट से मेरी भी नींद खुल गयी। मैंने ओढ़ी हुई चादर में से मुँह निकालकर कहा, ''खिड़की खोलकर क्यों खड़ा है इतनी सुबह? हवा में ठंडक है।''

''यों हवा से थप्पड़ खाना अच्छा लगता है।'' कहकर उसने खिड़की से सिर बाहर निकाला और गुनगुनाने लगा।

फिर कुछ देर बाद वह कमरे से बाहर निकल गया।

थोड़ी देर बाद मैंने उठने की कोशिश की तो पता चला, बुखार है। बमुश्किल बाथरूम तक जा पाया। कुछ देर बाद वापस बिस्तर पर आकर ढेर हो गया। अपर्णा और उसके पापा जब तैयार होकर कमरे में आये तो चिन्ता में पड़ गये थे। मैंने उन्हें आश्वस्त किया, लेकिन उनके माथे से चिन्ता की लकीरें नहीं मिटी थीं। भानु घूमने निकल गया था, कुछ देर बाद लौटा। वापस आने पर जब उसे पता चला तो मेरे पास पलंग पर आकर बैठ गया था। मेरे माथे पर हाथ रखा और किसी विशेषज्ञ डॉक्टर की तरह बोला, ''चिन्ता की कोई बात नहीं, रात की थकान है। मामूली-सा बुखार है, उतर जाएगा।''

बात उसकी काफी हद तक सच भी थी, लेकिन जिस मामूली ढंग से उसने कहा था, मुझे अच्छा नहीं लगा। मुझे अपर्णा के पापा और खासतौर पर चिन्तित अपर्णा अच्छी लगी। फिर भी मैंने कहा, ''मैं भी तो यही कह रहा हूँ।''

इस बीच अपर्णा के पापा उठकर अपने कमरे में गये और एक छोटा-सा बैग उठाए भीतर आए। उसमें एक गोली और कैप्स्यूल निकालकर मुझे दिया और बोले, ''इसे खा लो। अभी मेरा एस.डी.ओ. आएगा। वह किसी को भेजकर बस्ती से डॉक्टर को बुला लाएगा।''

अपर्णा ने संजीदगी से गरदन हिलायी। मैंने प्रतिवाद करना चाहा तो उसके पापा ने रोक दिया। मैंने देखा, भानु थोड़ा पलटकर चोरी से हँस रहा था।

भानु जब तक नहाकर तैयार हुआ तब तक डॉक्टर आकर मुझे देख चुका था। उसने भी यही कहा कि चिन्ता की कोई खास बात नहीं है। मौसम बदल रहा है। उसी का प्रभाव है। कुछ थकान भी है। शाम तक ठीक हो जाएँगे। तब तय हुआ कि अपर्णा और उसके पापा रेस्ट-हाउस ही रुकेंगे और भानु डॉक्टर को छोड़ने बस्ती जाएगा और लौटते हुए दवाइयाँ भी ले आएगा। भानु और डॉक्टर जीप से चले गये।

घंटे भर बाद जीप वापस लौट आयी। हम लोग लॉन में कुर्सियों पर बैठे थे। ड्रायवर ने दवाइयाँ देते हुए बताया, भानु साहब कुछ देर बाद लौटेंगे।

कहाँ गये हैं? पता नहीं।

ड्रायवर बस्ती से अखबार ले आया था। मैं अखबार खोलकर वहीं पढ़ने बैठा तो सहसा तेज हवा में अखबार उड़ा। अपर्णा हँसकर बोली, ''लो, आपकी खबरें तो भाग रही हैं। ये तो पूरे लॉन में यहाँ-वहाँ उड़ रही हैं।''

मैंने उठना चाहा, तो अपर्णा ने टोक दिया। फिर उसने ही दौड़कर अखबार को पकड़ा और लाकर मुझे दिया और कहा, ''देखो, कहीं कोई खबर उड़कर जंगल में तो नहीं निकल गयी?''

मैं उसके परिहास पर मुस्करा दिया। मैं कहना चाहता था कि कोई एक खबर मेरे भीतर के जंगल में उड़ रही है, इसे पकड़ो! लेकिन कह नहीं पाया। अपर्णा का पूरा व्यक्तित्व कुछ ऐसा वजनदार है कि इस तरह की बात शायद हल्की लगती।

मैं दवाई लेकर लेट गया। अपर्णा के पापा अपने मातहतों में व्यस्त हो गये। फिर बैठक शुरू हो गयी। अपर्णा मेरे पास कुर्सी खींचकर बैठ गयी। काफी देर तक हम बातें करते रहे थे। फिर मुझे नींद लग गयी।

नींद खुली तो देखा, खानसामा मुझे उठाने आया था। खाना तैयार हो गया था। मैं उठकर डायनिंग-रूम में आया तो मालूम हुआ, भानु अभी भी नहीं आया है। डायनिंग-रूम में एक ठंडा-सा धुँधलका था। अपर्णा ने बताया, बादल छा गये हैं।

खाना खाकर हम लोग उठकर बाहर बरामदे में रखी कुर्सियों पर आ बैठे। अपर्णा के पापा के मातहत शाम को आने के लिए इजाजत लेकर फिलहाल जा चुके थे। खाना खिलाकर खानसामा नीचे बस्ती में किसी काम से चला गया था।

लॉन में घास थी। चहारदीवारी के किनारे आम, अमलतास और गुलमोहर के पेड़ थे। अमलतास के पेड़ अभी छोटे थे। उसके बाद क्यारियों में गुलाब और गेंदे के पौधे लगे थे। जिन पर इक्का-दुक्का फूल खिले थे। हल्की बूँदा-बाँदी शुरू हो गयी थी। हवा में एक लुभावनी नमी आ गयी थी। बूँदें पत्तों पर ठहरी हुई थीं। लेकिन हवा में चलते ही फिसलकर नीचे आ गिरती थीं।

अपर्णा के पापा भीतर से अपनी फाइल उठा लाये थे। पहले पन्ने को पलटते हुए सहसा वे बूँदा-बाँदी को देखने लगे। फिर थोड़ी चिन्ता के साथ अपर्णा से बोले, ''अपर्णा! ये चौकीदार हमारे कपड़े, पीछे झाड़ियों के पास सूखने डाल आया है। जरा उसको देखो कहाँ गया है? कपड़े भीग जाएँगे।'' अपर्णा ने सिर को जरा ऊँचा किया और चौकीदार को आवाज लगायी, लेकिन शायद वह वहाँ नहीं था। कोई जवाब नहीं आया। कुछ देर अपर्णा ने प्रतीक्षा की और उठकर खड़ी हो गयी। उसके पापा फिर फाइल पढ़ने लगे।

तभी मेन-गेट से चौकीदार आया। लँगड़ाकर चल रहा था। पूछने पर बताया, चढ़ाई पर फिसल गया। मैंने देखा, उसकी एड़ी के आसपास खून निकल रहा था। अपर्णा भीतर जाकर फर्स्ट-एड बॉक्स उठा लायी और चौकीदार के लाख संकोच

और इनकार के बावजूद उसको पट्टी बाँधने लगी। तभी चौकीदार ने एक और खबर दी।

पुलिस मुठभेड़ में फूलसिंग मारा गया। हम सभी चौंक पड़े। फूलसिंग फरार और घोषित अपराधी था। डकैती और अवैध वन कटाई से लेकर कत्ल तक के आरोप उस पर थे।

''कैसे? कैसे हुआ?'' अपर्णा ने पूछा। पट्टी की गाँठ लगाते हुए वह रुक गयी।

''कैसे क्या? जंगल में खोज निकाला होगा पुलिस ने। आमना-सामना हुआ होगा और पुलिस की गोली से मारा गया होगा।'' फाइल से निगाह उठाकर पापा ने अपर्णा की ओर देखकर कहा।

चौकीदार चुप हो गया। मुझे उसके चेहरे को देखकर लगा, जैसे वह अपर्णा के पापा से सहमत नहीं था। तभी अपर्णा बोली, ''नहीं पापा... मैं तो आज भी नहीं मानती कि वह अपराधी था, डकैत था, कातिल था।'' वह कुछ देर चुप रही जैसे कुछ याद कर रही थी, फिर खोयी हुई आवाज में बोली, ''आपको याद है पापा, कुछ साल पहले वह हमारे घर आया था। आप ऑफिस नहीं मिले, तो घर आ गया था। कैसा दुबला-पतला शर्मिला-सा था।''

''ये लोग ऐसे ही दिखाई देते हैं, लेकिन बहुत बेरहमी से कत्ल करते हैं। बेखौफ अपराध करते हैं।'' वे फाइल पर नजरें गड़ाये बोले।

''नहीं पापा, आदमी पहचानने की कुछ समझ तो मुझे भी है। वह आदमी ऐसा नहीं था। जो आदमी किसी को बचाने में विश्वास करता हो, वह कैसे लूट सकता है? वह जंगल माफियाओं द्वारा जंगल काटने की खबर आपको करने आया था। नीचे के अफसर उसकी बात सुन नहीं रहे थे। जो आदमी जंगल बचाने की चिन्ता में सौ किलोमीटर से अधिक पैदल चलकर आप तक आया, क्या वही आदमी जंगल काटने का अपराध करेगा?'' कहकर उसने मेरी ओर देखा। मेरे लिए यह दुविधा का क्षण था। उससे सहमत होने पर उसके पापा के साथ ही अपने पुलिस कप्तान पिता की काबिलियत और नीयत दोनों पर सन्देह करना था। मैं चादर को अपने चारों ओर लपेटने में व्यस्त हो गया। उसकी ठहरी हुई नजर मुझ पर से उठ गयी। मैंने देखा, उसके माथे पर सिलवट थी, जो तिरस्कार की थी या निराशा की, मैं पढ़ नहीं पाया। मेरे लिए यह कठिन घड़ी थी। मुझे क्षण में निर्णय करना था और क्षण बीत चुका था। चादर लपेटने की व्यस्तता का अभिनय निरर्थक हो चुका था। उसके पापा ने फाइल बन्द करके रख दी। फिर वह अपनी बेटी को देखने लगे।

''देखो बेटी, इस इलाके में हर अपराधी, अपराध से पहले सामान्य और सीधा-सादा ग्रामीण होता है। अपराध में धँसते जाने के बावजूद वह खुद के साथ

अपनी इस छवि को बचाता रहता है।''

''नहीं पापा, आप सरकारी भाषा बोल रहे हैं। वह मुठभेड़ में नहीं मरा है। उसका एनकाउंटर किया है। यह हत्या है।'' वह फर्स्ट-ऐंड बॉक्स को टेबल पर रखते हुए बोली। उसके पापा कुछ क्षण चुप रहे फिर बोले, ''खैर छोड़ो। तुम पीछे से कपड़े निकालकर लाओ। हवा तेज हो गयी है और बूँदा-बाँदी बारिश में बदल रही है! यह लँगड़ा तो अब जाने से रहा।'' वे बारिश को चिन्ता से देखने लगे। अपर्णा जो उठ खड़ी हुई थी, फिर चौकीदार के करीब आकर अपने पापा से बोली, ''पापा, कपड़ों की चिन्ता मत करो। इससे पूछते हैं क्या हुआ?'' वह चौकीदार से मुखातिब हुई, ''बताओ तो जरा... सच-सच बताओ, क्या हुआ?''

चौकीदार लँगड़ाता खड़ा हो गया। वह घबरा गया। अपने बड़े अफसर के खयालात वह सुन चुका था। लेकिन अपर्णा के जोर देने पर और बार-बार पूछने पर उसने डरते हुए बताया। फूलसिंग गाँव अपने परिवार से मिलने आया था। पुलिस को खबर लग गयी। घर को घेर लिया। पकड़कर रस्सियों से बाँध दिया और गाँव के बाहर जंगल में ले जाकर गोली मार दी।

''कायर कहीं के!'' अपर्णा आवेश में बोली, फिर आवेश हताशा में तब्दील हो गया, तो वह वहीं आराम कुर्सी पर धम्म से बैठ गयी। उसने दोनों हाथों से अपना सिर थाम लिया। कोई कुछ नहीं बोला। थोड़ी देर बाद उसके पापा धीरे से बोले, ''छोड़ो अब इस बात को। उठो, जाओ मुँह-हाथ धो लो और पीछे कपड़े समेट लो। नदी में गिर जाएँगे तो बह जाएँगे।''

वह सिर उठाकर अपनी बड़ी-बड़ी आँखों से पिता को देखते हुए कुछ रोष से बोली, ''पापा! एक आदमी मर गया। सीधा-सादा, अपने परिवार से मिलने आया था। पता नहीं खाना खा रहा था या बातें कर रहा था और उसको इतनी निर्दयता से मार दिया गया? हत्या है यह। और हम सिर्फ बारिश में अपने कपड़ों की चिन्ता कर रहे हैं, पापा, भीग जाने दो, बह जाने दो सब कपड़े। मेरे लिए तो यहाँ से उठना मुश्किल है।'' कहते-कहते उसकी आवाज भारी हो गयी थी, ''मुझे तो आज भी उसकी निश्छल हँसी याद है। घर आया था तो उपहार में आम लाया था देने के लिए। कुर्सी पर तो दूर जमीन पर बैठने में संकोच कर रहा था।'' विषाद में अपर्णा का सिर हिलने लगा। अब खामोशी छा गयी। प्राय: कम बोलने वाली, लेकिन अपनी हँसमुख बेटी का यह अप्रत्याशित गुस्सा और दु:ख देखकर उसके पापा चुप हो गये, फिर उठकर भीतर चले गये थे। मैं चुपचाप यह सब देखता रहा। काफी देर बाद भानु आया। इस तरह सभी को खामोश देखकर उसने फिर मुझसे पूछा। मैंने पूरा किस्सा सुनाया।

''छोड़ो यार, जाने वाला चला गया, उसके लिए अब क्या शोर मचाना!

हल्ला करने से दु:ख बँट जाता है। दु:ख में किसी को भागीदार नहीं बनाना चाहिए।'' फिर वह नाटकीय अन्दाज में हाथ फैलाकर बोला, ''दु:ख तो महुए की शराब है। अपना कप खुद पीना चाहिए। जूठा कप किसी को नहीं देना चाहिए।'' कहकर वह पीछे चला गया जहाँ कपड़े सूख रहे थे। कुछ देर बाद उसने लौटकर बताया, मात्र शरद की एक कमीज बची है, बाकी कपड़े हवा में उड़कर नदी में गिरे और बह गये। कोई कुछ नहीं बोला। खामोशी थी जो जंगल से ज्यादा घनी हो गयी थी। वह खुद ही बोला, ''लेकिन कपड़े धोने की ऐसी क्या जरूरत आ पड़ी थी?''

''गलती मुझसे हुई।'' अपर्णा बोली, ''मैंने चौकीदार से कहा, बाथरूम में पड़े कपड़े धोकर सूखने डाल दो, मेरा आशय नहाने के बाद छोड़े गये गीले कपड़ों से था। चौकीदार बाथरूम में टँगे कुरते-पाजामे, पेंट-कमीज सभी उठाकर ले गया और धोकर सूखने डाल आया।'' कहकर उसके चेहरे पर थोड़ा अपराध-बोध आ गया। भानु हँसने लगा, बोला, ''गनीमत है, दो जोड़ी कपड़े साथ रखकर और लाये थे। वर्ना नंगे जाने की नौबत आ जाती।''

मैं मुस्कराया, फिर अपर्णा मुस्करा दी। बहुत ही उजबक है भानु। जो मुँह में आता है बकता रहता है। लेकिन उस तनाव के बाद मुझे अपर्णा का मुस्कराना अच्छा लगा। माहौल जंगल की हवा की तरह हल्का हो गया।

उस रात बारिश तेज हो गयी, मैं अपर्णा और उसके पापा चिन्ता में पड़ गये। मजबूरी में हमें रुकना पड़ा।

रात का खाना खाकर अपर्णा के पापा तो जल्दी सोने चले गये। हम लोगों ने उनके साथ खाना नहीं खाया। अपर्णा और मुझे भानु के आग्रह में वहीं रुकना पड़ा। पापा के जाने के बाद डायनिंग-टेबल पर बैठे हुए वह कोई आदिवासी गीत गुनगुना रहा था। तभी खानसामा ताड़ी से भरी छोटी मटकी लाया। शायद भानु ने पहले ही कह दिया था। अपर्णा और मैंने पीने से स्पष्ट मना कर दिया और उसने कोई ज्यादा आग्रह भी नहीं किया। अपर्णा ने उसे रोका जरूर, ''आज तो त्योहार खत्म हो गया है। आज क्यों पीने बैठ गये?'' वह टेबल पर दूर कोने पर बैठा था। सफेद ताड़ी काँच के गिलास में ऊपर तक भरी थी। बड़ी सावधानी से उठाकर पीने लगा। लगभग आधा गिलास खाली करने के बाद जवाब दिया, ''त्योहार तो बहाना होता है और फिर ये शराब नहीं है भाई! ताड़ी से उतरा हुआ रस है। फ्रूट-जूस!'' कहकर फिर खिलखिला दिया। आज उसने पीने में ज्यादा समय नहीं लगाया। उसने खानसामा को इशारा किया। खानसामा ने खाना लगा दिया।

खाना खाकर हम लोग बाहर बरामदे में रखी कुर्सियों पर आ बैठे। मैं सोना चाहता था, लेकिन भानु ने मना कर दिया, ''यार कोई इतने भी बीमार नहीं हो, बैठते हैं, इतनी जल्दी सोकर क्या करेंगे?'' मैं प्रतिवाद करता उसके पहले ही अपर्णा

दीवार से लगी कुर्सी पर जाकर बैठ गयी। मुझे भी बैठना पड़ा, कुछ देर के लिए हम तीनों चुप हुए तो जंगल में बारिश का शोर कुछ अजीब-सा सुनाई दिया। रेस्ट-हाउस के पीछे की नदी में पानी उतर आया था। तेज बहता पानी किनारों से जोर-आजमाइश कर रहा था। मैं अधिक देर नहीं बैठ पाया। हवा ठंडक ले आयी थी। मैं उठकर सोने चला गया था। पता नहीं फिर अपर्णा और भानु कितनी देर तक बातें करते रहे थे या चुपचाप बैठे रहे थे। अपने बिस्तर पर पड़े-पड़े मैं काफी देर तक सोचता रहा, फिर नींद लग गयी।

सुबह जागने पर मालूम हुआ कि बारिश रात को बन्द हो गयी थी। हम सभी जल्दी तैयार होकर जीप से लौट आये थे।

बाद में अपर्णा की माँ ने मेरे घर आकर मुझे डाँट लगायी। अपर्णा के पापा को भी उसी डाँट का कुछ हिस्सा मिला। रात को इतनी परेशानी उठाकर नवई जाने की क्या जरूरत थी? उसकी माँ डाँटती रही, समझाती रही। मुझे अचरज हुआ। इन्हें कैसे मालूम हुआ कि रात को हम लोग पहाड़ी पर उत्सव देखने गये थे? बाद में अपर्णा ने बताया कि भानु ने माँ से कहा था। कुछ इस अन्दाज में जैसे उसकी तो जाने की इच्छा नहीं थी। शरद और अपर्णा ने जिद की तो उसे भी जाना पड़ा था। उसके बाद घूमने तो कई बार गये थे, लेकिन वे यात्राएँ कुछ घंटों तक ही सीमित रहीं। लेकिन दुबारा उसी जंगल में फिर कभी नहीं जा पाये और फिर भानु से मुलाकातें कम होती गयीं। अपर्णा ने बताया, वह कई-कई दिनों तक घर से गायब रहता है। मेरे और अपर्णा के इम्तहान करीब आ रहे थे। हम लोग पढ़ाई में व्यस्त होने लगे। मेरी छुट्टियाँ खत्म हो रही थीं। मुझे वापस शहर अपने होस्टल लौटना था। एक दिन अचानक भानु अपर्णा को लेकर घर आ धमका। मैं पलंग पर लेटा हुआ किताब पढ़ रहा था।

"यार शरद! एक पार्टी दे डालो। मैं तुम्हारा शहर छोड़कर जा रहा हूँ।" वह पलंग पर मेरे नजदीक बैठते हुए बोला, "और शहर ही क्यों, यह जिला ही छोड़कर जा रहा हूँ। जरा शानदार विदाई दो मुझे, क्यों अपर्णा?" उसने चुपचाप बैठी अपर्णा से हुँकारा दिलाना चाहा, लेकिन मैं पहले ही बोल उठा, "कहाँ जा रहे हो? एकाएक क्या हो गया तुम्हें?"

"मैं भी यही कह रही हूँ। एकाएक यह प्रोग्राम क्यों?" अब अपर्णा भी बोली, उसके स्वर में एक अजीब-सी झुँझलाहट थी। एक ऐसी झुँझलाहट जो थोड़ा सा आगे जाती तो रुलाई तक पहुँचती। भानु के एकाएक जाने का अचरज तो मुझे भी हो रहा था, लेकिन उसमें इस तरह दु:ख शामिल नहीं था जिस तरह दु:ख अपर्णा की झुँझलाहट में उतर आया था। अब मुझे भी थोड़ा दु:ख हुआ। तब मुझे लगा भानु मेरे घर अपर्णा को लेकर नहीं आया है। अपर्णा ही उसे लेकर यहाँ आयी है ताकि मैं

भी उसके जाने का विरोध करूँ! जाहिर है उसके जाने की बात सुनकर मुझे भी धक्का लगा!

"बस यार, यहाँ से दाना-पानी उठ गया मेरा। अब बस्तर जा रहा हूँ।" वह पलंग पर चित लेट गया और छत को घूरने लगा।

"लेकिन बस्तर क्यों?" मैंने अपर्णा की ओर देखते हुए पूछा जैसे इसका जवाब उसके पास हो। लेकिन वह सिर्फ कन्धे उचकाकर रह गयी। मैंने गौर किया, उसके चेहरे पर अब दुःख के साथ निराशा भी उतर आयी थी।

"भई, झाबुआ कोई अकेला आदिवासी जिला नहीं है। कहीं और भी जाना था। सोचा, चलो बस्तर देख लिया जाए।" वह जोर से हँसा और उठकर बैठ गया। फिर मेरे कन्धे पर हाथ मारकर बोला, "बस, मैं पहुँचते ही, कोई ठिकाना मिलते ही तुम लोगों को चिट्ठी लिखकर अपना पता-ठिकाना भेजूँगा। तुम दोनों आना। उधर बस्तर में यहाँ की ताड़ी की तरह ही सल्पी मिलती है। बैठकर पिएँगे। शानदार पार्टी होगी।" फिर जैसे एकाएक उसे कुछ याद आया, वह उठकर अपर्णा के पास जाकर बैठ गया, फिर मुझसे बोला, "पहले तुम लोग पार्टी दो।" इस तरह बातें पार्टी की तरफ पलट गयीं, तो उसके जाने की वजह फिर मैं भी नहीं पूछ पाया। पार्टी इम्तहान के बाद तय हुई। जगह वही रेस्ट-हाउस। जहाँ जंगल में पापा के साथ गये थे और रात बितायी थी। मेरे इम्तहान तो जल्दी खत्म हो जाने वाले थे, लेकिन अपर्णा मुझसे दो हफ्ते बाद फ्री हो रही थी। वह सहमत हो गया। लेकिन अपर्णा के इम्तहान खत्म होने के तत्काल बाद वह बीमार हो गयी। एक दिन मैं अपर्णा से मिलने उसके घर गया, तो मालूम हुआ भानु जा चुका है। उसे न तो पार्टी का मोह और न अपर्णा की बीमारी की चिन्ता रोक पायी। बताया कि वह तो एक दिन सुबह सोकर उठा और तैयार होकर एकाएक चला गया।

उसके बाद महीनों नहीं, बरस गुजर गये। उसकी कोई खबर नहीं आयी। कोई चिट्ठी नहीं आयी। वहाँ जाकर न उसने अपना कोई पता भेजा और न कोई ठिकाना?

तभी मेरे इंजीनियर हो जाने का नियुक्ति-आदेश और पापा के तबादले का आदेश आगे-पीछे हो गये। उसी दौरान घर पर मम्मी-पापा के बीच मेरी शादी को लेकर चर्चा चली। इसी चर्चा में अपर्णा का नाम आया और उन्होंने अपर्णा के मम्मी-पापा से अपर्णा और मेरी शादी के लिए बात की। मैं अपर्णा की इच्छा को लेकर सशंकित था। अपर्णा के मम्मी-पापा ने प्रस्ताव न केवल स्वीकार किया, बल्कि बहुत खुश हुए कि बरसों की मित्रता सम्बन्ध में बदल जाएगी। इस रिश्ते की मंजूरी में अपर्णा की सहमति भी है या नहीं, यह मुझे कभी मालूम नहीं हो सका। एक अजीब-सा डर था कि मैंने उससे इस बारे में कभी पूछा नहीं।

आज वह पंख क्या हाथ में आया जैसे गुजरे हुए सारे दिन पंछियों की तरह फड़फड़ाकर मेरे पास आ गये। पंख तो मैं ऑफिस में टेबल पर काँच के नीचे दबाकर आ गया, लेकिन अतीत जैसे मेरे साथ मेरे घर तक आ गया।

''क्यों, क्या बात है?'' अपर्णा ने अपनी बड़ी-बड़ी आँखों को चारों ओर फैलाकर पूछा।

''कुछ नहीं, बस, अब बारिश बन्द हो गयी है।'' मैंने हँसकर कहा।

''तो क्या हुआ? बारिश तो बहाना था।'' वह भी हँसकर बोली। अचानक मैंने पानी का गिलास उठाया। जैसे कहीं सुनी हुई इस बात को पानी में घोलकर मिटाया जा सकता है।

''क्या हुआ?'' वह चौंककर चिन्ता के साथ बोली।

''कुछ नहीं, हरी मिर्च आ गयी दाँतों के नीचे।'' कहकर मैंने पकौड़े की प्लेट परे सरका दी और धीरे-धीरे पानी पीने लगा। अपर्णा प्यालों में कॉफी निकालने लगी। कॉफी पीने के बाद जब वह ट्रे उठाकर जाने लगी तो सहसा मैंने कहा, ''अपर्णा! कल मुझे इंस्पेक्शन के लिए डैम-साइट जाना है। चलोगी? पूरा तालाब पानी से भर गया है। पास का जंगल भी बहुत खूबसूरत हो गया है।''

वह धीरे से हँसकर बोली, ''जंगल भी भला कभी कम खूबसूरत होते हैं?'' फिर खुद ही जवाब दिया, ''जंगल तो हमेशा खूबसूरत होता है।''

''तो चलोगी तुम?'' मैंने दुबारा पूछा।

''मैं क्या करूँगी? तुम चले जाओ!'' उसने कहकर इस तरह भीतर देखा, जैसे ट्रे रखने जाना बहुत जरूरी काम हो और वह यह सफाई भीतर किसी को सुना रही हो।

''यहाँ अकेले, सूने घर में बैठी बोर हो जाओगी, फिर मुझे तो थोड़ी देर का काम है वहाँ। तुम साथ रहोगी तो मुझे भी अच्छा लगेगा।'' मैंने मनुहार में इच्छा भी डाल दी।

''ठीक है, चले चलूँगी!'' कहकर वह इस तरह मुझे देखने लगी जैसे इजाजत माँग रही हो कि अब जाऊँ?

शाम को मैं ऑफिसर्स-क्लब चला गया। उसने साथ चलने से इनकार कर दिया। वह टी.वी. देखती रही। मैं रात को वापस लौटा तो नौकर ने दरवाजा खोला। मैं कमरे के भीतर आया, तो देखा वह खुली खिड़की के करीब खड़ी है। मैं कुछ देर देखता रहा, फिर करीब जाकर उसे टोका। ठंडी हवा चल रही है। खिड़की बन्द करो। वह मुस्करा दी, ''इस तरह हवा की मार अच्छी लगती है।''

मैंने भी मुस्कराने की कोशिश की। अपनी ही मुस्कान मुझे भीतर चुभने लगी। भानु की एक अदृश्य परछाईं हर समय इस घर में, हम सबके आसपास

डोलती रहती है। कोई व्यक्ति साथ न रहकर भी इस तरह रहन-सहन और बोलचाल में, हर बात में क्या इस तरह अपनी छाया छोड़ जाता है? सोचते हुए मैं पलटा और कपड़े बदलने लगा। मैं देर रात तक किताब पढ़ता रहा।

सुबह नींद खुली तो देखा, अपर्णा नहाकर तैयार हो चुकी है। मेरे हाथ में चाय का प्याला थमाकर न्यूज-पेपर को टी-टेबल पर रख दिया और किचन में चली गयी। मैं चाय पीकर सीधे बाथरूम में घुस गया। रोज की अपेक्षा जल्दी तैयार होकर अपर्णा के सामने आया, तो वह मुस्कराने लगी, ''आज तो बड़ी जल्दी तैयार हो गये।'' जवाब में मैं भी मुस्करा दिया। दोनों बाहर आये तो जीप तैयार थी। अपर्णा को डाक-बँगले छोड़कर मैं पास ही डेम-साइट चला गया। दोपहर से पहले ही काम जल्दी से निबटाकर मैं डाक-बँगले लौट आया। अपर्णा ने खाना नहीं खाया था। मैंने पूछा तो कहने लगी, ''एक यही काम तो दोपहर में बचा था। वह भी हो जाता तो तुम्हारे आने पर क्या करती?''

''नानवेज बनवाया जाए, खाओगी? यहाँ का कुक बहुत अच्छा चिकन बनाता है।'' मैं उसके निकट बैठते हुए बोला।

''तुम्हें मालूम है, मैं नानवेज नहीं खाती हूँ।'' वह थोड़े लाड़ भरे रोष से मुझे देखते हुए बोली।

''कभी भी नहीं खाया?'' मैंने उसकी ओर देखते हुए आहिस्ता से पूछा।

''कभी भी नहीं खाया।'' फिर कुछ क्षण चुप रही, जैसे कुछ याद आ रहा हो, फिर बोली, ''बहुत पहले कभी। तुम्हीं लोगों की सोहबत में जोर-जबरदस्ती की थी तो खाया था। फिर किसी ने जोर दिया नहीं। मैंने अपना धर्म बिगाड़ा नहीं।'' कहकर वह हँस दी। मैं भी हँस दिया। मैंने अपनी जिद की परीक्षा नहीं ली।

खाना खाकर मैं अपने मातहत इंजीनियर्स के साथ कंस्ट्रक्शन की ड्राइंग लेकर बैठ गया। चर्चा काफी देर चली। फिर वे लोग उठकर डैम-साइट चले गये। मैं भीतर कमरे में आया तो देखा, अपर्णा किताब पढ़ते-पढ़ते सो गयी है। मैंने धीरे से उसे जगाया तो वह जाग कर खड़ी हो गयी। मैंने माफी माँगने के अन्दाज में अपने दोनों कान पकड़े।

''सॉरी! मैं मीटिंग छोड़ नहीं पाया।''

''कोई बात नहीं। नौकरी में यह सब तो होता है। फिर मुझे भी कुछ देर सोने को मिल गया।'' उसने मुझे आश्वस्त किया। उसके चेहरे पर उलाहना नहीं, बहुत ही मोहक वात्सल्य है।

''चलो घूमने चलते हैं।'' मैंने पलटते हुए कहा। हम दोनों डाक-बँगले से बाहर आ गये।

डाक-बँगले के बाजू से ही एक कच्चा रास्ता ऊपर पहाड़ी पर जंगल में

निकल जाता है। वहीं कहीं एक पुराना मन्दिर है। हम दोनों उसी रास्ते पर उतर गये। दोपहर ढल रही है। साँझ के आने की आहट धूप के धुँधलके में मिलने लगी। रास्ता जंगल में इस तरह गुम है कि आगे बढ़ने पर ही प्रकट होता। रास्ता जैसे रोल की तरह बन्द कालीन-सा हमारे आगे बढ़ते जाने पर खुलता जा रहा है। सागौन और तेंदू के इन पेड़ों के बीच कहीं-कहीं गुलमोहर हैं, जो रास्ते के किनारे से शायद बाद में किसी ने लगाये होंगे। हमारे पैर रखने से नीचे गिरे सूखे पत्ते चरमराहट के साथ दब रहे हैं। मन्दिर तक आये तो साँझ मन्दिर के बाहर ही मिली। मन्दिर के आसपास पेड़ों की संख्या कम है। सामने के आँगन में किसी ने गोबर से लीप दिया है। उसी जगह अपर्णा ने चप्पलें छोड़ी तो मैंने भी जूते उतार दिये।

मन्दिर के भीतर गये तो मैंने देखा, कोई पुरानी-सी मूर्ति है। जो आकार-प्रकार में भव्य है और थोड़ा आकार उसे देवी की तरह दे दिया गया था। शेष तीनों दीवारों के ताक में भी छोटी-छोटी मूर्तियाँ रखी हैं। इन सब पर कुंकुम-हल्दी से लेकर फूल तक चढ़े हुए हैं। इसका मतलब यहाँ कोई आता है? तभी अपर्णा मुझसे थोड़ा हटकर कोने में जाकर दोनों हाथ जोड़कर खड़ी हो गयी। उसकी दोनों आँखें बन्द हैं और उसके होठ धीमे-धीमे हिल रहे हैं। मैं एक बार फिर हाथ जोड़कर मन्दिर से बाहर आ गया। अपर्णा जब बाहर आयी तो उसका चेहरा बहुत शान्त और सौम्य लगने लगा। तभी बहुत महीन आवाज में कोई पंछी चहचहाया। मुझे अचानक याद आया।

''अपर्णा! मेरे कोट की जेब में वह पंख रखा मिला। याद है वह पंख? लेकिन मेरे कोट की जेब में कैसे आया?'' मैंने ठिठक कर पूछा, वह भी रुक गयी। बोली, ''मैंने रखा।''

''क्यों?'' अचानक मेरे मुँह से निकला, जबकि ऐसे प्रश्न का कोई औचित्य नहीं था।

''ताकि आगे भी भाग्य आपका साथ देता रहे।'' वह सहजता से बोली। 'आगे भी भाग्य साथ देता रहे' के निहितार्थ तलाशने मैं अपने मन के अँधेरे जंगल में न चाहते हुए भी उतर गया। 'आगे भी' यानी पहले मेरे भाग्य ने मेरा साथ दिया है।

क्या?

अपर्णा मिल गयी। मैंने खुद ही जवाब दिया। अपने विचारों से आहत होता उसके पहले मैं अपने भीतर के जंगल से बाहर आ गया। मैं अपर्णा के नजदीक आ गया। मैंने देखा, उसके चेहरे पर व्यंग्य नहीं है, हँसी नहीं है। कुछ भी नहीं है। माथे पर सिलवट है सूचना की खरोंच जैसी। दोनों वापस लौट पड़े। शाम का धुँधलका बढ़ गया है। ढलान पर मैं बहुत सावधानी से उतरने लगा। तभी मेरे पीछे आती हुई अपर्णा ने करीब आकर मेरा हाथ थाम लिया। फिर दोनों चलने लगे। मैं समझ नहीं

पाया कि उसने ढलान की वजह से मुझसे सहारा लिया या मुझे सहारा दिया है।

तभी हमारे आगे एक खरगोश दौड़ा। उसके दौड़ने से नीचे बिखरे सारे फूल हवा में उछले, तो अपर्णा के चेहरे पर एक आकर्षक मुस्कान आ गयी। हल्की-सी हवा चलने लगी, तो तेंदू के पत्तों में सरसराहट होने लगी। हम दोनों की चाल धीमी हो गयी। मेरा हाथ अपर्णा के हाथ से निकल गया। मैंने अपर्णा के कन्धे पर हाथ धर दिया। रास्ते-पर हल्की-सी सरसराहट हुई। ''रात में जंगल सूने हो जाते हैं।'' वह पत्तों पर पैर रखते हुए बोली। मैंने उसकी ओर देखा, उसकी आँखों में जंगल की रात है। हम दोनों रुक गये। कुछ भी नजर नहीं आया। हवा एकाएक रुक गयी। मैंने धीरे से उसका सिर उठाया और उसके चेहरे पर झुक गया। पेड़ साँस रोके खड़े हैं। बारिश में भीगे पंछी की तरह काँपती उसकी देह मेरी देह के कम्पन में गुम है। जंगल की जाने कितनी ही जानी-अनजानी वनस्पतियों की खुशबू के खरगोश मेरे ऊपर दौड़ने लगे। देह का संगीत जंगल की साँसों में घुलने लगा। अपर्णा की नीली साड़ी सूखे पत्तों पर झील की तरह फैली है। कुछेक पत्ते साड़ी पर गिरकर तैरने लगे। गुलमोहर के लाल फूलों की पत्तियाँ अपर्णा के चेहरे से लेकर सीने तक बिखरी हुई हैं जिन्हें हवा मेरे होठों की मदद से चुन रही है। अँधेरा पेड़ों पर रेंगता हुआ नीचे उतरकर रास्ते पर फैल गया है।

अपर्णा उठकर साड़ी पहनने लगी। मैंने उसकी थकी देह को सहारा दिया। डाक-बँगले आकर हम दोनों ज्यादा देर नहीं रुके। कुछ ही देर बाद घर लौट आये।

हमेशा की भाँति सुबह मेरी नींद देर से खुली। अपर्णा नहाकर किचन के कोने में रखे देवताओं के सामने बैठी अगरबत्ती जला रही है। मैं बाथरूम से निकलकर आया तो देखा वह किचन में है। मैं किचन के सामने बाहर बरामदे में पड़ी कुर्सी पर आकर बैठा तो देखा, मेन-गेट पर अखबार पड़ा है। मैं उठकर अखबार उठा लाया और वापस कुर्सी पर बैठ गया।

''अभी नाश्ते में आलू के पराठे बना रही हूँ। आज रविवार है, कहीं जाना नहीं है। खाना देर से खाएँगे!'' किचन के भीतर से अपर्णा की आवाज आती है। मैं कुछ नहीं बोला। यह प्रश्न नहीं सूचना है।

मैंने पैर फैलाकर अखबार सामने किया। कुछ देर पढ़ता रहा, फिर चौंक पड़ा। पुलिस मुठभेड़ का जिक्र है। खबर पूरी पढ़ी तो सन्देह की गुंजाइश नहीं रही। मैंने अपर्णा को आवाज लगायी।

''अपर्णा! अपर्णा!!'' दोबारा पुकारा तो वह बाहर आयी। मैंने अखबार से चेहरे को थोड़ा ढँक लिया कि इस तरह मैं अपनी असहजता को छुपा सकता हूँ। मैंने बहुत साहस और धैर्य के साथ कहा, ''अपर्णा, बस्तर की खबर छपी है। भानु पुलिस की गोली से मारा गया!'' कहकर मैंने अखबार थोड़ा नीचे किया और

उसकी ओर भय और आशंका से देखने लगा। किसी अप्रत्याशित को घटित होते देखने के लिए मैं खुद को तैयार करने लगा। "कब? कहाँ...?" उसके मुँह से इतना ही निकला।

मैं उसे पूरी खबर सुनाने के लिए फिर अखबार पर झुका, तो वह सहसा बोली, "रुको जरा। तवे पर पराठा है, जल जाएगा।" कहकर वह दौड़कर भीतर चली गयी।

मैं काफी देर तक हिलते हुए पर्दे को देखता रहा। पर्दे के पीछे की किसी हलचल की मुझे खबर नहीं हो पा रही है। मेन-गेट के पास अमलतास के पेड़ पर चिड़िया शोर कर रही है।

हवा थोड़ी तेज हो गयी है और उसी हवा की जिद में अखबार मेरे हाथों में फड़फड़ा रहा है। तभी अखबार उँगलियों से निकला और लॉन में उड़ गया। मुझे लगा, इस बार सिर्फ अखबार उड़ा है, खबर मेरे पास ही रह गयी है। सहसा मैं उठा और हवा के साथ भागते हुए अखबार को पकड़ लिया।

पलटा तो देखा, अमलतास पर बैठी चिड़िया मेरी हलचल से खामोश होकर थोड़ी सहमी हुई चुपचाप बैठी है।

निरात

रात इतनी नहीं हुई है कि नींद के उतावलेपन को स्वीकारा जा सके। अलबत्ता सेरी में अँधेरा बेसब्र हो रहा है। अभी 'रामकोर माय' अँधेरे में किसी से टकराकर गालियाँ देती गयी है। अँधेरा कुछ दूर तक 'रामकोर माय' के पीछे गया होगा फिर 'हथई' के पास 'जगन्या काका' के घर के आँगन में जलते चूल्हे की रोशनी ने झपटकर 'माय' को खींच लिया होगा।

उसे गाँव की प्रत्येक सेरी और मकान का भली-भाँति अनुमान है। आगे 'हरिदास दादा' सो चुके होंगे, लेकिन और आगे गाँव की काकड़ पर 'जग्या भळ्ई' नहीं सोया होगा। सुबह 'पटीलदाजी' की ज़िरात से उनकी 'बूची गाय' के मरने के बाद उसकी खाल उतारकर लाया था, अब पैसे मिलते ही दारू पीकर घरवाली की खाल खींच रहा होगा। दूरी अधिक होने के कारण उसके रोने की आवाज नहीं आ रही है, लेकिन वह उसकी चीखों की कल्पना करने लगा।

उसने उधर से ध्यान हटाकर आँखें झपकायीं। अँधेरे का दृश्य फिर भी नहीं बदला। भीतर माँ के कमरे में चिमनी बुझाई जा चुकी है। यह सबको उसे न उठाये जाने की हिदायत और खुद के सो चुके होने की घोषणा भी है।

उसने लेटे हुए आहिस्ता से पीछे का दरवाजा खोल दिया। आसमान में हल्की-सी रोशनी निःशब्द फिसलकर दरवाजे से भीतर सरक आयी। बाहर नीम का पेड़ दरवाजा खुलते ही आगे सरक आया। रोशनी बेहद कम है, लेकिन अँधेरे में उसके होने का अहसास बढ़ गया। हल्की-सी हवा चली, तो आँगन में नीम के पत्ते सरसराने लगे।

उसने भीतर कमरे में झाँका। बाबा शायद सो चुके हैं। बाहर की रोशनी उनके कमरे में भी फैल गयी थी। माहौल की खामोशी उसे राहत देने लगी। उसने घूरकर बाबा के कमरे में देखा, और सहसा बाबा को जोर की खाँसी उठी। बाबा ने उठना चाहा, नहीं उठ पाये। खाँसी से उपजी पीड़ा और असमर्थता से उपजा गुस्सा उनके चेहरे की सिलवटों में गुँथ गया। बमुश्किल करवट ली और बलगम खाट के नीचे रखी तगारी में थूक दिया। कुछ राहत मिली और पीड़ा कम हुई, तो लगा बलगम के

साथ गुस्सा भी थूक दिया है। एक अजीब-सा कसैला और खारापन मुँह में छूट गया था। यह स्वाद बलगम का था या गुस्से का, बाबा समझ नहीं पाये। चटखारे लेने के अन्दाज में वे जुबान को दाँतों से खरोंचने लगे, जैसे ब्रश करने के बाद जुबान साफ की जा रही हो।

वह यह सब देख रहा था। उसने अपने मुँह में भी कसैलापन महसूसा। उसे लगा, उल्टी हो जाएगी। फिर उल्टी न कर पाने की विवशता में वह भी उठा और बाहर जाकर थूक आया। उसे लगा, वह किसी अस्पताल के जनरल वार्ड में रहता है। खाँसी का उबाल, बलगम के थक्के और कराह के स्वर उसकी सदाशयता और बाबा के प्रति सहानुभूति से रिश्ता तोड़कर लड़ाई पर आमादा रहने लगे हैं। उसकी नींद में घुलकर उसके सपनों में इकट्ठे होने लगे हैं।

उसने सोचा, एक बीमार के साथ घर में रहना भी कैसी यन्त्रणा का सहवास है। जीवन की प्रत्येक दिनचर्या के साथ बीमार के दर्द को बगल में सुलाओ। फिर बाबा को बीमारी के अलावा बुढ़ापा भी बीमारी की भाँति आया है। और फिर बुढ़ापे के दिन भी तो बिताये नहीं बीतते हैं। यहाँ तक आते-आते उम्र तालाब हो जाती है। दर्द स्मृतियों के बहाने खोजने लगता है।

वह नहीं जानता क्या, बाबा जब माँ को पुकारते हैं, तो कहाँ से कहाँ के लिए पुकारते हैं। माँ हाथ का काम छोड़कर जब चिनचिनाती हुई निकट जाती है तो बाबा अचकचाकर चुप हो जाते। धीरे से करवट लेते। माँ बड़बड़ाती वापस चली जाती और बाबा डबडबा आते। धीरे से करवट लेते और कहते, "चन्दू डाकतर न कंई कयो? अच्छो हुई जाऊँगा?" (चन्दू डॉक्टर ने कुछ कहा क्या? अच्छा हो जाऊँगा?)

मुँह का कसैलापन स्वीकृतियों के शब्दों को हर बार रोकना चाहता, लेकिन आँखों का दोलन आश्वस्त कर देता। हालाँकि यह सफेद झूठ है। डॉक्टर ने कहा था, मरीज को यहाँ अस्पताल में लाओ, पूरी जाँच करेंगे।

और वह बाबा को गाँव से शहर तक भला कैसे लाता? गाँव से शहर तक सफर के लिए एकमात्र साधन बैलगाड़ी ही है। कुछ लोग घोड़ों से भी चले जाते हैं। गाँव में कोई भी बैलगाड़ी देने के लिए तैयार नहीं हुआ था। तब वह शहर से गाँव आते समय अपने एक कम्पाउंडर दोस्त से मल्टी-विटामिन की कुछ गोलियाँ ले आया था जिसे सुबह-शाम बाबा बहुत विश्वास के साथ खाया करते हैं। बाद में गोलियाँ कम होने लगीं तो उसने बाबा को समझा-बुझाकर दिन में एक ही गोली खाने के लिए राजी कर लिया। उन्हें बताया, खुद डॉक्टर ने कहा था, इतने दिनों बाद दिन में एक ही गोली देना और फिर मैं आपका बेटा हूँ, भला आपसे झूठ बोलूँगा?

बीमारी से उपजे बाबा के सन्देह को दुत्कारने के लिए उसके पास अपनत्व की एक बड़ी लाठी है। बाबा के पास भी बीमारी से लड़ने के लिए गोलियों के

स्वाद का विश्वास और उसकी ढाढस के गीले पोते का सहारा था। घर में चूकती जा रही स्वर की मिठास के बावजूद बाबा मल्टी-विटामिन की गोलियों पर लिपटी 'सुगर-लेयर' से सहानुभूति की मिठास चाट लेते हैं, लेकिन निश्चित ही यह मिठास गले तक साथ देती होगी, भीतर जाते ही वह भी एक अनिवार्य कड़वाहट में तब्दील हो जाती होगी और इस कड़वाहट की अभिव्यक्ति के लिए भीतर कहीं भी जुबान नहीं है। न पेट के पास, न मन के पास। कहते हैं, मन के पास आँखें होती हैं, लेकिन बाबा की वे आँखें तो प्राय: पीड़ा के अतिरेक में बन्द रहती हैं। और फिर आदमी आँखों से नहीं जुबान से डरता है।

उसने करवट ली। बाबा धीमे स्वर में कुछ गुनगुना रहे हैं और जब स्वर में कुछ ऊँचा हुआ तो वही हुआ जिसकी आशंका थी।

माँ अपने दिन भर के भारी कामकाज को 'बैलों की तरह जुते रहने' के प्रचलित मुहाविरे से जोड़कर थकान को वृहदाकार देती हुई अपनी नींद के उचट जाने के लिए बाबा पर बरसती है और फिर इस घर में ब्याह दिये जाने के अपराध के लिए खुद के स्वर्गीय पिता को कोसने लगी।

वह चुपचाप सुनता रहा। माँ के स्वर की शुरुआत में कुढ़न थी, जो खीझ में तब्दील होकर अपमान का समर्थन करने लगी।

"हऊँ भगवान को सुमरण करी रयो थो।" (मैं भगवान का जाप कर रहा था।) बाबा अपराधी स्वर में बोलते हैं। और फिर अपनी ही आवाज की झेंप मिटाने के लिए अकारण अपनी बीमारी का जिक्र करने लगे और खुद की और उसकी किसी दिन हुई चर्चा का वर्णन करने लगे, जिसमें उसने उन्हें बताया था कि बीमारी अब अधिक दिन टिकने वाली नहीं है।

फिर उस अँधेरे कमरे में बाबा की खिसियानी हँसी झोल खाने लगती। वह जानता है, इस समय बाबा के चेहरे पर पीड़ा के छाले उठ आये होंगे। चेहरा स्याह होकर कँपकँपाने लगा होगा।

फिर सहसा अपने कृत्य को सहजता और विश्वसनीयता सौंपने के लिए कोई भजन गुनगुनाने लगे, लेकिन अब भक्ति पर भय हावी हो गया था। कुछ ही देर में आतंकित गुनगुनाहट गले की दीवारों से सट गयी। सशंकित मन गला दबाने लगा।

बाबा चुप हो गये।

बाबा की चुप्पी के साथ ही वातावरण मुखर हो गया। बाबा की चुप्पी की भयावहता से या शायद किसी और खतरे को भाँपकर, खपरैल पर कोई पंछी फड़फड़ाया और उड़ गया। पंछी के उड़ जाने के बाद पंखों की फड़फड़ाहट कमरे में आ गयी। उस एक पल उसे लगा, उस पंछी के चले जाने से ही बाहर कहीं कुछ भी नहीं है, जो कुछ है, यहीं, इस घर में है। बाहर जो कुछ है, स्थिर है, अचल है।

उसे अपनी साँसों की आवाज सुनाई देने लगी। जैसे ढीले हो चुके सितार के तार पर कोई उँगली फिरा रहा हो। कहते हैं, साँसों के भी तार होते हैं, और इन तारों पर जीवन का राग बजता है।

किसके जीवन का? बाबा के या खुद के जीवन का? या माँ के जीवन का?

किसके जीवन का राग बजाया जा रहा है? कौन बजा रहा है।

भीतर जाने कितने पंछी फड़फड़ाये!

उसने करवट ली तो साँसों की आवाज तेज हो गयी। तब उसे लगा बाबा कराह रहे हैं। एक क्षण के लिए तो उसने टाल जाना चाहा। फिर उसने सोचा नींद तो उचट ही गयी है। और ये कराह के स्वर उसकी नींद को उस पंछी से भी ज्यादा दूर उड़ा ले जाएँगे।

वह उठा और बाबा के पास पहुँचा। बिस्तर में पेशाब कर दी थी। सारे शरीर में खुजली से जो दाने निकल आये हैं, निश्चित ही उनमें जलन हो रही है। वे तड़प रहे हैं।

मन झल्लाहट से भर गया। सब स्साले आराम से सोये हैं। मैं ही एक बैल हूँ जो दिन भर नौकरी में खटता हूँ और रात में भी चैन नहीं।

उसने खीझकर एक हाथ से बाबा की बाँह पकड़कर बिठाया और दूसरे हाथ से नीचे से गीली गोदड़ी खींच ली, जो पीठ से रगड़ खाते हुए खिंची चली आयी। पेशाब से तर गोदड़ी को खुद से बचाते हुए नीचे, दीवार के पास रखने की सतर्कता और तल्लीनता में बाबा की बाँह उसके हाथ से छूट गयी और बाबा खटिया पर जा गिरे। जोर की कराह कमरे में गूँजी। वह स्तब्ध रह गया। देर हो गयी, कोई नहीं आया। उसे लगा, बाबा खटिया से इतनी जोर से नहीं टकराये, जितनी जोर से उनकी कराह उसकी चेतना से टकरायी है।

उसने आश्वस्त होकर खटिया पर दूसरी गोदड़ी बिछा दी। बाबा के चेहरे पर धन्यवाद ज्ञापन की एक मुस्कान डबडबा आयी। उसने नजरें हटा लीं।

बाबा के गले की नसें हल्की-सी खिंच गयी हैं और होठ हल्के से टेढ़े हो गये हैं, जिस पर एक भरी-पूरी मुस्कान को लेटने में तकलीफ होती है, जो होठों पर टिके रहने की जिद में डरावनी शक्ल अख्तियार कर लेती है। मुस्कराते हुए बाबा उसे डरावने लगे। बीमारी से उपजा भय चेहरे से फिलहाल नदारद है और चेहरे की सिलवटों की घाटियों में भय किसी डकैत की भाँति गायब हो चुका है, लेकिन घाटियाँ आशंकित हैं डकैत की वापसी के अन्देशे से। और मुस्कान के लिए हुई असुविधा का संकोच भी चेहरे पर दुबका है। अधखुले, पोपले मुँह के भीतर भी मुस्कान की जगह डरावना, सूना अँधेरा है। मुँह किसी सूने अँधेरे कुएँ की भाँति खुला है। शायद सारी मुस्कान और हँसी उसी में गिरकर मर गयी है।

उसे याद आयी बाबा की वह हँसी जब भावी बहू की कल्पना से गिलकाते थे। उन दिनों उसका ट्रांसफर अपने ही गाँव के स्कूल में हो गया था। उन दिनों जब माँ 'ग्वाण' में गोबर-पूजा करती तो बाबा कर्मठ बहू की कल्पना से माँ को पुलकित करते और काम के बोझ को बहू के आगमन के आश्वासन से हल्का करने की कोशिश करते थे। बाबा सोचते थे, थोड़े दिनों की बात है बहू आयी कि सुख-ही-सुख और अपनी बात को एक सुखद भविष्य से बुनकर जोर-जोर से हँसने लगते थे। फिर यह बात गाँव की चौपाल, सरपंच के घर, जाने कितनों से कहते नहीं अघाते थे। माँ से उसकी शादी को लेकर अनेक मशविरे, शादी के बजट की बातें। गहने, दान-दहेज, पंगत जाने कितनी ही बातें कितनी बार दुहरायी जाती थीं।

कई बार खुशी के अतिरेक में सहसा खामोश हो जाते थे। गोया शादी के लिए जो थोड़ा-थोड़ा पैसा बचा रहे थे, उसके साथ ही खुशी भी बचाकर रखना चाहते थे, लेकिन भविष्य के लिए बचाकर रखी खुशी 'पोची' हो गयी। छान में पड़े पानी खाये ज्वार के टंटेलों की भाँति।

शादी हो गयी। उमा घर आ गयी।

"हउस की डोरी, फूस मऽ फुकई गयी।" (सारे अरमान खाक हो गये।)

बाबा के पास सुख की उपलब्धि के नाम पर इतना ही है कि उमा उनके पेशाब से तर कपड़े ऊपर गमछा डालकर निकाल लिया करती है। हर बार कमर भी कपड़े की रगड़ से छिल जाती है, जिसका दर्द बाबा को कहाँ होता होगा उसे उमा नहीं जानती है।

माँ यह सब नहीं करती है। पूजा-पाठ के बगैर वह कैसे यह सब स्पर्श कर सकती है? और माँ की पूजा जब तक खत्म होती तब तक उमा इस दुर्गन्ध को कैसे सहन करती? वह अपने बहू होने के दायित्व को पूरा कर देती है। जब माँ देख लेती कि उमा ने बाबा के कपड़े बदल दिये हैं तो 'भगवान रे!' की एक याचना भरी पुकार के साथ पूजा घर से बाहर आ जाती।

उसने करवट ली। सोचा, आज रात नींद नहीं आ पाएगी। भय भी करवट लेकर दूसरी ओर सामने आ गया।

क्या बुढ़ापा प्रत्येक व्यक्ति के साथ ऐसा सुलूक करता है?

जब वह थोड़ा डरा तो रात के अँधेरे ने भय का साथ दिया और वह भयभीत हो गया। एक बार जब सोच की लगाम भय के हाथों आयी, तो वह उसे सरपट भगा ले गया और वह बुढ़ापे की दहशत में अकेलेपन का रुदन सुनने लगा।

उसे उमा का खयाल आया। उमा की बातचीत में माँ का टोन आने लगा है। वही गुस्सा, वही खीझ और वही शुष्कता। यानी सास जो चाबियों का गुच्छा बहू को सौंपती है उसमें से एक चाबी भावुकता-विहीन अनुदारता की अनिवार्य कोठरी

खोलती है जहाँ सास के समय की अनुगूँज होती है। प्रत्येक बहू अपने कड़वे वर्तमान का बदला सुखद भविष्य से लेती है।

तो क्या उसके भविष्य का अर्थात, बुढ़ापे का दरवाजा, जहाँ खुलता है, उसके दूसरी तरफ वही कोठरी है जो उमा को विरासत में मिलेगी?

भय की गिरफ्त में वह उठा और लोहे की पुरानी पेटी से सिर्फ मेहमानों के लिए सुरक्षित, नया कम्बल निकालकर बाबा की खटिया के पास आकर ठिठक गया। देखा, बुखार है। देह तप रही है। देह की आँच से चेहरे पर पीड़ा खदबदा रही है। उसने कम्बल बाबा पर डाल दिया। उसने ठिठुरन की गति साफ-साफ मन्द होती महसूस की।

वह वापस आकर लेटा तो बिना किसी सन्दर्भ के महसूसा, उसने भय को हरा दिया है।

सुबह जब सोकर उठा तो जैसा कि हमेशा होता है, रात के दुःस्वप्न परिहास में तब्दील हो जाते हैं। वह भी सूरज की रोशनी में रात के अँधेरे के भय से मुक्त होने लगा और सबसे पहले उसे कम्बल के खराब होने का अफसोस हुआ। उमा भी निश्चित ही डाँटेगी। उलाहना देगी, बल्कि तिलमिला जाएगी। 'एक तो जात की वान्दरी, फिरी काट्यो इच्छू।' माँ अक्सर इस कहावत का इस्तेमाल करती है कि एक तो जात की बन्दरिया और फिर उसे काट ले बिच्छू तो उसकी तिलमिलाहट भारी उत्पात मचाती है।

बाहर छान में आकर उसने मुँह पर पानी के छींटे मारकर, ताँबे के लोटे का पूरा पानी पिया और खुद को रोजमर्रा के माहौल के हवाले कर दिया। भावुकता सुबह के झुटपुटे की भाँति पूरी तरह छँट चुकी है। धूप वलेन पर आ गिरी है।

उसने देखा, उमा अभी सोकर उठी नहीं है। वह तेजी से भीतर गया और बाबा के ऊपर से कम्बल उठाने ही लगा था कि देखा कम्बल पेशाब से तर है। गुस्से और कुढ़न से भर गया उसका मन। आज तो कहर बरपा देगी उमा। उसने गुस्से से बाबा के चेहरे की ओर देखा जो कम्बल से भी ज्यादा शर्म से गीला है। उसने गुस्से से कम्बल वापस बाबा पर फेंक दिया। वह जानता है, इस तरह कम्बल अपमान के वजन के साथ उन पर गिरेगा। लेकिन खीझ के कारण वह खुद को रोक नहीं पाया।

वह पानी से लोटा भरकर बाहर निकला और पास के मकान में आवाज देता हुआ आगे चल दिया। "चल भगत! टट्टी फिरने चलना है कि नहीं?"

वह जानता है। जब तक वह वापस लौटेगा, कम्बल-कांड ठंडा हो चुका होगा।

जब वह वापस लौटा तो माँ नहाकर पूजा का पानी लेने कुएँ पर जा चुकी है। उमा खाना बनाने की तैयारी कर रही है। पड़ोस की कुछ औरतें उसके पास बैठी

किसी उपवास की तिथि के बारे में उससे पूछकर अपना सन्देह दूर कर रही हैं।

वह नहाकर उठा और भीतर कमरे में आते हुए ठिठक गया। बाबा बहुत आहिस्ता से किसन काका से, जिन्हें इस बार खेत बँटाई पर दे रखा है, फुसफुसाकर बातें कर रहे हैं। वह चौकन्ना हो गया। उसे लगा, शायद बाबा किसन काका से खेत की फसलों की रकम का लेन-देन न पूछने लगें, जिसके बारे में उसने बाबा को खराब मौसम और फसलों की बीमारी का हवाला देकर हर बार चौथाई रकम ही बताई है।

उसने अपने कान अधखुले दरवाजे पर धर दिये। वह जैसे-जैसे उनकी बातें सुनता गया सकते की हालत में आ गया। किसन काका बहुत ही गिलकाते हुए बता रहे हैं और बाबा गद्गद् होकर सुन रहे हैं। वह हतप्रभ रह गया।

किसन काका एक-एक बात तफसील से बता रहे हैं। कैसे इस बार कपास पर घेटा बड़ा आया है! पीला फूल कितना सुन्दर है! कपास का पौधा उनके कन्धे तक आ गया है। कपास की पुड़ी ऐसी खिली है कि पूरा खेत बर्फ का मैदान लगता है।

किसन काका कहने लगे, कितना अच्छा होता बाबा भी चलकर खेत देख सकते? एक-एक पौध ऐसा 'पोसाया' है कि एक बार देखने में तो 'हउस' नहीं भरती।

और समझाने लगे, किसान का मन रोटी से नहीं अच्छी फसल देखकर भर जाता है। एक बार देख लेते तो तबियत हरी हो जाती, फसल की तरह।

बाबा का चेहरा टेढ़ा हो गया। शायद मुस्कराये हैं। फिर बाबा ने किसन काका का हाथ थाम लिया और खेती में अच्छी फसल के लिए किसन काका की मेहनत का भी बखान करने लगे, तारीफ करते रहे और जैसा कि हमेशा कहते आये हैं, अन्त में कहने लगे, 'जिनऽ सम्हाळी वात्रणी, तावणी न धावणी, ऊ गावऽ लावणी।' इतना कहकर वे फिर मुस्करा दिये। यह मुस्कान 'लावणी' गाने की कल्पना की है या अच्छी फसल की खबर की। वह समझ नहीं पाया, अलबत्ता आश्चर्य हुआ, ये लोग खुशी का बँटवारा भी चुपके से कर रहे हैं। फसल की भाँति खुशियों की भी रखवाली कर रहे हैं। खुशियों की फसल को फुसफुसाहट के फावड़े से समेट रहे हैं।

बाबा का चेहरा खुशी, उत्कंठा और उत्तेजना से दमक रहा है और उसे लगा किसी भी क्षण कोई बोल या हँसी का टुकड़ा उनके चेहरे से कपास के कच्चे घेटे-सा टपक जाएगा।

अब उसकी समझ में आया, बाबा किसन काका को बुलाने की जिद क्यों कर रहे थे। वे फसल को सुनकर देखना चाहते थे। रात को सपने में या खयालों में।

उसे याद आया, कपास की फसल बड़ी होने पर बाबा रात भी खेत में गुजारते थे। कपास के एक-एक गोड़ (पौधे) के निकट ठहरते थे, मुआयना करते थे। खुद दवाई छिड़कते थे।

मिट्टी की वह महक, फूल-पत्तियों को छूकर बहने वाली हवा की खुशबू, अब उनकी मूत की बदबू में दबकर रह गयी है। एक लम्बे अरसे से उनकी जिन्दगी खाट और इस कमरे में सिमटकर रह गयी है। वे किसी से बात करने को तरस रहे हैं।

लोग जेल में आत्महत्या इसीलिए करते हैं।

फिर उसे खीझ भी आयी। ये बातें चोरी-छिपे करके अकारण एक रहस्य निर्मित करने की क्या जरूरत है? कोई देखे-सुने तो क्या कहे? उमा या माँ ही देख लेती तो गजब हो जाता।

धूप, हवा, फूल-पत्ती और फसल के बारे में बातें करने के लिए वह सुनसान और एकान्त माहौल तलाश किया गोया बात नहीं करनी हो डकैती डालनी हो।

दोनों मिलकर शायद यही कर भी रहे थे। बाहर की दुनिया के बारे में किसन काका से इसलिए भी सुन रहे थे कि किसन काका ठीक वैसा सुना रहे थे बाबा ने फसलें जैसी देख रखी थीं या अब सोच रहे हैं।

उसने कमरे में जाने का विचार छोड़ दिया। वापस पलटा और तौलिया कन्धे पर टाँगकर सींके से थाली निकालकर खाना खाने बैठ गया। उसने उमा से नजरें नहीं मिलायीं। पड़ोस की औरतों की उपस्थिति में उमा जुबान से हमला नहीं कर सकती है, लेकिन निगाहों से उसके खाना खाने के साहस को ध्वस्त कर सकती है। लेकिन खाना तो खाना ही है।

गरदन उठायी तो देखा, उमा की आँखें सिगड़ी में पड़े अंगारों से भी ज्यादा धधक रही हैं। चूल्हे की लपटों से ज्यादा बड़ी लपटें उसकी आँखों से निकल रही हैं।

उसने अपनी आँखों में समस्त याचना समेटी कि रोटी भी मिल जाए और क्षमा भी, लेकिन सिर्फ रोटी मिल पायी। वह चुपचाप खाने लगा। उमा ने हाथ बढ़ाकर पास रखा ट्रांजिस्टर ऑन कर दिया जिस पर सहसा कोई भजन बजने लगा। अब संवाद की स्थिति खत्म हो गयी और उसे राहत मिली। हालाँकि ट्रांजिस्टर चालू करना गुस्से और अवज्ञा का ही एक हिस्सा है।

खाना खाकर उठा और छोटे दरवाजे के पास टँगी कमीज उतारने लगा तो देखा किसन काका जा चुके हैं और बाबा बहुत ध्यान से ट्रांजिस्टर पर बज रहा भजन सुन रहे हैं। उनकी पूरी देह कान में तब्दील होना चाहती है। उनके चेहरे पर उत्कंठा का झरना नि:शब्द झर रहा है। उसने चाहा, ट्रांजिस्टर लाकर बाबा के पास रख दे

लेकिन फिर खयाल निरस्त कर दिया। फिर यह बाबा की रोज की माँग हो जाएगी। और उमा के पास से ट्रांजिस्टर लाना शेरनी से शिकार छीनने का काम था। वह तो अभी ट्रांजिस्टर की आवाज बढ़ाने के लिए भी कहता तो उमा ट्रांजिस्टर बन्द कर देती और व्यर्थ ही घर में 'दाता किच्ची' शुरू हो जाती। फिर सहसा उसका काम उमा ने ही आसान कर दिया। ट्रांजिस्टर पर स्टेशन बदलकर। अब भजन की जगह कोई दीवाना चिंघाड़कर चुम्मा माँग रहा है।

बाबा फिर खटिया के हवाले हो गये। जहाँ उनकी देह पहले से थी, जबकि मन कुछ देर पहले पास के कमरे मे गायक के साथ हरि दर्शन के लिए तड़प रहा था।

वह कपड़े पहनकर स्कूल जाने के लिए बाबा के कमरे से गुजरा, तो वही हुआ जिसका डर था। बाबा ने आवाज देकर उसे रोक लिया और उन गोलियों के इलाज से खुद के चंगा हो जाने की उम्मीद पर उसकी प्रतिक्रिया सुननी चाही। प्रत्युत्तर की उत्सुकता बाबा की झुर्रियों के जाल से निकलकर ऊपर आ गयी थी।

वह सान्त्वना के कुछ शब्द बाबा की ओर उछाल देता है। हालाँकि उसके स्वर में भावुक स्वीकृति नहीं है। महज उन उबाऊ प्रश्नों से बचने की खनक है। फिर भी बाबा के चेहरे पर सन्तोष के कुछेक टुकड़े चिपक जाते हैं जो अगली खाँसी के उबाल के साथ उखड़कर नीचे रखी तगारी में जा गिरते हैं।

उसने चुपके से रसोई में झाँका, उसे आशंका थी कहीं वह बाबा के साथ इस तरह भीगी बातें करता हुआ पकड़ा न जाए। उसे यह भी डर लगा, बाबा के साथ एक बार बातों का क्रम शुरू हुआ तो उसे अतीत के उस खाली फ्रेम में अटका देंगे जहाँ उसके दृश्य होने के लिए कुछ भी नहीं बचा है और जो बचा है वह डरावना है। बाबा इतने पीछे घसीट ले जाएँगे, जहाँ के दृश्य खुद उनकी स्मृतियों में भी कहानी किस्सों की भाँति रह गये हैं। जहाँ वे खुद किशोर हैं और दादा-दादी की बातें, उनकी सम्पन्नता का जिक्र। गुड़ आने सेर, घी रुपये, जाने कितनी चीजें हैं जो धेले सेर हैं, लेकिन उनमें से आज क्या बचा है? चीजें बची हैं, लेकिन सेर खत्म हो गये हैं, भाव खत्म हो गये हैं। वे लोग, वे दिन खत्म हो गये। धीरे-धीरे स्मृतियाँ खत्म हो रही हैं। लेकिन बाबा जो हैं कि इन स्मृतियों को बचाये रखना चाहते हैं, जबकि उनका दाम धेला सेर भी नहीं है। बाबा के लिए चाहे अनमोल हो।

वह आगे बढ़ने लगा तो बाबा ने फिर उसे रोका और वह खीझ से भर उठा। इतनी देर से रुके हुए गुस्से के परनाले को रास्ता मिल गया। भभक उठा वह। एक ही बार में सब कुछ क्यों नहीं कहते हैं? चार शब्दों की बात के लिए इतनी बड़ी भूमिका। कमबख्त! बाहर जाने के लिए रास्ता भी घर में एक ही है। बाबा उसकी ऐसी मुख-मुद्रा देखकर अचकचा जाते हैं। चेहरा कातर हो उठता है। किन्तु उसके

रुके रहने पर आशंका और दु:ख मिश्रित भाव से मुँह पर हाथ रखकर, बुढ़ापे की नींद को 'मसान में आग लगाने' के वायदे के साथ बताते हैं कि शाम को 'झपकी' लग गयी और वह रात को गोली नहीं खा पाये थे और गोली का 'नेम' टूट गया है।

"तो आज रात को दो गोली एक साथ ले लेना।" वह बात को जल्दी खत्म कर देने के लिए कहता है और बाबा के चेहरे की ओर देखता है जहाँ आश्चर्य और हँसी के भाव गड्ड-मड्ड हो रहे हैं। जैसे उसने कोई बचकानी बात कह दी हो और फिर वे ही आश्चर्यमिश्रित स्वर के साथ उसे बचपन की उस घटना के आगे अप्रत्याशित रूप से डाल देते हैं। और कहते हैं, "तुखऽ नी मालूम वो...।"

और सच ही उसे याद आता है। कोई नौ दस बरस का रहा होगा। उसे पीलिया हो गया था और इसी तरह वह भी एक रात गोलियाँ और कैप्सूल खाना भूल गया था और दूसरी सुबह उसकी पूर्ति के लिए दो कैप्सूल और रात की शेष गोलियाँ भी खा गया था। जिससे देह में गर्मी बढ़ गयी थी। बाबा घबरा गये। शहर के अस्पताल ले जाना जरूरी था और तब बाबा प्रत्येक घर जाकर बैलगाड़ी के लिए गिड़गिड़ाये थे। किसी ने भी बैलगाड़ी नहीं दी थी और बाबा उसे कन्धे पर बैठाकर शहर के अस्पताल ले आये थे। बाद में मालूम हुआ, कोई भी बैलगाड़ी देने के लिए इसलिए तैयार नहीं हुआ था कि छोरा मर जाता, तो बैलगाड़ी 'खोयड़ी' कहलाती और इसीलिए आज बाबा मल्टी-विटामिन की गोलियों के गुणधर्म से अनभिज्ञ, चिन्तातुर हो उठे है। और फिर वह किसी तरह बाबा को समझाता है कि प्रत्येक गोलियों की तासीर एक जैसी नहीं होती है। उसने बाबा को यह भी समझाया कि डॉक्टर ने कहा है कि एक हफ्ते बाद गोलियाँ दूध की जगह पानी से भी ली जा सकती हैं। इस तरह उसके दूध वाले के बढ़ते उधार की चिन्ता भी समाप्त हुई।

अप्रत्याशित और अपेक्षित विनम्रता बहुत बड़ी आश्वस्ति होती है। उसने देखा, बाबा ने गरदन हिलाकर विश्वास के साथ दोनों गोलियाँ निगल लीं।

कितनी अजीब बात है? पहले विश्वास निगला, फिर धोखा खाया।

उसने एक झटके से चप्पलें पैर में डालीं और बाहर निकल आया।

वह दरवाजे तक आते-आते सुनता है 'ओराम' की ध्वनि नीचे गिरकर खाट की डोरियों में उलझ गयी।

स्कूल पहुँचकर उसके साथ जो घटित हुआ वह अप्रत्याशित था। दरअसल उसे ऐसी आशा भी नहीं थी। स्कूल में बातों के सिलसिले में जाने कैसे उसके घर और फिर बाबा का जिक्र निकल आया। और चार बजे स्कूल से घर लौटते समय नवनीत भी बाबा की बीमारी का हाल पूछने साथ हो लिया। दोनों बरसों से एक ही स्कूल में अध्यापक हैं। नवनीत पास के गाँव से रोज साइकिल से स्कूल आता है। लेकिन साथ घर चलने की इच्छा आज उसने पहली बार जतायी। वह किसी को घर नहीं लाता है। यह भय हमेशा उस पर सवार रहता है कि बाबा इलाज में

अनियमितता की शिकायत और असहनीय दर्द के लिए सहानुभूति की याचना न करने लगें।

बाबा की खटिया पर बिछी फटी हुई गोदड़ियाँ, मैले कपड़े, गँधाती देह और गंदे कमरे को ठीक करने का मौका ही नहीं मिला। कभी इस तरह से कोई बाबा से मिलने आया नहीं इसलिए घर में हर कोई लापरवाह था। घर में आने वाले मेहमान को भी बाबा के सामने पड़ने से बचाया जाता है। बाबा आत्मदया की चादर इतनी लम्बी फैला देते हैं गोया सारी हमदर्दी एक साथ बाँध लेंगे।

बाबा को देखने या मिलने आने वाले अक्सर बीमारी की चर्चा करने के बाद फलाँ डॉक्टर से मिलने की राय देते या फलाँ बड़वे के चमत्कारिक प्रभाव की चर्चा करते या फिर बताते कि फलाँ देवी की 'गादी' से 'दसी' करा लेने से बीमारी 'जड़गोड़' से मिट जाएगी। अनेक दावे विश्वसनीयता के साथ प्रस्तुत किये जाते हैं।

आपको यहाँ आना चाहिए, आपको वहाँ जाना चाहिए, अरे आप वहाँ नहीं गये! लोग ढेरों मशविरे देते। इन सब बातों से उसके भीतर बाबा के प्रति खीझ और गुस्सा अकारण भर उठता, जैसे इन सब बातों के लिए वही जिम्मेदार हो।

फिर कई घरों में, कई दिनों तक बीमार बाप की उपेक्षा, बहू-बेटे का नालायक हो जाना, भगवान ऐसी औलाद किसी को न दे जैसी चर्चाएँ होती रहतीं। उसके मन में अपराध बोध बढ़ जाता और बाबा की दिनचर्या में उनके प्रति सन्देह और दया याचना बढ़ जाती। बात-बात में किसी न किसी बहाने लोगों की हिदायतों, मशविरों का जिक्र करते और किसी बड़वे या डॉक्टर को 'सिर्फ एक बार' आजमा लेने की करुण जिद करते और उसका गुस्सा बढ़ जाता। उसने तय कर लिया था कि अब किसी को घर नहीं लाऊँगा, लेकिन नवनीत के अप्रत्याशित आग्रह के आगे वह कुछ बोल नहीं पाया था।

वह भीतर उमा को चाय के लिए बोलकर बाहर कमरे में आया तो देखा, नवनीत बाबा से बीमारी के बारे में पूछ रहा है, फिर बातों के क्रम में पता नहीं चला कि कब बातें बीमारी से फिसलकर, ढोर-ढकारों पर से रेंगती हुई, खेतों में जाकर लोटने लगीं।

बाबा बताने लगे, कैसे नौजवानी के दिनों में दिन-दिन भर खेतों में काम करते थे। चारे के भारे उठा-उठाकर लाते थे।

उसे बाबा पर फिर खीझ आने लगी। हमेशा प्रत्येक के सामने यही बखान। लग ऐसा रहा था जैसे नवनीत बाबा की बातें ध्यान से सुन रहा है लेकिन उसे लगा, नवनीत भी ऊब महसूस करने लगा है। या फिर मनोयोग से देख भी रहा है तो फटी हुई गोदड़ी को या फिर महसूस कर रहा है तो बाबा की बीमारी से उपजी करुणा को नहीं, अपितु बाबा की देह से उठ रही दुर्गन्ध को।

नवनीत कुछ प्रकट नहीं कर रहा है। उसने सोचा, दूसरों के घर पहुँचकर वहाँ

की असुविधाओं और अकर्मण्यता को सहज मुस्कान और संचित उदारता से परास्त करके आज लोग अपने तथाकथित बड़प्पन का साम्राज्य इसी तरह फैलाते हैं।

उसने धीरे से पेशाब के गीले हिस्से वाली गोदड़ी पर चादर डाल दी। और तय किया, कल किसी तरह मन मारकर बाबा को नहलाना पड़ेगा। वर्ना फिर किसी के सामने शर्मिन्दा होना पड़ेगा।

नवनीत बाबा से सवाल करता रहा और वह बैठने की बजाय नवनीत की कुर्सी के पास खड़ा हो गया। बीच-बीच में अब तक किए गये इलाज की जानकारी इस तरह देता रहा जैसे किसी दफ्तर में अचानक बॉस निरीक्षण करने आने पर कर्मचारियों से पूछताछ करते हुए बॉस का सहायक बीच में जानकारी देता है।

बातों के इसी क्रम में जब नवनीत को मालूम हुआ कि बैलगाड़ी के अभाव में बाबा को शहर के अस्पताल नहीं ले जाया गया है, तो नवनीत उसे अपने साथ सरपंच के घर की तरफ लेकर गया। गली में चलते हुए सारी राह इस बात के लिए डाँटता रहा कि आज तक बाबा की बीमारी की चर्चा उससे क्यों नहीं की।

उसे लगा, नवनीत कुछ अतिरिक्त आत्मीयता जता रहा है। और इस आत्मीयता के सहारे उसे एक गैर-जिम्मेदार बेटे की भाँति प्रमाणित करके गाँव या स्कूल में विज्ञापित करेगा। हालाँकि बाबा की बीमारी के समुचित उपचार और 'तन-मन-धन से सेवा' करने के उसके पास ढेरों प्रमाण और सन्तुष्टि के लिए तर्क हैं, जो बाबा की मौत के बाद किस्से-कहानियों की भाँति कहने के लिए उसके मस्तिष्क में महफूज हैं।

बाबा की बीमारी के प्रति नवनीत की चिन्ता उसे कृत्रिम और भागदौड़, नाटकीयता लग रही है, बल्कि अर्थहीन भी। वह जानता है, इस भागदौड़ का नतीजा महज नवनीत के दया भाव की तुष्टि रहेगा। नवनीत जो कुछ कर रहा है, बाबा की बीमारी से चिन्तित होकर नहीं, बल्कि अपने सहकर्मी के प्रति मित्रता के दायित्वबोध का गाँव और स्कूल में माकूल प्रचार के लिए। उसे यह भी लगा, उसकी अनुपस्थिति में स्कूल में सुनाने के लिए नवनीत के पास अब कई किस्से हो गये हैं, जो बाबा की बीमारी, बेचारगी और उसकी अकर्मण्यता, निर्दयता से चलकर खुद नवनीत की सदाशयता पर खत्म होंगे। उसके मन में बाबा के प्रति फिर गुस्सा बढ़ने लगा। बाबा अभी पता नहीं और कहाँ-कहाँ जलील कराएँगे।

सोचता हुआ वह चुपचाप चलता रहा। एक सिफर नतीजे के विश्वास के साथ वह नवनीत के साथ सरपंच के घर पहुँचा।

सरपंच के घर पहुँचने पर उसे मालूम हुआ इतने बरसों से इस गाँव में रहते हुए भी उसका सरपंच पर इतना प्रभाव नहीं है जितना नवनीत का। सरपंच ने दूसरे दिन बैलगाड़ी देने का वादा किया, लेकिन बोहनी और खेतों में काम की अधिकता का बहाना करते हुए बैलगाड़ी गेरने के लिए अपना आदमी देने से साफ मना कर

दिया। लेकिन वह परेशान नहीं हुआ। यह कोई विशेष चिन्ता की बात नहीं है। बैलगाड़ी वह खुद भी गेर सकता है।

दूसरे दिन सुबह सरपंच से बैलगाड़ी लाकर उसने स्वयं ही किसी तरह बाबा को गाड़ी में लिटाया और खुद ही बैलों को हाँकता हुआ शहर की ओर चल दिया।

उसे मालूम है, डॉक्टर ने अच्छी तरह जाँच कर भी ली तो बात इलाज के पैसों पर आकर ठहर जाएगी। घर में नौकरी और खेत से आने वाले एक-एक रुपये का हिसाब उमा रखती है। बाबा की लाइलाज बीमारी के लिए पैसा खर्च करना वह भावुकता नहीं, मूर्खता समझती है और उमा के पास इन सब बातों के लिए बहुत से तर्क हैं, जिसे उसकी गँवार माँ की ममता का सहारा और उसके पिता की व्यावहारिक समझ का नैतिक समर्थन हासिल है।

उमा के लिए बेटा भविष्य का सहारा है। सूखकर काँटा और हड्डियों का ढाँचा हो चुके बाबा एक अनुपयोगी चीज हैं, जिसमें जान सिर्फ समय की उदारता के कारण उसका 'सत्तप' लेने के लिए अटकी है। किसी के लिए कुछ करना तो दूर बाबा अपने हाथों से पानी तो पी नहीं सकते हैं। वैसे भी आदमी बूढ़ा हुआ कि घरवालों से ज्यादा हक तो उस पर भगवान का हो जाता है।

बेटे के लिए किताबें, निक्कर, जूते-चप्पल खरीदना जरूरी है। खुद के लिए साड़ी खरीदना और भी जरूरी है। बेटे को पढ़ाएँगे-लिखाएँगे नहीं तो क्या छोरा यहाँ गाँव में ढोर चराएगा? और मैं साड़ी क्यों न पहनूँ? यही खाने-पीने और ओढ़ने-पहनने की उमर है। बाबा का क्या 'सुळ्या गऊँ दळ्या बरोबर।' यानी घुन लगा गेहूँ पिसा हुआ समझो।

और फिर बूढ़े-आड़ों से क्या मोह-माया रखना? आज मरे कल दो दिन। 'बूढ़े का घर मसान में, आज नहीं तो कल।' किसी भी दिन 'साग' की तरे टपक जाएँगे। ये बुढ़ापा है, कित्ता भी करो अब देह नहीं पकड़ेगा। 'वलेण को उतर्‍यो पाणी पछो मगरा पऽ नी चढ़तो।' वह जानता है छत से टपका पानी वापस ऊपर नहीं चढ़ता है, लेकिन उमा ठेठ गँवई लहजे पर उतर आती। हम तो 'बिराणा दुःख सुकइराज।' इलाज से जिनगी कित्ती बढ़ जाएगी? कित्ते दिन और काटेंगे? फिर उमा की आवाज की हिकारत उसे समझाती कि इस तरह बाप के बाप जिन्दा रहते तो पूरा घर बूढ़ों से भर जाता यानी 'असा बाप का बाप जिवता तो वाड़ा भरई जाता।' बाप के लिए करो, कौन रोकता है? पर टेम-टेम का ओर रीत-रीत का करो। उमा के पास ऐसे असंख्य तर्क हैं जिसे वह रोने-पिटने कुढ़ने-कलपने और डाँट फटकार के अनेक हथियारों से उस पर आजमाती। कई बार तो उमा के ऐसे रोने-कलपने को वह टाल जाता है, लेकिन बाबा की बीमारी से उपजे आर्थिक भार, तथा पुत्र-कर्तव्य का

बोझ उसके लिए असहनीय हो जाता तो उमा के तर्क उसे व्यावहारिक लगने लगते। उसे खुद की भावुकता पर मलाल भी होता।

विचारों का 'भारा' उसके सिर पर बोझ बढ़ाने लगा तो माथे पर पसीना आ गया।

बड़ी घाटी आ गयी। उसने बैलों को धीमे गेरना शुरू कर दिया। किसी समय शहर से गाँव तक सड़क बन रही थी। बाद में राजनीतिक कारणों से सड़क और पुलिया विवाद में पड़ी, तो आज तक न सड़क बन पायी और न पुलिया। इसीलिए इस अर्द्धनिर्मित पुलिया पर से बैलगाड़ी बहुत धीमे चलानी पड़ती है। जरा भी चूके कि सैकड़ों फीट की गहरायी।

इसी के साथ ही उसे इस विचार ने बुरी तरह हिला दिया। मन और बुद्धि की सीमा-रेखा पर तर्क के सैनिक इकट्ठे होने लगे।

फिर इस युद्ध में समर्थन और सहमति हासिल करने के लिए वह अतीत के उस शस्त्रागार में उतरने लगा जहाँ अनेक कष्टप्रद यादें और तर्क उमा ने इकट्ठे कर रखे हैं। पारिवारिक ज्यादती और अन्याय के खिलाफ दुखद घटनाओं और औचित्य का बारूद बिखरा है।

बाबा और उसके बीच अतीत का कोई छोटे-से-छोटा कटु प्रसंग भी एक प्रबल कारण की भाँति तागड़ा के घोड़े पर जीन कसने लगा। सदाशयता को परास्त करने के लिए गँवईपन के आरोप के साथ शहरी व्यावहारिकता की अनिवार्यता के प्रचलन के किस्से याद आने लगे। बुद्धि के घोड़े आकर्षण की इस सड़क पर रपटने लगे।

एकाएक उसे माँ और उमा का गुस्सा सकारण लगने लगा। उमा उसे घर-परिवार के लिए खटती-मरती परम्परागत और दया के काबिल शहीद होती स्त्री लगने लगी जिसके जीवन के सुखों और निजी खुशियों की खुशबू पर बाबा की मूत भरी बदबूदार गोदड़ी गिर पड़ी है। उसके स्वभाव की कोमलता के गुलाब की उजली जमीन पर बाबा की बीमारी और घर के 'दलिद्दर' का 'रूखड़ा' डाल दिया गया है।

गाँव और समाज को महज उसके साथ सहज आत्मीयता से जोड़कर घर में दाखिल होने के रास्ते में भी बाबा, बीमारी और उनकी वाचालता का प्रेत भयभीत करके उनकी सामान्य प्रतिष्ठा और रिश्तों की सम्भावना हड़प लेता है।

ऊबड़-खाबड़ कच्चे रास्ते पर चलती गाड़ी पर उसका मन भी 'दचके' खाने लगा और निर्दोष प्रमाणित कराने की किसी अदृश्य कतार में उमा के साथ चुपके से उसने खुद को भी खड़ा कर दिया और उसका गीला मन फरकाने लगा।

कह देगा कि निकट से दूसरी बैलगाड़ी गुजरने से अचानक बैल बिदक गये थे। वह किसी तरह बच निकला।

लेकिन किसी ने देख लिया तो? और उसने पलट कर देखा, दूर-दूर तक कोई नहीं है।

□□□